Charlie Newsman
#BangBan

Charlie Newsman

#BangBan

Bibliografische Information der Deutschen Nationalbibliothek: Die Deutsche Nationalbibliothek verzeichnet diese Publikation in der Deutschen Nationalbibliografie; detaillierte bibliografische Daten sind in Internet über http://dnb.dnb.de abrufbar.

Auflage 1 | Dezember 2019
© Charlie Newsman
Lektorat und Korrektorat: Jasmin Rotert
Herstellung und Verlag:
BoD – Books on Demand, Norderstedt

Alle Rechte vorbehalten.

Die Meinungen der Figuren in diesem Buch spiegeln nicht die Meinung des Autors wider. Diese Geschichte ist frei erfunden. Eventuelle Parallelen daher nur zufällig.
Jegliche Kopierrechte, egal in welcher Form, liegen ausschließlich beim Autor.

Für die Feministen

Vorwort:

Das ›*Es*‹ und das ›*Über-Ich*‹, welche in der Geschichte erwähnt werden, gehören zu dem Strukturmodell der Persönlichkeit von ›*Sigmund Freud*‹.
Nach seiner Theorie ist das ›*Es*‹ die psychische Instanz, die Wünsche und Triebe repräsentiert, das ›*Über-Ich*‹ hingegen ist die Instanz für Norme und Wertvorstellungen.

#eins

»Schön, dass ihr alle da seid! Heute richte ich ja unser Treffen aus, im Esszimmer gibt es ein kaltes Buffet, bitte bedient euch!« Pamelas Augen waren jene, die am meisten bei dem Wort Buffet aufleuchteten. Unverkennbar sah man ihr an, dass Essen absolut zu ihrer Lieblingsbeschäftigung gehörte und es war jedes Mal so, wenn wir uns alle bei ihr trafen, dass es reichlich zu essen gab. Unser Feministen-Klub bestand aus sechs Leuten. Um genau zu sein, aus sechs Frauen. Und die Frau, die mich vor einem guten Jahr dazu überredet hatte, mitzukommen, war nicht mehr da. Sie hatte einen Mann kennengelernt. Den Absprung hatte ich irgendwie verpasst. Ich hätte ebenfalls kündigen sollen. Aber, ich brachte es nicht übers Herz, Pamela, Lin, Viola, Jaqueline und Nina allein zu lassen. Zumal einige Aktionen, die wir in der Vergangenheit vollzogen hatten, waren gar nicht schlecht gewesen. Es ging eben nicht nur um Männer in unserem Femi-Klub, sondern ebenfalls um Umweltprobleme, Hilfe für verwaiste Eichhörnchen – wo wir gerade bei den Tieren sind – ein Herz für

Bienen, heimische Bäume erhalten und noch einiges mehr. Und ja, natürlich, so ist es nun mal, hat der Femi-Klub natürlich auch was damit zu tun, Männer nicht unbedingt als die Gutmenschen zu sehen. Männer sind eben Männer. Wir Frauen sind gänzlich anders.

Alles stürmte zum Buffet, weil jeder von uns genau wusste, dass Pamela sich nicht lumpen ließ. Um es zu vereinfachen, das Buffet war üppig. Um nicht zu sagen, sehr üppig. Schätzungsweise zubereitet für zwanzig Leute. Allerdings aß Pamela selbst sicher für drei und mein Wissen, dass ihre Katzen sich daran auch mit Vorliebe bedienten, veranlassten mich, eher ein Zurückhaltender Esser zu sein.

Ich nahm mir einen Teller und ließ den Blick über die Häppchen schweifen. Ich griff mir eine Scheibe Brot und bediente mich an der Käseplatte. Als jeder seinen Teller gefüllt hatte, setzten wir uns im Schneidersitz auf den großen Teppich im Wohnzimmer, so, wie wir es immer taten.

»Wollen wir dann vielleicht mal Vorschläge sammeln, welche Aktion wir als Nächstes ins Leben rufen wollen?«, fragte Pamela mit vollem Mund. Alle anderen kauten und nickten nur.

»Also, ich habe da neulich so einen spannenden Artikel gelesen, da ging es um die Rettung mehrerer Papageien in Südamerika. Die taten mir voll leid. Wir könnten vielleicht mal eine Demo starten, gegen die Haltung von Papageien in Käfigen!« Lin sah uns alle erwartungsvoll an, doch keiner reagierte, außer Viola, die ihre Freundin und Lebenspartnerin verliebt auf die Wange küsste.

»Ach, ich weiß nicht. Können wir nicht mal ne Demo starten, zu einem Thema, das innerhalb Deutschlands aktuell ist? Vor drei Monaten erst hatten wir das Thema Delfine. Ich finde das irgendwie vorbei an unserer Aufgabe.« Gerade Jaqueline sah man deutlich an, dass sie nur noch gezwungener Maßen an unseren Treffen teilnahm. Deswegen gezwungen, weil sie sich gegenüber Pamela verpflichtet fühlte, denn die hatte Jaqueline vor zwei Jahren von ihrem damaligen Freund befreit, in dem sie ihm schlichtweg Schläge angedroht hatte. Jeder, der Pamela ins Gesicht sah, wusste, dass sie keine leeren Androhungen machte.

»Ich fände ein heimisches Thema auch ganz nett. Das mit den Papageien wäre auch eher im Sommer gut. Und nicht jetzt. In zwei Wochen haben wir schon Weihnachten«, sagte ich leise, ohne jemanden dabei anzusehen.

Ich war die Stillste der Frauen. Selten nur gab ich etwas von mir. Ich hörte zwar stets zu und machte alles mit, aber weitestgehend hielt ich mich aus der Auswahl der Themen raus. Nur heute hatte ich das Gefühl, auch mal was sagen zu müssen.

»Dann mach doch mal einen Vorschlag, Lisa!«, sagte Pamela mit vollem Mund.

»Ich weiß nicht. Irgendein aktuelles Thema. Irgendetwas, das momentan in der Presse ist.«

Alle nickten nachdenklich, aber keiner schien so wirklich daran interessiert zu sein, was genau gerade mal wieder in den Medien gesprochen wurde.

»Vielleicht über den hiesigen Buchmarkt. Wir könnten Menschen darauf aufmerksam machen, dass zu viele im Internet Bücher kaufen, anstatt in die Läden zu gehen. Ich sehe ja täglich die Verkaufszahlen. Es geht bergab mit den Buchläden. War jetzt neulich auch in der Presse zu lesen.« Ich versuchte jeden anzuschauen, in der Hoffnung, ein Thema wäre nun gefunden und das Treffen würde möglichst schnell enden. Zwar hatte ich an diesem Tag nur bis vierzehn Uhr im Buchladen gestanden, trotzdem spürte ich die Müdigkeit. Ich sehnte mich danach, bei einer heißen Tasse Kakao im Schlafanzug auf der Couch zu sitzen, mal wieder ein gutes Buch zu beginnen und einfach für mich allein zu sein.

Viola hatte währenddessen ihr Handy gezückt – ich kannte sie gar nicht ohne das Ding – und scrollte offensichtlich interessiert durch die News. Dann sah man plötzlich, dass sie erstaunt die Brauen nach oben zog, was ihre schwarzen kurzen Haare in Bewegung brachte. »Hier. Ich habe was!«

»Moment«, nuschelte Pamela mit vollem Mund, stand auf und ging zum Buffet, um sich mehr von den Fleischbällchen auf ihren Teller zu schaufeln. Sie kam wieder, balancierte gekonnt den Haufen Mini-Frikadellen und setzte sich, ohne auch nur eines der Bällchen zu verlieren.

»Okay, lass hören!« Pamela nickte Viola aufmunternd zu.

»Knallverbot!«

Jeder stellte das Kauen ein und sah Viola irritiert an, außer Lin, die in Pieps-Stimme, »du hast immer so großartige Ideen!«, sagte.

»Was soll das sein?«, fragte Nina. Das erste, das sie an diesem Abend sagte. Ich war mir nicht mal sicher, ob sie mich überhaupt gegrüßt hatte. Man sah förmlich jedem Einzelnen an, wie er überlegte, was genau hinter dem Knallverbot stecken könnte.

»Ein Verbot in den großen Städten, Feuerwerk zu machen.«

»Verstehe ich nicht.« Pamela sah uns alle an, und da die meisten versuchten, mit ihr einer Meinung zu sein, nickte alles. Und auch ich nickte. Pamela war eine Frau, die man gerne zur Freundin hatte, nicht aber unbedingt zum Feind haben wollte.

»Es wird darüber diskutiert, ob man es verbieten soll, in den Großstädten Feuerwerk zu machen. Silvester zum Beispiel.«

Ein *Ah* erfüllte das Wohnzimmer, ich blieb still und überlegte.

»Und gegen was demonstrieren wir dann?«, fragte ich. Viola verdrehte die Augen und stöhnte.

»Weißt du überhaupt, wie viel CO_2 so ein Feuerwerk ausstößt?«

Ich zuckte mit den Schultern. »Sieht aber schön aus.« Für diesen Satz wurde ich von fünf Augenpaaren böse angeschaut. Ich meinte sogar, dass Lin leicht mit dem Kopf schüttelte. »Aber … also, CO_2-Ausstoß ist schon scheiße.« Durch diese Aussage war ich zumindest die bösen Blicke losgeworden.

Ich zuckte zusammen, als Pamela laut in die Hände klatschte. »Gut, dann würde ich sagen, unser nächstes Thema steht.«

»Und was ist mit Abstimmen?« Nina, von der keiner so recht wusste, was sie so trieb, wenn sie nicht gerade an einem unserer Treffen oder an einer der Demos teilnahm, bedachte jeden mit einem kritischen Blick.

»Wer ist dafür?«, fragte Pamela und hob gleichzeitig ihre Hand. Alle anderen taten es ihr gleich, ich natürlich auch.

»Gut, einstimmig. Ich würde sagen, wir schauen mal, wo denn genau das Feuerwerk zu Silvester stattfinden soll.«

Nachdem jeder von uns satt war und Pamela jene Sachen im Kühlschrank verstaut hatte, die kühl gehalten werden mussten, saßen wir am runden Esszimmertisch, der mit Zeitungen bedeckt war. Jeder griff sich eine und durchblätterte sie, bis Lin auf einen Artikel stieß, der sich tatsächlich mit dem Knallverbot auseinandersetzte.

»Hier! Hier steht was über das Verbot. Ist noch nicht durch. Es gibt immer noch Menschen, die Knaller gut finden. Deswegen versucht man jetzt, einen Kompromiss zu finden.«

Ich wagte nicht mehr zu sagen, dass ich nichts mehr liebte, als einem guten Feuerwerk zuzusehen. Am meisten mochte ich diesen Goldregen. Eine Rakete, die hoch am Himmel explodierte und es zischend Gold regnete. Schon in der Kindheit war Silvester für mich das Fest aller Feste gewesen. Klar, Weihnachten war schön mit den ganzen Geschenken. Sicherlich auch Ostern, wo man Eier suchen konnte, aber das Beste kam am Ende des Jahres: Das Feuerwerk.

Umso mehr langweilte mich diese Sitzung. Es ist schwer, wenn man nicht zu hundert Prozent hinter einer Aktion steht, dafür Interesse zu entwickeln. Ich stützte meinen Kopf auf einer Hand ab und versuchte zumindest, Lin aufmerksam zuzuhören, als sie den Artikel mit Inbrunst vorlas. Als sie nach geraumer Zeit endlich endete und aufsah, sah man Tränen in ihren Augen glitzern. Viola tröstete sie.

»Es ist ja furchtbar«, sagte sie mit gebrochener Stimme. »Der ganze CO2-Ausstoß. Und man sollte ja auch an die Tiere denken, die diesen Krach ertragen müssen. Ich meine, die wissen ja gar nicht, dass wir Silvester feiern.«

Alle Frauen nickten mitfühlend und sahen schließlich mich an. Ich nickte schnell mit.

»Ja, genau, die Tiere. Überlegt euch mal, wie sich die Rehe im Wald fühlen.«

»Oder Füchse«, sagte Jaqueline.

»Geht auch.« Viola nickte, während sie einen Arm um Lin schlang und sie an sich drückte.

Was, überlegte ich in diesem Moment, würde passieren, wenn ich einfach die Worte: Ihr seid ja bekloppt, über die Lippen bringen würde. Oder: Ich verlasse euch und kündige. Fristlos.

Wahrscheinlich hätte ich mir den Zorn der Feministinnen auf mich gezogen. Vermutlich würde Pamela mich des Platzes verweisen. Nina, so könnte ich mir vorstellen, würde auf mich losgehen. Lin wäre fürchterlich am Heulen und Viola würde mich anschreien, was mir einfiele, ihre Freundin dermaßen zu attackieren mit dem, was ich gesagt hätte und Jaqueline? Sie würde mir vermutlich als Einzige zustimmen und die Chance nutzen, sich ebenfalls aus dem Staub zu machen.

Ich blieb still.

»Gut. Wir müssten zuerst wissen, wo das Feuerwerk dieses Jahr stattfindet.« Pamela sah einmal durch die Runde, ehe sie den Kuli zur Hand nahm, außerdem noch einen Block.

»Im Innenhof des großen Hotels in der Altstadt, wie jedes Jahr, schätze ich.« Ich war zufrieden mit mir. Schon dreimal hatte ich etwas gesagt. Somit konnte mir keiner der Frauen vorwerfen, so wie bei der Eichhörnchen-Rettung, dass ich mich nicht beteiligen würde.

Pamela nickte und schrieb tatsächlich das Wort ›Hotel‹ auf den Block. Dann bedachte sie jeden mit einem auffordernden Blick. »So, wie wollen wir vorgehen?«

»Man müsste zuerst wissen, wer dieses Riesenfeuerwerk veranstaltet. Ist das nicht diese Firma, die das auch für die Filmbranche macht?« Lin hatte sich nach ihrer ersten Heulattacke offensichtlich wieder gut im Griff und fühlte sich erneut in der Lage, wieder produktiv am Gespräch teilzunehmen.

»Die Pyrokraten«, sagte Nina, verschränkte die Arme vor der Brust und pustete mal wieder ihren blonden Pony nach oben. Sie machte das immer. Als ich ihr einmal vorsichtig vorgeschlagen hatte, den Pony etwas zu kürzen, heimste mir das einen Blick ein, der es zum Blick des Jahres geschafft hätte. Nie zuvor hatte mich jemand dermaßen böse angeschaut, wie in diesem Moment Nina. Überhaupt war sie eine jener Frauen, von denen man nur allzu gerne Abstand nehmen wollte. Sie war undurchsichtig. Über sich selbst sprach sie nie. Keiner von uns wusste, was sie beruflich machte. Ihre Wohnung, in der eben auch ab und zu mal ein Treffen stattfand, war völlig neutral. Kein einziges Detail ließ darauf schließen, was sie in der Zeit trieb, in der sie nicht mit den Frauen des Femi-Klubs zusammen war. Es wagte auch keiner zu fragen. Ich glaubte, dass zumindest Pamela über das Leben von Nina Bescheid wusste. Aber auch die war wie ein versiegelter Brief. Ich stellte mir immer vor, dass es mal einen Mann gegeben haben musste, der Nina zutiefst verletzt hatte und sie deswegen so einen unglaublichen Zorn in sich trug, dass man das bei jedem Satz, den sie sagte, regelrecht zu spüren bekam. Selbst wenn sie etwas fragte, klang das mehr nach einer Aussage mit Ausrufezeichen am Schluss.

»Die Pyrokraten? Nie gehört.« Viola war eine der Frauen neben Pamela, die keinerlei Misstrauen gegenüber Nina hatte. Viola hatte, noch während sie sprach, ihr Handy gezückt und scrollte mal wieder.

»Hier.« Sie legte ihr liebstes Teil auf den Tisch. Jeder versuchte, das Kleingedruckte zu lesen. »Die Pyrokraten – Feuerwerk für Hochzeiten, Bodenfeuerwerk, Pyrotechnik für die Film- und Theaterbranche, Großfeuerwerk«, las Pamela vor.

»Hey!«, rief Lin auf einmal. Alles zuckte erschrocken zusammen. »Die Nichte meines Vaters heiratet am Wochenende. Soviel ich weiß, wollen die dort auch ein Feuerwerk machen.«

Bei dieser Aussage konnte ich es nicht vermeiden, deutlich mit dem Kopf zu schütteln. »Also, deine Cousine!«

Lin sah mich an. »Ne. Die Nichte meines Vaters!«

»Ja. Die Nichte deines Vaters ist deine Cousine!«

Pamela klatschte mal wieder laut in die Hände. »Wie auch immer. Aber somit hätten wir unsere erste Aktion festgemacht. Also, eine Hochzeit, auf der ein Feuerwerk veranstaltet werden soll.«

#zwei

Als ich endlich im Auto saß und nach Hause fuhr, hatten wir bereits zweiundzwanzig Uhr. Zu spät für einen Kakao, viel zu spät, noch ein neues Buch zu beginnen. Heute war mal wieder so ein Tag, an dem ich intensiver denn je darüber nachdachte, den Klub zu verlassen. Ich bräuchte nur einen triftigen Grund. Aber so sehr ich auch darüber nachdachte, mir fiel einfach nichts ein, was es rechtfertigen würde, die Feministinnen zu verlassen. Vielleicht sollte ich gleich Sarah anrufen und sie zur Schnecke machen, dafür, dass sie mich in diesen Klub eingeführt hatte. Könnte ja sein, dass ich mich danach besser fühlen würde. Sarah war inzwischen in eine andere Stadt gezogen. Sie hatte sich verliebt. In einen Mann, der gute zehn Jahre älter war als sie. Er war Lehrer und aufgrund der guten Stelle, die er hatte, stand fest, dass Sarah, die ebenso im Buchladen gearbeitet hatte, wie ich es tat, zu ihm zog. Buchläden gab es auch in der neuen Stadt. Aber selbst ein Anruf bei ihr würde nichts an der Tatsache ändern, dass ich in dem Klub mehr als integriert war. Einmal hatte ich sogar die Überlegung, Fred zu fragen, ob er meinen neuen Freund spielen könnte. Dann könnte ich argumentieren, dass ein Feministen-Klub nicht kompatibel mit meiner neuen Beziehung wäre. Aber mein Kollege Fred war bereits liiert.

Es dauerte länger als sonst, ehe ich endlich in die Straße bog, in der sich das Mehrfamilienhaus befand, in dem ich eine kleine Zweizimmerwohnung hatte. Die Straßen waren glatt, trotzdem die Stadt dafür sorgte, dass regelmäßig gestreut wurde. Allerdings hatte ich gelesen, dass die Salzvorräte in diesem Jahr bereits zu neige gingen. Es hatte einfach zu früh mit dem Frost angefangen. Seit Tagen hatte es geschneit.

Ich parkte mein kleines rotes Auto, dessen ganze Rückscheibe mit dem Wort ›Buchfabrik‹ zugeklebt war, einige Meter vom Haus entfernt, da unmittelbar davor kein Platz mehr war. Wohl hatte ich mich etwas gewundert, dass die Haustüre offenstand. Vorsorglich zog ich den Reißverschluss meiner Funktionsjacke nach oben, ehe ich ausstieg und versuchte, zur Haustüre zu kommen, ohne auszurutschen.

Auf dem Gehweg war nur ein schmaler Streifen, der den Blick auf Teer freigab. Selbst wir Anwohner mussten mit dem Salz haushalten.

Aus dem Flur strahlte Licht und ich fragte mich, wer zum einen um diese Uhrzeit die Haustür offenließ, zum anderen, wer das Licht angemacht hatte.

Wir waren ein ruhiges Haus. Soviel ich wusste, war ich mit einunddreißig Jahren die mit Abstand jüngste Person, die dort eine Wohnung gemietet hatte. Alle anderen waren weitaus älter. Der Älteste, parterre wohnte er, hatte sogar die neunzig geknackt. Hermann. Ein liebenswerter älterer Herr, dem ich manchmal half, einzukaufen oder auch den einen oder anderen Gang zur Bank abnahm.

Während ich die offene Haustür endlich erreichte, schüttelte ich meine Jacke so gut es ging aus, um nicht im Flur alles nass zu machen. Es war nur ein kurzer Moment, in dem mein Hirn mir riet, die Bremse einzulegen, doch ehe ich auf diese Information reagieren konnte, stieß ich gegen eine Kommode, die genau vor der Treppe aufgebaut war, machte allgegenwärtig einen Sprung zurück, rutschte auf den nassen Fliesen aus und knallte auf meinen Allerwertesten. Mit schmerzverzerrtem Gesicht stand ich vorsichtig auf und prüfte, ob meine Hüfte noch so funktionierte, wie sie es sollte. Erst dann bemerkte ich, dass sich jemand auf der Kommode abstützte und zu allem Überfluss auch noch grinste.

»Eigentlich dachte ich, wir könnten uns zu einer anderen Zeit vorstellen.« Der Mann, der sich immer noch auf der Kommode abstützte, hielt mir die Hand entgegen, die ich nur widerwillig ergriff. »Ich bin der Neue. Zweite Etage. Ich glaube, du bist die, die mir gegenüberwohnt, oder?« Er schüttelte meine

Hand, die ich unweigerlich zurückzog. »Ich bin Roman.«

»Lisa«, kam es kurz und knapp über meine Lippen.

»Lisa also. Schön. Somit bist du die erste Bewohnerin in diesem Haus, die ich kennenlernen durfte.«

Endlich setzte mein Verstand wieder ein. »Wissen Sie, Roman, dann sage ich Ihnen gleich, dass wir hier ein ruhiges Haus sind und es nicht gewünscht wird, wenn man abends um diese Zeit zum einen die Tür offenstehen lässt, zum anderen eine … was auch immer genau vor die Treppe stellt.« Während ich das sagte, fuchtelte ich wild mit den Armen, ehe ich zum Ende auf den kleinen Schrank zeigte.

»Das ist die Unterwäschekommode meiner Mutter!«

»Das mag ja sein, aber die muss ja nicht vor der Treppe stehen, oder?«

Dieser Roman fuhr sich mit beiden Händen durch seine braunen Haare, rückte kurz seine Brille zurecht und grinste mich wieder an. »Es kommt gleich Hilfe, dann ist die Kommode weg.«

Kurz überlegte ich tatsächlich, ihm zu helfen. Einzig deshalb, weil ich endlich in meine Wohnung wollte. Mein Hintern, das spürte ich jetzt bereits, würde morgen mit Sicherheit blau sein.

»Roman?«, rief eine hohe Stimme plötzlich von oben. »Wo willst du den Karton hin haben?«

»Schlafzimmer. Nadja, kannst du gerade mal mit anpacken?«

»Moment, ich komme«, rief die Frau zurück. Ich schnaufte.

»Na schön, kommen Sie, ich helfe Ihnen.« Ich legte kurz den Kopf schräg, suchte eine geeignete Ecke, an der ich die Kommode anpacken konnte, fand sie und griff zu.

»Das ist wirklich nett von dir, Lisa. Geh du am besten vor, ist leichter für dich.«

Hatte dieser Roman nicht mitbekommen, dass ich ›Sie‹ zu ihm sagte? Ich wusste nicht, ob ich es frech oder sympathisch finden sollte, dass er nun offensichtlich kein Fan von der Anrede *Sie* war.

Ich schwang meine Tasche so um meine Schulter, dass sie nicht rutschen konnte, packte die Kommode und lief rückwärts, Stufe für Stufe, die Treppe nach oben. »Mein Gott, ist die schwer«, entfuhr es mir leicht gequält, wobei ich sagen musste, dass Roman sicherlich deutlich mehr Arbeit hatte, die Kommode so zu halten, dass es für mich leichter war.

»Vorheriges Jahrhundert.«

»Was?«, fragte ich stöhnend.

»Die ist aus dem vorherigen Jahrhundert, die Kommode meiner Mutter.«

»Aha.«

Mir schwanden so langsam die Kräfte.

»Mal absetzen?«, fragte Roman.

»Ja bitte.« Meine Arme zitterten von der Anstrengung, hinzu kam sicher die Müdigkeit, die ich an diesem Tag gar nicht losgeworden war. Immerhin hatten wir eine Etage geschafft. Schritte tönten durch das ganze Haus und ich hoffte, dass Hermann nicht um seinen Schlaf gebracht wurde.

Eine Frau, verrückt gekleidet, stand plötzlich hüpfend vor uns. »Hi! Ich bin Nadja. Das ist aber nett, dass du hilfst.« Gut. Auch sie schien es mit dem ›Sie‹ nun nicht ganz so ernst zu nehmen.

»Ich bin Lisa.« Ob man nun wollte oder nicht, man kam nicht drum herum, Nadja anzustarren. Ihre rötlichen Haare waren zu Dreadlocks gedreht. Sie trug ein Shirt mit großen bunten Punkten bedruckt. Ihre Hose, dessen Schritt ihr bis zu den Knien reichte, war gestreift, gelbe Hosenträger hielten die Hose hoch und knallrote geschnürte Stiefel rundeten das Bild ab. Noch nie zuvor hatte ich einen Menschen gesehen, der so bunt angezogen war.

»Na ja, ich löse dich dann mal ab, Lisa. Vielen Dank für deine Hilfe!«, sagte sie etwas irritiert vermutlich darüber, weil ich sie so anstarrte. Ich versuchte, schnell wieder auf die Kommode zu schauen. »Ich muss ohnehin in die zweite Etage. Lass uns das zusammen machen.« Die Vorstellung, dass dieses zarte bunte Wesen die Kommode mit Roman allein schleppen musste, tat mir fast schon leid. Es war nicht so, dass ich kein zartes Wesen war, jedoch deutlich kräftiger als Nadja, was keine Kunst war, wie ich fand.

Nadja und ich griffen beide an eine Seite des kleinen schweren Schrankes, Roman wuchtete die Kommode von unten hoch, sodass wir Frauen weniger Gewicht zu tragen hatten als er. Trotzdem war ich ziemlich fertig, als ich oben ankam.

»Vielen Dank, Lisa, den Rest schaffen wir allein.« Er reichte mir die Hand.

»Ja dann, herzlich willkommen hier im Haus.« Ich schüttelte seine Hand, bedachte Nadja mit einem Lächeln und war heilfroh, als ich endlich die Tür meiner Wohnung hinter mir schließen konnte. Ich atmete erleichtert aus, zog mir umständlich die Handtasche vom Körper, und schälte mich aus meiner Jacke.

Ich ging sofort, noch ehe ich mich umgezogen hatte, ins Badezimmer, putzte mehr schlecht als recht meine Zähne und schlenderte ins Schlafzimmer. Ich hatte nur noch einen Wunsch, schnell im Bett zu liegen und schlafen zu können.

Ich schaffte es noch so gerade, mein Handy so zu programmieren, dass es mich mit dem Lied ›Feuerwerk‹ von ›Wincent Weiss‹ um sechs Uhr wecken würde. *Ich weiß, Ironie des Schicksals, aber ich liebe diesen Song.*

Seit drei Jahren arbeitete ich schon in dem Buchladen ›Buchfabrik‹. Es war immer mein Traum, in solch einem Geschäft arbeiten zu dürfen. Ich liebte Bücher und hatte bereits zu Grundschulzeiten meinen Spitznamen *Lisma* bekommen. Aber auch die Hänseleien hatten mich nicht davon abgehalten, Bücher regelrecht in mich aufzusaugen. Schon damals war mein beruflicher Weg klar: Auf jeden Fall sollte es etwas mit Büchern zu tun haben. Meine Eltern hatten wohl gehofft, dass ich eine Schriftstellerin würde, aber dazu fehlte mir einfach das Geschick. Wozu mir ebenfalls das Talent fehlte, und dies war natürlich in meinem Job recht ungünstig, kundenorientiert zu sprechen. Manchmal hatte ich das Glück, dass ein Kunde kam und unweigerlich auf meine Chefin Esther zulief. Ich war dann raus aus dem Schneider und konnte weiter Bücher einsammeln, neueste Bestellungen aufgeben oder lesen. Immerhin musste man als jemand, der Bücher verkaufte, wissen, was so alles auf dem Markt war. Esther hatte es irgendwann aufgegeben, mir zu erklären, wie man möglichst mit Kunden umging, damit sie auch kauften.

»Guten Morgen, Esther!« Ich betrat die Buchfabrik immer mit einem Lächeln im Gesicht. In diesem Buchladen zu arbeiten, war mein absoluter Traum.

»Guten Morgen, Lisa. Du musst den Laden heute Mittag für eine oder zwei Stunden allein schmeißen.

Jürgen hat mich zum Essen eingeladen. Wir haben heute Hochzeitstag und Fred ist krank geworden. Der kommt diese Woche gar nicht mehr.«

Esther und Jürgen waren das Paar schlechthin, das eine einwandfreie Beziehung führte - und das nach mehr als zehn Jahren Ehe. Obwohl man nicht gerade sagen konnte, dass die Buchfabrik super lief und viel Geld abwarf, war Esther eine der Frauen, die einfach nur glücklich waren.

»Klar. Ich bin ja bis heute Abend da. Wo wollt ihr hin?« Ich nahm meine Chefin kurz in den Arm und drückte sie an mich.

»Zum Italiener. Wie jedes Jahr. Ist aber auch immer lecker und der Besitzer ist so nett. Er spendiert uns immer einen Schnaps und setzt sich dann mit an den Tisch. Wir sind seine Stammkunden.«

Esthers Augen, trotz dicker getönter Brillengläser, leuchteten regelrecht. Wenn ich sie so glücklich sah, kam in mir ein leichter Anflug von Neid auf. Nicht boshaft gemeint, aber dass ich mit einem Mann glücklich war, lag nun beinahe eineinhalb Jahre zurück. Gerd war meine erste große Liebe gewesen und die Beziehung zu ihm hatte durchaus auch wirklich schöne Seiten gehabt. Aber wir hatten uns auseinandergelebt und wir hatten ganz nüchtern entschieden, uns lieber im Guten zu trennen, solange es noch gut war. Gerd wohnte inzwischen im Süden Deutschlands. Zusammen mit seiner neuen Frau.

Nach nur drei Monaten, die sie sich kannten, hatten sie geheiratet. Nach der Trennung fühlte ich mich wahnsinnig einsam. Das war auch der Start gewesen, als Sarah mich mit zur Versammlung der Feministinnen genommen hatte. So fing alles an.

Wie jedes Mal hatte ich mir auch nach dem gestrigen Treffen mal wieder vorgenommen, den Klub nach dieser Aktion zu verlassen. Die Feuerwerksgeschichte machte ich noch mit, danach wäre für mich Schluss. Und um keinen zu verletzten, hatte ich mir überlegt, den Damen einfach zu erzählen, dass ich ein neues Hobby hätte, welches sehr viel Zeit in Anspruch nehmen würde. Am Wochenende wollten wir uns wieder treffen (unglücklicherweise auch noch bei mir) und detailliert die Geschichte mit dem Knallverbot diskutieren. Ich würde es nebenbei erzählen. So, dass keiner groß dazu kam, erstaunt zu sein, oder mich gar eindringlich zu fragen, warum in aller Welt ich den Klub, den großartigen Femi-Klub, verlassen wollte.

Ich brachte meine Jacke in den Aufenthaltsraum und machte mir einen Kaffee mit dem Vollautomaten, den Jürgen letztes Jahr spendiert hatte. Esthers Mann gehörte im Grunde mit zu uns, auch wenn er immer wieder betonte, dass er dem Lesen nicht so viel abgewinnen könnte und lieber stattdessen fernsah.

Esther kam zu mir und stellte ihre Tasse ebenfalls unter den Automaten. »Die Verkaufszahlen sind momentan ziemlich schlecht. Ich habe das Gefühl, es wird von Monat zu Monat schlechter. Ich verstehe es nicht. Will denn keiner mehr Bücher kaufen?« Sie fuhr sich durch ihre kurzen roten Haare und schob ihre Brille nach oben.

»Liegt bestimmt am Wetter. Sobald Schnee fällt, traut sich kaum noch einer vor die Tür zu gehen.«

»Mag sein. Aber, das war bisher das schlechteste Weihnachtsgeschäft, das ich hatte.«

Ich trank meine Tasse leer und stellte sie in die Spüle. »Es ist noch nicht vorbei mit Weihnachten. Ich bin mir sicher, es kommen noch viele Kunden und kaufen. Zwei Wochen haben wir ja noch bis zum Fest!«

Ich hatte mir oft über die schwindenden Kunden Gedanken gemacht. Schließlich garantierte mir Esther nur so lange einen Job, solange der Laden gut lief. Das war auch der Grund, warum ich versuchte, das Schaufenster besonders attraktiv zu gestalten. Menschen blieben stehen, staunten, kamen in den Laden und kauften. So stellte ich mir das jedenfalls vor.

Um halb zehn öffneten wir die Buchfabrik. Wieder begann es zu schneien und neben den Menschen, die sich wahnsinnig über vermutlich weiße Weihnachten freuten, gab es auch jene, die Schnee schlicht und ergreifend hassten, weil es das Chaos in der Stadt erst richtig perfekt machte. Ich gehörte zur ersten Gruppe. Ich freute mich wahnsinnig über weiße Weihnachten … und über Feuerwerk, das noch besser zur Geltung kam, wenn die Welt weiß war.

Ich stand hinter der Theke und gab die neusten Bücher in die Liste ein, während Esther mal wieder, wie so häufig in letzter Zeit, im Büro saß und sich die Verkaufsstatistiken anschaute.

Ich erschrak, als die Klingel nahe der Tür signalisierte, dass ein Kunde zugegen war. Ich sah auf.

»Roman?«

#drei

Obwohl ich den neuen Mitbewohner unseres Hauses ja nur gestern Abend im nicht gerade gut beleuchteten Treppenhaus gesehen und kurz kennengelernt hatte, kam er mir bereits merkwürdig vertraut vor.

»Wow. Ähm ... sorry, jetzt habe ich deinen Namen wieder vergessen.«

»Lisa.«

»Lisa, ja stimmt. Was für ein Zufall. Hier arbeitest du?«

Nö, ich bin nur zum Spaß hier.

»Ja. Hier arbeite ich. Und was möchtest du hier?«

Roman stampfte kurz auf der Fußmatte herum und kam zur Theke.

»Fünfhundert Gramm Gehacktes, bitte.«

Ich neigte den Kopf etwas zur Seite und sah ihn reichlich irritiert an.

»Was?«

Er fing laut an, zu lachen. »Ich möchte natürlich ein Buch kaufen. Du scheinst nicht gerade witzig zu sein, oder? Na ja, sind Bücherwürmer ja nur selten.«

Es dauerte einige Sekunden, ehe ich die Fassung wiedererlangte.

»Entschuldige, aber ich arbeite hier. Da ist es nicht angebracht, witzig zu sein. Ich nehme meinen Job sehr ernst!« Als Geste der Überlegenheit schleuderte ich meine Haare zurück auf meinen Rücken und sah ihn hochnäsig an.

Er hob gleich eine Hand und machte eine beschwichtigende Geste. »Entschuldige bitte. Natürlich nimmst du deinen Job ernst. Ich nehme meinen im Übrigen auch ernst.«

Er beugte sich über die Theke und verharrte so. Ich wich etwas zurück, in der Hoffnung, dass es nicht allzu sehr auffiel, aber das war mir definitiv zu viel Nähe von einem Kunden.

»Also? Was kann ich für dich tun?«, fragte ich versucht professionell.

Roman lächelte. »Ich wollte Nadja ein Buch schenken. Dafür, dass sie mir gestern geholfen hat.«

Ich nickte und kam um die Theke herum. Dann stand ich vor ihm und rieb meine Hände aneinander, die anfingen, kalt zu werden.

»Ein Buch. Das ist ein ziemlich dehnbarer Begriff. Was liest sie denn?«

Sein Lächeln verschwand und er presste kurz die Lippen aufeinander. Dann stöhnte er. »Ich glaube, Liebesromane.«

Jetzt war ich diejenige, die lächelnd den Kopf schüttelte. »Du wirst doch wissen, welches Genre deine Freundin bevorzugt.«

»Schwester.«

»Wie bitte?«

»Nadja ist meine Schwester und nicht meine Freundin.«

Ich hustete kurz gekünstelt. »Entschuldige, ich dachte sie und du ... na ja. Egal. Also, Liebesromane.«

Ich ging zielstrebig zu jenen Regalen, die ausschließlich Romane enthielten, die mit Liebe zu tun hatten. Jedoch gab es da ja nun auch große Unterschiede.

»Kannst du noch weiter einschränken? Also, welche Art von Liebesroman? Etwas mit Tiefgang vielleicht? Nicht so kitschig? Oder eher einfach und oberflächlich?«

»Mit Tiefgang?«

Ich wendete den Blick vom Bücherregal ab und sah ihn mit hochgezogenen Augenbrauen an.

»War das eine Frage?«

Ein energischer Ausdruck trat in sein Gesicht. »Nein. Bitte ein Buch ... äh, ich meine, einen Roman mit Tiefgang. Etwas Besonderes.«

Ich nickte und zog zielstrebig ein Buch hervor.

»›*Destiny: Ein Hauch von Schicksal*‹. Kann ich sehr empfehlen. Keine gewöhnliche Liebesgeschichte, sondern eine mit Tiefgang und vor allem eine Geschichte, die zum Nachdenken anregen soll. Ich habe das Buch verschlungen!«

Ich hielt es ihm entgegen.

»Prima. Dann also, ›*Ein Hauch von Schicksal*‹.« Roman nahm mir das Buch aus der Hand und bedachte mich mit einem intensiven Blick, dann schaute er sich die Rückseite des Buches an. Nur schwer konnte ich mich von ihm lösen, schüttelte kurz den Kopf, schlängelte mich an ihm vorbei und nahm wieder meinen schützenden Platz hinter der Theke ein.

Erst nach einiger Zeit kam er ebenfalls zur Theke und gab mir den Roman zurück. Ich scannte sofort den Barcode ein und hatte plötzlich Schwierigkeiten, Roman in die Augen zu sehen. Irgendetwas stimmte nicht mit ihm. Nur was? »So. Dann bekomme ich von dir neun Euro neunundneunzig.« Wieder stützte er sich mit einem Unterarm vor mir auf dem Tisch ab, zog lässig sein Portemonnaie aus der Innentasche seiner Jacke, kramte und zog einen Hundert Euroschein raus. »Tut mir leid, habe es leider nicht kleiner.«

»Kommst du zurecht, Lisa?«, rief es aus dem Büro.

»Ja, ja. Ich … ich komme zurecht. Auf jeden Fall. Schaffe ich«, stotterte ich. Es musste an seinem intensiven Blick, mit dem er mich, seit er die Buchfabrik betreten hatte, musterte, liegen. Kein Zweifel. Ich konnte nicht sagen, ob ich es unheimlich oder gut fand. Seine Augen sahen von Weitem aus, als seien sie schwarz. Erst wenn er einem näherkam, erkannte man, dass es sich um ein dunkleres braun handelte. Wenn man ganz genau hinsah, was ich nur einmal gemacht hatte, waren da fast schon kupferfarbene Sprenkel zu sehen. Eine Gänsehaut überzog meinen Körper. Er machte mich nervös. Sehr sogar.

»So, und einen Cent zurück«, murmelte ich und legte das Geld vor ihm hin. Ich erschrak fast, als er laut auflachte.

»Hör mal, Schätzchen, ich habe dir hundert gegeben. Da fehlen noch neunzig Euro.«

»Ne. Du hast mir zehn gegeben, oder?«

Als wieder die Glocke der Eingangstür ertönte, sahen wir beide auf. Pamela. Die hatte mir gerade noch gefehlt.

Ich nickte ihr kurz lächelnd zu. Dann widmete ich mich wieder Roman. »Also?«

»Ich habe dir hundert gegeben. Aber, wenn du mir nicht glaubst, wirst du heute Abend sicherlich neunzig Euro zu viel in der Kasse haben. Du weißt ja, wo ich wohne. Kannst du mir dann einfach vorbeibringen. Deal?«

Aus den Augenwinkeln sah ich Pamela mit verschränkten Armen vor der Brust nahe dem Regal mit Krimis stehen.

»Ich gebe dir neunzig Euro. Sollten die heute Abend fehlen, weiß ich ja auch, wo du wohnst«, versuchte ich selbstbewusst von mir zu geben und hörte gleich, dass es sich unsicherer anhörte als alles andere.

Roman beugte sich noch weiter über die Theke und jetzt sah ich, dass Pamela den Kopf in unserer Richtung drehte. »Du kannst die neunzig Euro natürlich auch bei mir abarbeiten. Mir würde da ne Menge einfallen, was du tun könntest.« Er grinste schief und zwinkerte mich obendrein auch noch an.

»So eine bin ich nicht!« Die Entrüstung darüber, was er gerade zu mir gesagt hatte, schaffte ich nicht zu verbergen. Aber wenn dieser Hallodri glaubte, es würde mich in irgendeiner Art und Weise beeindrucken, was er da gerade vom Stapel gelassen hatte, dann hatte er sich geschnitten.

»Lisa?« Ich zuckte zusammen und schaute zu Pamela, die sich zu uns gedreht hatte, immer noch die Arme vor der Brust verschränkt. »Kommst du mal?«

»Ich bin sofort bei dir Pamela.« Ich fing an, zu schwitzen. »Also, wie machen wir es denn jetzt?« Ich schaute zu Roman auf. Er grinste immer noch schief. Ein selbstgefälliges Arschloch war er, nichts weiter.

Er schaute mich einfach nur an und ich sah genau, wie er nahezu mein ganzes Gesicht mit seinen Augen scannte. Ich war fast erleichtert, als er etwas sagte, denn die Stille tat mir fast schon weh. »Lisa, ich denke, wir sehen uns heute Abend bei mir. Ich bereite dann mal was vor für uns beide.«

Noch ehe ich reagieren und dazu etwas sagen konnte, zwinkerte er mir zu und verließ den Laden.

Sofort kam Pamela zur Theke. »Was war das denn für ein aufgeblasener Kerl? Ich war kurz davor, dir zur Hilfe zu kommen.« Sie klemmte sich ihre blonden Haare hinter die Ohren, was meist nur wenige Sekunden tatsächlich hielt, weil sie ihr nur bis zur Mitte ihrer Ohren reichten, und sah mich prüfend an. Dieser prüfende Blick hatte nur eins zu bedeuten: Fang an zu erzählen!

»Ja. Der Typ ist in die Wohnung gezogen, die meiner gegenüberliegt.« Natürlich, ich wusste es ja, reichte Pamela diese Information nicht aus.

»Oh Gott, du Arme. Ist sicher nicht leicht, mit so einem Macho unter einem Dach zu leben. Und wie der aussah. Furchtbar.«

Dazu musste man wissen, dass es keinen Mann gab, der Pamela gefiel. Alle Männer waren in ihren Augen hässlich. Egal welcher. Ich musste mir eingestehen, dass ich Roman äußerst attraktiv fand. Er war ziemlich groß, sicherlich einen Meter und neunzig, seine dunkelbraunen Haare waren perfekt frisiert und diese Augen … man kam nicht drum herum, ihm in die Augen zu sehen. Es kam mir eben beinahe so vor, als habe sein Blick eine anziehende Wirkung. Das Einzige, das ich wirklich sagen musste und damit sicher auch die Meinung von Pamela vertrat, die Wahl seiner Klamotten ließ schon auf einen, um es mal vorsichtig auszudrücken, Weiberheld schließen. Eine enge moderne Jeans, die an den Knien Löcher hatte, Biker Stiefel an den Füßen und obendrauf trug er eine Lederjacke, die nur von jenen getragen wurde, die selbstbewusst durchs Leben wanderten. Ein Mauerblümchen, wie man so schön sagte, war er mit Sicherheit nicht.

Nach der Trennung von Gerd hatte ich mich nicht mehr für irgendwelche Männerbekanntschaften interessiert. Den einen oder anderen Kunden fand man sicher schön und man riskierte auch mal den einen oder anderen Blick, aber es war nicht so, dass ich Interesse hatte, jemanden kennenzulernen. Natürlich gab es Abende, an denen mir ein Partner fehlte. Eine Schulter, an die man sich anlehnen konnte. Jemanden, mit dem man erzählen konnte. Aber auf der Suche war ich nicht. Im Grunde würde mir auch die Zeit fehlen, auf die Suche zu gehen. Letztendlich war es ja so, es passierte, genau zu dem Zeitpunkt, an dem man schon gar nicht mehr damit rechnete, dass es passieren würde.

»Ja, der war schon ziemlich cool gekleidet«, äußerte ich und wischte mit einem Lappen über die Theke.

»Na ja, egal. Du, ich bin hergekommen, weil wir unser Treffen auf heute Abend legen wollten.« Sie beugte sich weit vor und musterte mich intensiv. Ich kannte den Blick … »Du hast ja Zeit, nicht wahr?«

Ich schnaufte und schaute in die obere linke Ecke, wie man es immer tat, überlegte man.

»Heute Abend? Ui, das ist aber kurzfristig.«

»Du willst ja wohl nicht zu diesem Typen gehen, oder Lisa?«

Was würde passieren, wenn ich jetzt ›Ja‹ sagen würde? Pamela würde ausflippen. Sie würde mich hasserfüllt ansehen, mit dem Kopf schütteln, die Hände zu Fäusten ballen, ehe sie in Tränen ausbrechen und mir unmissverständlich sagen würde, was für ein schlechter Mensch ich doch wäre, die Frauen einfach allein zu lassen. Ich holte Luft. Pamelas Augen weiteten sich, ihre Nase war höher als eben noch.

»Ja, klar habe ich Zeit.«

Ausatmen.

Augenlider wieder auf normaler Höhe.

Nase neigte sich nach unten.

»Ja, gut. Also dann um neunzehn Uhr bei dir. Und keine Sorge, weil es so kurzfristig ist, bringen wir alle etwas für ein Buffet mit. Ich habe ja noch von gestern was da.«

Fakt war, ich musste diesen Treffen absolut ein Ende bereiten. Ich wollte nicht mehr. De facto schon nicht mehr, als Sarah noch mit von der Partie war. Nur wie sollte ich das anstellen?

Hatte es zuvor nur etwas geschneit, so war der Schneefall jetzt so stark, dass man im Grunde nur noch Weiß draußen sah.

Pamela zog ihre südamerikanische Wollmütze aus ihrer Jacke, die sie von ihrer Mutter auftrug, und setzte sie sich auf. Ich konnte von mir nicht gerade behaupten, ein moderner Mensch zu sein, vor allem, wenn es um Kleidung ging, aber Pamela schoss den Vogel eindeutig ab. Diese Wollmütze unterstrich nahezu perfekt ihre Frisur. Der Pony kurz, an den Seiten reichten die Haare bis zur Mitte ihrer Ohren, genauso, wie es diese Mütze mit dem Bommel obendrauf tat. Hatte sie denn gar keinen Geschmack?

Mein Über-Ich sprach weise: Finde einen Grund, diese Feministinnen zu verlassen. Tu es.

Pamela lächelte mich kurz an, hob die Hand und verließ den Laden. Ich sah ihr nachdenklich hinterher. Ich bräuchte definitiv ein Hobby. So wäre der Grund, den Klub zu verlassen, ein einfacher. Zeit. Ich hätte dann keine Zeit mehr, an den Treffen teilzunehmen. Wenn noch kein Thema für die nächste Demo gefunden war, trafen wir uns immer dienstags. Reihum. Immer bei einem anderen. Dieses Mal war ich wieder an der Reihe. Das nächste Mal, wann immer das auch wäre, wären Lin und Viola dran.

»Kommst du zurecht, Lisa?«, rief Esther aus dem Büro.

»Ja. Ich sortiere mal die Neuzugänge ein. Es ist ruhig gerade.«

»Okay«, hörte ich sie gedämpft. Sicher machte sie sich darüber Gedanken, wie man den Laden wieder ans Laufen bringen könnte. Na, immerhin hatten wir an diesem Tag schon neun Euro neunundneunzig eingenommen. Nicht viel, aber wenigstens etwas.

Ich wuchtete den Karton mit den neusten Thrillern zum Regal, in dem nur dieses Genre vertreten war, und begann nach Autorennamen einzusortieren. Wirklich bei der Sache war ich nicht. Immer mehr formte sich der Gedanke in meinem Kopf, heute Abend den Klubmitgliedern zu verkünden, dass ich zukünftig nicht mehr teilnehmen würde. Irgendein Hobby würde mir wohl noch einfallen.

Ich schreckte zusammen, als die Glocke der Tür und kurz darauf ein Getrampel auf der Fußmatte ertönte. Ich drehte mich um. Eine Frau, mittleren Alters, schüttelte sich den Schnee von der Kleidung ab, und stöhnte laut. »Was für ein Wetter. Guten Morgen.«

»Guten Morgen. Kann ich Ihnen weiterhelfen?«, fragte ich höflich und ging auf sie zu.

»Ja, Frau Holle sagen, sie möge bitte aufhören, die Kopfkissen zu schütteln.«

»Wie bitte?« Ich sah sie völlig entgeistert an.

»Ein Witz, das war ein Witz!«

»Ah.« Ich überlegte fieberhaft, was daran witzig gewesen sein sollte, aber, um der Dame nicht den Spaß zu verderben, lachte ich mit. Dann wurde sie plötzlich wie auf Knopfdruck ernst und kam dicht zu mir.

»Haben Sie auch so bestimmte Literatur? Sie wissen schon. Solche Bestimmte.«

»Wie bitte?«

Sie schüttelte kurz ihre Haare zurück und kam noch dichter zu mir. Ich wich mit dem Kopf etwas zurück.

»Diese Literatur. Diese Besondere. Sie wissen schon.«

»Nein?«

Sie flüsterte mir etwas ins Ohr. Aber ich verstand sie nicht. Ich schüttelte den Kopf. »Vielleicht sagen Sie einfach etwas lauter, was Sie wünschen.«

Sie presste kurz die Lippen zusammen, ehe sie mir wieder sehr nahekam. »So mit Männern. Sie wissen schon.«

Mein Gesichtsausdruck erhellte sich. »Ah, jetzt verstehe ich Sie. Dann folgen Sie mir mal.«

Ich ging zielstrebig zu den Regalen mit den Science-Fiction Romanen, die überwiegend im Weltraum spielten, zu. Grundthema dieser Bücher: Männer und ihre Physik. Gerade als ich Luft holen wollte, um der Dame zu erklären, welche großartigen

Autoren in diesem Genre vertreten waren, kam sie mir zuvor.

»Nein. Sie verstehen nicht. Da wo so nackte Männer auf den Covern sind. So ... Sie wissen schon.«

»Oh. Ach so. Die meinen Sie. Ja, dann müssten wir da vorne um die Ecke gehen. Im hinteren Regal sind solche Schmuddel Romane.«

#vier

Dass die Kundin kurz nach Luft schnappte, hörte ich nicht wirklich, allerdings war die Wortwahl *Schmuddel Romane* nicht unbedingt die Beste gewesen. Ich versuchte, mir Mühe zu geben.

»Also, suchen Sie denn in diesem Genre ein bestimmtes Thema?« Ich lächelte sie an.

»Wie meinen Sie das?«

Wieder ertönte die Glocke. Ein Herr betrat die Buchfabrik. »Ich bin gleich bei Ihnen«, rief ich dem älteren Mann zu. Insgeheim hoffte ich, Esther würde nach vorne kommen. Sie fragen, wollte ich nicht, denn schließlich wäre ich heute Mittag ja auch allein im Laden.

Ich wendete mich wieder an die Kundin, die inzwischen den Kopf schräg gelegt hatte und versuchte, die Buchrücken zu inspizieren.

»Also, wenn Sie etwas lesen wollen, wo der Mann die Frau mal so richtig verhaut, dann müssten Sie hier unten schauen. Oder wollen Sie lieber was im Gay-Bereich lesen? Interessiert viele Leser, wie es Männer mal so miteinander treiben.« Ich zog ein

Buch hervor. »Oder dieses hier vielleicht? Hat sich ganz gut verkauft.«

»Ich suche schon etwas, das ein klein wenig anspruchsvoll ist!« Warum die Frau jetzt irgendwie wütend klang, konnte ich nicht verstehen.

»Anspruchsvoll? In diesem Genre?«, entfuhr es mir.

»Also, Sie verkaufen doch auch solche Bücher hier! Was ist denn mit diesem hier?«

Sie zog eines der Bücher aus dem Regal, auf dessen Cover angedeutet eine explizite Szene zu erkennen war.

»Also von diesem Roman rate ich Ihnen wirklich ab. Der ist nicht gut.«

Sie stopfte das Buch zurück und zog ein anderes heraus. Sie sah mich wütend und fragend zu gleich an.

»Kann man, muss man aber nicht.« Ich zog eines der Bücher hervor. »Das wäre noch eine Möglichkeit, aber wirklich gut ist was anderes.«

Der ältere Herr räusperte sich. »Ach, guten Morgen Frau Schimmel-Rübsaat. Wie geht es Ihrem Mann? Wird er denn am Sonntag wieder die Messe halten?« Der ältere Herr lächelte die Kundin vertraut an, ehe sein Lächeln verrutschte und er mit hochgezogenen Augenbrauen auf das Buch in ihrer Hand schielte. Die Kundin steckte es schnell wieder ins Regal und verließ die Ecke ohne Roman.

»Vermutlich wird er das. Höchstwahrscheinlich. Vielleicht. Also, auf Wiedersehen.«

Oh nein. Eine Kundin, die ohne Buch den Laden verließ? »Was ist mit dem Klassiker? ›Fifty Shades of Grey‹? Wird immer wieder gerne gekauft!«, rief ich hinter ihr her, aber sie drehte sich gar nicht mehr um.

»Frau Schimmel-Rübsaat, ganz liebe Grüße an Ihren Mann und gute Besserung. Dann eventuell bis Sonntag in der Kirche!«, sagte der ältere Herr.

Frau Schimmel-Rübsaat verließ, ohne etwas zu sagen, den Laden.

»So, was darf ich denn für Sie tun?«, fragte ich nach dieser Kundin reichlich unmotiviert.

»Ich suche einen Reiseführer über die Toskana.«

»Sehr gerne, wenn Sie mir bitte folgen würden?«

Über Mittag war nur eine weitere Kundin in die Buchfabrik gekommen, die für ihren achtjährigen Sohn ein Buch gekauft hatte. Eine Beratung konnte ich mir glücklicherweise sparen, da die Frau genau wusste, welches Buch sie für ihn kaufen wollte. Ich hatte, um Zeit zu überbrücken, das Schaufenster neugestaltet, winterlich, in der Hoffnung, dass auch dies mehr Kunden anziehen würde. Die Verkaufszahlen waren wirklich miserabel und letztlich war ich diejenige, neben Fred, die davon profitierte, wenn die Zahlen wieder steigen würden. Ich hatte so manches Mal Angst, meinen Job zu verlieren. Aber je mehr ich mir Mühe gab, zu verkaufen, desto öfter ging es schief, wie heute Morgen noch.

Gegen Feierabend war meine Laune auf dem absoluten Tiefpunkt angelangt. Neben dem schlechten Verkauf kam sicherlich die Aussicht dazu, gleich mit den Frauen des Femi-Klubs über die bevorstehende Demo zwecks Knallverbot sprechen zu müssen. Und das Ganze auch noch bei mir zu Hause. Aber, so nahm ich mir vor, der heutige Tag wäre dazu bestimmt, Pamela ganz klar meinen Austritt aus dem Klub zu erklären. Diese eine Aktion machte ich noch mit, danach wäre für mich Schluss.

»Wie war es beim Italiener?«, fragte ich Esther, während wir die Abrechnung machten.

»Gut. Wie immer«, murmelte sie und schüttelte den Kopf, als sie einige Male auf dem Taschenrechner rumgedrückt hatte. Sie war besorgt. Zurecht. Nicht einmal hundert Euro hatten wir an diesem Tag eingenommen. Hätte die Kundin wenigstens doch einen Schmuddel-Roman gekauft, wären wir immerhin auf über hundert Euro gekommen. So aber nicht.

Esther zählte das Geld, während ich noch einmal nach dem neu gestalteten Schaufenster sah und einige Verbesserungen vornahm. »Gefällt dir das so?«, fragte ich und zeigte auf meine selbst gebastelte Schneelandschaft aus Watte.

»Hm«, hörte ich es nur leise. Ich drehte mich zu ihr um. Sie stand hinter der Theke und hielt einige Scheine in der Hand. »Wir haben genau neunzig Euro zu viel in der Kasse.« Erneut tippte sie auf dem Taschenrechner und schüttelte dabei unentwegt den Kopf.

»Oh, ja. Esther, ein Freund von mir hat ein Buch gekauft und wir waren uns beide nicht sicher, ob er mir zehn oder hundert Euro gegeben hatte. Dann waren es wohl doch hundert. Er wohnt mir gegenüber. Ich habe ihm heute Morgen gesagt, dass ich ihm das Geld mitbringe, wenn er doch mit Hundert bezahlt hat.«

»Okay. Denkst du aber bitte das nächste Mal daran, darauf zu achten, mit welchem Schein die Kunden bezahlen, ja?«

»Ja, ja, mache ich. War ehrlich nur ein Versehen.«

Esther nickte, legte die neunzig Euro auf die Theke und schloss die Kasse ab. »Du kannst dann Feierabend machen.«

Ich nahm das Geld, steckte es in meine Tasche und holte meine Winterjacke. Draußen erkannte man ein einziges Verkehrschaos. Die Leute waren so viel Schnee nicht mehr gewohnt. Seit Jahren hatte es nicht mehr so viel geschneit, wie in diesem Dezember und ich befürchtete, bis ich zu Hause wäre, dass mir nicht mehr viel Zeit bliebe, ehe die Frauen eintrudelten. Leichte Aufregung machte sich in mir breit. Wie würden sie reagieren, wenn ich heute Abend verkündete, dass dies die letzte Aktion sei, die ich mitmachen würde?

Ich verabschiedete mich von Esther und verließ die Buchfabrik. Mein Auto stand auf dem Mitarbeiterparkplatz hinter dem Gebäude, was mir garantierte, stets einen Platz zu haben und nicht bereits morgens auf die Suche gehen zu müssen.

Meinen Wagen vom Schnee zu befreien dauerte sicherlich zehn Minuten, ehe ich von innen überhaupt die Möglichkeit hatte, die Straße zu erkennen. Es war kalt und wieder kam der Gedanke, doch lieber in Gammel-Klamotten auf der Couch liegen zu wollen, mit einer heißen Tasse Kakao und einem guten Buch.

Kopfschüttelnd lenkte ich mein Fahrzeug auf die Hauptstraße und fuhr nach Hause.

Während der Fahrt überlegte ich, Roman die neunzig Euro einfach in den Briefkasten zu werfen. Große Lust, mich jetzt mit ihm auch noch auseinandersetzen zu müssen, hatte ich nicht. Es war schlimm genug, dass ich mich selbst dabei ertappte, immer wieder an diesen Typen denken zu müssen. Aber seine Augen waren wirklich interessant, das konnte ich nicht abstreiten. Die von dem Schauspieler aus ›*Fifty Shades*‹ allerdings auch. Viele Männer hatten schöne Augen. So war es nun mal.

Glücklicherweise fand ich relativ nahe dem Haus einen Parkplatz, sodass zumindest gesichert war, nicht allzu vollgeschneit zu werden. Wenn das die Nacht so weiterging, hätten wir morgen bestimmt den absoluten Schneehochstand seit Aufzeichnung durch Meteorologen.

Ich zog noch im Auto meine Kapuze über den Kopf, stieg aus und lief, so schnell es ohne auszurutschen möglich war, zur Haustüre. Komme was wolle, ich musste morgen auf jeden Fall Zeit finden, für Hermann einkaufen zu gehen. Schließlich sollte der alte Mann bei diesem Wetter nicht vor die Tür gehen müssen.

Als ich endlich in meiner Wohnung war, atmete ich erleichtert auf und zu meiner kleinen Freude sah ich, dass ich noch genau eine halbe Stunde allein sein konnte, bevor die Frauen eintrafen. Insgeheim drückte ich mir die Daumen, dass sie anriefen und sagten, das Wetter sei so schlecht, jede wolle lieber bei sich bleiben. Oder, auch schon vorgekommen, wir könnten skypen. So könnte jeder zu Hause bleiben und man konnte sich trotzdem austauschen. Wäre dem so, würde ich mein Buch so aufstellen, dass ich lesen konnte und jeder der Frauen dachte, ich würde natürlich in die Kamera schauen und an der Unterhaltung teilnehmen. Doch je länger ich über diese Möglichkeit nachdachte, desto mehr schwand die Hoffnung. Natürlich rief keiner an. Natürlich schickte keine der Frauen eine Nachricht, in der es hieß: heute nicht. Wegen Wetter und so.

Sie waren alle Feuer und Flamme. Alle, außer vielleicht Jaqueline. Sie würde sicher auch liebend gerne austreten.

Nachdenklich stellte ich einige Schalen mit Knabberzeug auf den Wohnzimmertisch, außerdem noch Gläser für jede, sowie einige Safttüten und Mineralwasser. Was anderes hatte ich nicht. Und der, der einen heißen Kakao trinken wollte, sollte es mir sagen, dann könnte ich den zubereiten und den Frauen für eine kurze Zeit, die ich dann in der Küche stehen würde, entfliehen.

Um mich etwas von dem Gedanken der Verkündung meiner Kündigung an diesem Abend loszueisen, schaltete ich den Fernseher ein und zappte mich durch die Programme. Wissenswertes lief offensichtlich nicht und so blieb ich bei einem Vortrag über Frauen hängen, die an der deutschen Meisterschaft im Poledance teilnahmen. Meinen Kakao machte ich mir in der Mikrowelle heiß und stellte in jedem Zimmer die Heizung etwas höher ein.

Und dann ertönte die Klingel. Zehn Minuten zu früh …

Ich schloss kurz die Augen, öffnete sie wieder, zog einmal scharf die Luft ein, ließ sie zwischen spitzen Lippen wieder entweichen, schaltete den Fernseher aus und ging gemächlich in den Flur. Ich zog die

Mundwinkel nach oben und öffnete. Meine Winkel fielen augenblicklich wieder nach unten. Roman.

Er lehnte sich lässig gegen die Türzarge und grinste mich an. Seine dunklen Augen sahen auf mich herab. Seine Hände hatte er in die Hosentaschen gesteckt.

»Wie lief die Abrechnung?«, fragte er. Es dauerte einige Sekunden, ehe ich verstand, was er damit meinte.

»Oh. Ja klar. Entschuldige. Ich habe deine neunzig Euro mitgebracht.« Einen Tick zu hektisch schoss meine rechte Hand in meine Hosentasche und zog raus, was sie fand. Ich hielt ihm die offene Hand entgegen.

»Eine Verpackung eines Tampons. Prima. Vielen Dank!«

Noch ehe ich schnell in meine andere Tasche greifen konnte, nahm er mir die Plastikverpackung aus der Hand. Sein Grinsen wurde noch breiter. Ich spürte, wie mir die Röte ins Gesicht stieg. »War … war die andere Tasche«, stotterte ich und hielt nun endlich die neunzig Euro in der Hand.

»Super! Dann machen wir einen Tausch, ja?« Ich schluckte und versuchte ein Lächeln zustande zu bekommen. Roman gab mir das Papierchen zurück und nahm sein Geld.

Dann passierte nichts mehr. Roman stand weiterhin da und grinste mich an. Ich hielt mich an meiner

Wohnungstür fest und überlegte fieberhaft, was ich jetzt sagen könnte, um dieser Stille zu entfliehen. Er machte mich nervös. Das war das Beschissene daran. Wenn ich nervös war, klappte sprechen – ich sage mal lieber, Sprache, dessen Inhalt es würdig ist, gesprochen zu werden – nur selten.

»Ich würde dich gerne reinbitten, aber ich bekomme noch Besuch«, sagte ich, als die Stille die Spitze erreicht hatte. Roman hob lachend die Hand und drückte sich von der Zarge ab.

»Wenn, dann müsste ich dich wohl eher zu mir einladen. Schließlich bin ich neu eingezogen und es gilt, eine Einweihungsparty zu veranstalten.«

Ich winkte gleich ab und schüttelte zusätzlich den Kopf. »Also, das brauchst du nicht machen. Hier im Haus schätzen die Bewohner keine Partys. Es würde ohnehin keiner kommen. Verstehst du? Die Leute im Haus wollen Ruhe haben. Mehr nicht. Da kannst du es dir sparen, deinen Einzug zu feiern. Und als kleinen Tipp von mir, die hier schon etwas länger wohnt, bitte achte doch darauf, wenn deine Freundin kommt, nicht zu laut zu sein. Die Wände hier sind recht dünn und der, der zuvor in deiner Wohnung gewohnt hat, fand es wohl lustig, seine Freundin nahezu jeden Abend zum Schreien zu bringen. Wir wollen hier so etwas nicht.«

Jetzt verschwand sein Lächeln.

An dieser Stelle muss ich wohl mein großes Manko erwähnen, das meist dann zutage tritt, wenn ich besonders nervös bin, oder aber, wenn ich versuche, etwas ganz gut zu machen: Zu sprechen, ohne zuvor darüber nachgedacht zu haben, äußerst offen mit etwaigen Themen zu sein, das Gegenüber somit in eine peinliche Situation zu bringen.

»Da kann ich dich beruhigen, Lisa. Ich habe keine Freundin. Aber, wenn du willst, kann ich dich gerne mal zum Schreien bringen.« Der krönende Abschluss seiner Rede war der, mich anzuwinkern, das die Bedeutung dessen, was er gesagt hatte, nur allzu deutlich zum Vorschein brachte.

»Wenn du glaubst, wie der Vorgänger deiner Wohnung es mit seiner Freundin gemacht hat, mich mit Spinnen oder Verkleidungen erschrecken zu wollen, melde ich das der Hausverwaltung! Und jetzt entschuldige mich bitte, aber mein Besuch müsste jeden Moment da sein!« Just in dem Moment klingelte es und ich drückte allgegenwärtig auf. Dann hörte man die Schritte der Frauen euphorisch nach oben kommen. Roman schüttelte den Kopf und grinste wieder.

»Kann es sein, dass du ziemlich schwer von Begriff bist?«

Auf der Hälfte der Treppe blieb Pamela stehen. Alle, die hinter ihr waren, stießen unsanft gegen sie.

»Brauchst du Hilfe, Lisa?«, fragte Pamela, kniff die Augen etwas zusammen und starrte Roman an. Der grinste immer noch und schaute zu den Frauen auf der Treppe. »Da bin ich jetzt echt erleichtert. Ich dachte schon, dein Besuch sei ein Mann. Willst du uns nicht vorstellen?«

Mir lagen schon die flüsternden Worte auf der Zunge, die da hießen: Wenn dir dein Leben lieb ist, machst du jetzt ganz schnell einen Abflug!

#fünf

Glücklicherweise musste ich niemanden mehr vorstellen, weil Pamela wortlos, mit einem Korb in der Hand in meine Wohnung stiefelte, gefolgt von allen Frauen. Nur Jaqueline hatte Roman angelächelt, ihn blitzschnell von oben bis unten begutachtet und war erst dann reingegangen.

»Du siehst ja, ich habe zu tun.«

Roman lachte und zeigte in meine Wohnung. »Was soll das sein? Der Klub der Feministinnen?«

Ich starrte ihn an. Woher wusste er das? Auch Romans Grinsen verebbte. »Oh mein Gott. Ich habe recht, oder? Habe ich recht?«

»Also dann, bis irgendwann mal. Tschüss.«

Ich schloss schnell die Tür, ohne darauf zu warten, ob Roman noch etwas erwidern wollte. Dann holte ich tief Luft, klatschte für mich allein einmal in die Hände und ging ins Wohnzimmer, wo sich alle versammelt hatten, außer Pamela. Sie war in der Küche beschäftigt. Ich hörte, wie sie alle möglichen Schränke öffnete, Teller hervorholte und vermutlich ihr mitgebrachtes Essen von gestern darauf drapierte.

Ich setzte mich neben Lin und Viola auf die Couch. Jaqueline und auch Nina saßen im Schneidersitz auf meinem wollweißen Teppich und starrten beide ins Nichts. Ich spürte genau, dass ihnen etwas auf der Zunge lag und noch ehe ich irgendetwas sagen konnte, begann Nina in ihrer unvergleichlich monotonen und aggressiven Tonlage. »Wer war das!« Nina stellte keine Fragen. Alles, was sie irgendwie sagte klang eher wie ein Befehl. Selbst die eher harmlose Frage. Ich sah sie ahnungslos an. »Der Typ an der Tür!«

»Ach der. Das ist mein neuer Nachbar. Jolina und Kevin sind ausgezogen. Sie wollen Kinder. Da war die Wohnung ja zu klein für. Die hat ja nur dreißig Quadratmeter mehr als meine.«

Wenn ich auf eine Aussage von Nina antworten musste, dann tat ich das immer in aller Ausführlichkeit. Deswegen, weil ich so Zeit sparte und hoffte, Pamela würde es endlich aus meiner Küche schaffen und mit dem Thema Knallverbot anfangen. In Ninas Gegenwart fühlte ich mich immer unsicher. Nur allzu deutlich spürte ich, dass die Furcht, von meinem Austritt zu sprechen, nicht der Gegenwart von Pamela geschuldet war, sondern der von Nina.

»Kann mir einer helfen?«, rief es aus dem Nebenraum. Ich sprang sofort auf und lief zur Küche, wo Pamela bereits drei der sechs Teller, die bestückt mit unzähligen Sachen waren, balancierte. Ich nahm zwei und versicherte Pamela, dass ich den Letzten ebenfalls holen würde und sie sich doch bitte ins Wohnzimmer setzen sollte.

Als mein ganzer Wohnzimmertisch mit allerlei Essen vollgestellt war, setzte ich mich zu Jaqueline und Nina auf den Boden, während Pamela sich neben Lin quetschte, denn mein Sofa bot nicht genug Platz für zwei schmale Hintern und einen … breiteren. Pamela aß. Mir war der Hunger vergangen. Ich müsste jetzt erst das Gespräch hinter mich bringen. Bestimmt ging es mir danach besser. Ich schaute kurz in die Runde. Alles war still und schob sich Häppchen in den Mund. Das war mein Moment. Alles war entspannt und ich würde jetzt wie nebenbei erzählen, dass ich aufgrund eines neuen Hobbys keine Zeit mehr hatte, an den Treffen des Klubs teilzunehmen. Ich holte tief Luft und …

»Ach, ich muss euch noch was sagen«, nuschelte Jaqueline mit vollem Mund. »Ich kann leider nicht mehr mitmachen. Also dieses Jahr noch, aber ab Januar bin ich nicht mehr dabei.« Ich starrte Jaqueline, die genau neben mir saß, mit offenem Mund an. Ebenso, wie es die anderen Frauen taten.

»Wieso!«, sagte Nina. Selbst Pamela hatte aufgehört zu essen.

»Na ja, ich wollte mich gerne beruflich verändern. Und ich habe einen Job ergattert, der über hundert Kilometer von hier entfernt ist. Das funktioniert dann nicht mehr«, erklärte Jaqueline. Ich schaffte es immer noch nicht, meinen Mund zu schließen.

»Wo arbeitest du denn dann?«, fragte Pamela.

»Beim Friseur.«

»Ich dachte, du arbeitest jetzt auch beim Friseur.«

»Hm?« Jaqueline sah Pamela fragend an. Ich nahm mir einen Käsewürfel und steckte ihn in den Mund. Was sollte ich jetzt machen?

»Du hast gesagt, du wolltest dich beruflich verändern. Aber du arbeitest ja dann hundert Kilometer entfernt auch bei einem Friseur. Wie jetzt auch!«

Ich sah aus den Augenwinkeln, wie sich Jaqueline auf die Unterlippe biss. Nach einigen Sekunden der Stille fiel ihr offensichtlich eine Antwort dazu ein.

»Da gibt es auch die Möglichkeit zu schminken. Also Frauen zu schminken. Wollte ich schon immer.«

»Und in der Stadt gab es das nicht!« fragte ... sagte Nina.

»Ist ja sehr schade. Dann sind wir zukünftig nur noch zu fünft.« Lin war die Einzige, die Jaqueline mit einem traurigen Blick bedachte und ihre Stimme klang, als wäre sie aufrichtig betroffen über die Nachricht. Aber bevor ich jetzt zu sehr darüber grübelte, wäre es besser, mir zu überlegen, ob ich jetzt überhaupt noch was sagen sollte. Oder vielleicht könnte ich es im Anschluss unserer Demo verkünden. Insgeheim ärgerte ich mich. Heute wollte ich es loswerden. Nicht am Ende des Jahres.

Allen sah man den Schock darüber, dass Jaqueline uns verlassen würde, an. Schock war Schock. Mehr geschockter konnten die Frauen nicht sein.

»Ich verlasse euch auch.« Jetzt war es endlich raus. Ich wartete auf die Erleichterung, die sich nach diesem Satz in mir breitmachen sollte, doch sie kam nicht. Im Gegenteil. Ich spürte meinen Puls kräftig an meinem Hals schlagen. Alles hörte auf zu essen, außer Jaqueline, und starrte nun mich an.

»Warum?«, fragte Lin sanft, Viola schüttelte den Kopf, ebenso Pamela, Nina starrte mich an. Ich sah es nicht, aber ich spürte es. Deutlich sogar.

»Ich habe ein neues Hobby. Das … also, das wird mir dann einfach zu viel. Auch wegen Arbeit und so. Ich meine, man muss ja arbeiten. Des Geldes wegen. Also, … wenn ich nicht auch noch arbeiten müsste, würde ich sofort dem Klub treu bleiben. Aber so … tut mir leid, das schaffe ich nicht. Man wird ja auch älter. Versteht ihr?«

Lieber Gott, lass sie bitte etwas Freundliches erwidern und wo wir schon dabei sind, lass am besten nicht Nina sprechen.

»Was für ein Hobby!«

Ich zuckte zusammen. Meine Bitte schien nicht erhört worden zu sein. Ich schluckte. *Was für ein Hobby?*

»Ähm … hier das da, ach sag schon … äh Poledance. Ja genau. Poledance. Ich liebe das Tanzen mit einer Stange, also um … drum herum. Also tanzen an der Stange. Ja genau. Ich liebe es.«

Pamela ließ mich nicht aus den Augen. Sie griff blind ein Fleischbällchen und steckte es sich in den Mund.

»Wo!«, kam es monoton von meiner Seite. Ich wagte nicht, Nina anzusehen. Stattdessen schaute ich auf den Käse und nahm mir noch ein Stück, obwohl er irgendwie schimmelig schmeckte (nein, es war kein Schimmelkäse).

Als Lin plötzlich laut aufjauchzte, war ich erleichtert. Mir war auch egal, warum sie sich plötzlich so freute, sodass sie einen schrillen Ton von sich geben musste, Hauptsache, sie lenkte die anderen von mir ab. Schließlich brauchte ich eine Antwort. Wo machte man Poledance?

»Ich will auch Poledance machen, Lisa! Machst du das vielleicht da, in dem Fitnessstudio, das neu aufgemacht hat?«

Scheiße.

»Ja, ja, genau da.«

Wieder jauchzte Lin auf und Viola drückte sie lächelnd an sich. »Wir könnten zusammen hin! Ich will auch damit anfangen.«

»Weißt du, Lin, ich bin ja schon bei den Fortgeschrittenen. Du wirst sicher in eine andere Gruppe kommen.«

Die Lüge kam mir spielend leicht über die Lippen, doch just in dem Moment, in dem ich es ausgesprochen hatte, hätte ich mich ohrfeigen können.

»Dann will ich dir zusehen!«

»Oh ja, ich auch. Ich will dir auch zusehen!«, stimmte Viola mit ein und zu meinem großen Entsetzen sah ich Pamela wild nicken und ich meinte, neben mir noch jemanden nicken zu sehen. Nina. Jaqueline hingegen schüttelte langsam den Kopf. Vermutlich als Zeichen dessen, dass sie genau wusste, es war nur eine Lüge, die ich erzählt hatte.

»Na ja, wie auch immer, ich bin ja noch bei der Knallverbot-Aktion dabei. Sollen wir mal anfangen? Ich wollte heute nach Möglichkeit nicht zu spät ins Bett. Ich muss ja morgen arbeiten.«

»Wir müssen alle arbeiten!«, sagte Nina laut und monoton. »Was arbeitest du denn?«, fragte Jaqueline sie, vermutlich fühlte sie sich jetzt stärker als zuvor, einzig, weil sie wusste, sie würde den Klub verlassen. Und zwar so verlassen, dass es unmöglich wäre, von den Mitgliedern ausspioniert zu werden.

»Das tut nichts zur Sache!«

»Ich würde sagen«, nuschelte Pamela mit vollem Mund, »wir fangen jetzt mal an.«

Ich nickte kräftig. Endlich zu beginnen, würde von der Tatsache, dass ich Poledance nun gar nicht beherrschte, ablenken. Pamela wischte sich den Mund mit einer Serviette ab, trank einen Schluck und versuchte, sich bequemer hinzusetzen. »Also, Lin, deine Cousine heiratet und dort soll ein Feuerwerk stattfinden? Wurde das denn genehmigt?«

»Ja, wurde genehmigt. Am Samstag soll es knallen.«

»Und wo feiern die?«, fragte Jaqueline. Vermutlich fragte sie nur deshalb, weil sie Goodwill zeigen wollte. Auch ich würde diese Methode anwenden. Ich würde bei dieser Aktion noch mal alles geben und danach traurig sagen, dass die Zeit sehr schön war, jetzt aber leider für mich enden würde.

»In einem Gutshaus. Da, wo man auch essen kann.«

»Heißt das nicht ›Zum goldenen Hirsch‹?«, fragte Viola.

»Stimmt. Du weißt immer so gut Bescheid, Viola.« Lin lächelte ihre Freundin an und wieder begann das Zungenspiel der beiden. Alle konnten es sehen. Ich versuchte, ein Stöhnen zu vermeiden, während alle anderen die beiden entzückt ansahen. Manchmal hatte man Glück und Lins lange blonde Haare fielen wie ein Vorhang über ihre Gesichter. Zumindest sah man dann die Zungen der beiden nicht mehr. Dieses Mal jedoch war uns das Glück nicht gegönnt. Lin hatte ihre Haare zu einem tiefen Pferdeschwanz zusammengebunden.

»Ja. Da haben wir es ja nun wieder!« Wir alle sahen Nina an. »Der Hirsch. Das Reh. Na bitte.«

»Also, den verstehe ich jetzt nicht«, sagte Pamela, alle stimmten ihr zu. Ich auch. Dann warteten wir auf Ninas Erklärung.

»Der Hirsch. Männlich. Das Reh. Weiblich. Und wie nennen die ihr Lokal? Männlich!«

Auf allen Gesichtern erkannte man einen Aha-Ausdruck.

»Vielleicht ist ja eine Hirschkuh gemeint«, warf ich ein.

»Dann hieße es ja ›Zur goldenen Hirschkuh‹!«, schrie Nina.

»Ja stimmt. Stimmt«, äußerte ich schnell. Der Gedanke, Lins Nichte die Hochzeit zu versauen, bereitete mir doch irgendwie Bauchschmerzen. Wenn ich heiraten würde, wäre es mein sehnlichster Wunsch, wenn für mich ein Feuerwerk veranstaltet würde. Und ich wäre wahnsinnig traurig, wenn das von Frauen gecrashed würde, die etwas gegen den CO_2-Ausstoß hatten. Allerdings hoffte ich, wenn ich diese Aktion voller Inbrunst mitmachen würde, dass ich dann für nächstes Jahr endlich Ruhe hätte.

»Fakt ist, der Name des Lokals hätte gegendert werden müssen. Wurde nicht gemacht! Meine Meinung, die stecken mit den Pyrokraten unter einer Decke.«

»Was hat das denn mit den Pyrokraten zu tun?«, fragte ich Pamela, die sichtlich zufrieden war mit dem, was sie gesagt hatte.

»Das liegt ja nun auf der Hand! Du kannst mir nicht erzählen, dass die Pyrokraten Wert darauflegen, dass gegendert wird!«

Plötzlich piepte etwas. Wir sahen uns alle an. Nina stand auf. »Das bin ich. Ich muss weg! Pamela, du rufst mich dann wegen der Hochzeit an, klar!«

»Mache ich, Nina.«

»Wo musst du denn hin?«, fragte Jaqueline. Ich war ihr dankbar, denn ich war auch kurz davor, diese Frage zu stellen und hätte vermutlich von Nina die volle Breitseite bekommen.

»Das tut hier nichts zur Sache!« Sie hob noch einmal die Hand, dann verschwand sie.

#sechs

Pamela hatte währenddessen ihren Block hervorgeholt und war dabei aufzuschreiben, wo die Hochzeit stattfand.

»Um wie viel Uhr soll die Hochzeit stattfinden?«

Lin beugte sich nach vorne und nahm sich einen der Käsewürfel. Ich beobachtete sie. Wenn sie das Gesicht verzog, waren die Würfel tatsächlich schlecht. Doch nichts verzog sich. Sie kaute und man sah ihr an, wie sie überlegte. Viola streichelte ihr ununterbrochen über den Rücken. »Also um sechzehn Uhr ist die Trauung in der Kirche, und soviel ich weiß, wurde zu neunzehn Uhr ein Saal im ›*Zum goldenen Hirschen*‹ reserviert.«

So sehr ich mich auch bemühte, die Klappe zu halten, es gelang mir einfach nicht. »Sagt mal, findet ihr es nicht gemein, wenn wir die Hochzeit crashen? Ist ja auch ein bisschen verboten, oder? Nicht, dass wir am Ende noch mit der Polizei zu tun haben werden. Ich meine, unser aller Ruf steht ja nun auf dem Spiel!«

Diese Aussage heimste mir böse Blicke derer ein, die die Couch besetzten. Jaqueline zuckte nur leicht mit den Schultern. Vermutlich war ihr diese Aktion völlig wurscht, da sie nächstes Jahr ohnehin die Stadt verlassen würde. Warum sie das genau tat, konnte ich mir nicht erklären. Auch jetzt arbeitete sie bei einem Friseur, noch dazu bei einem recht guten und bekannten, und soviel ich wusste, konnte man auch dort die Kunden schminken.

»Aber CO_2-Ausstoß findest du völlig in Ordnung? Denk doch mal an die Pole! Die Eisbären zum Beispiel. Findest du das gut?« Viola bedachte mich mit einem fragenden Blick.

»Eis ... Eisbären finde ich gut.«

»Siehste!«

»Na ja, wie auch immer. Ich würde sagen, wir treffen uns dann beim Gasthaus und blockieren den Eingang für die Pyrokraten. Was meint ihr?« Pamela sah uns alle abwartend an.

»Eine Sitzblockade?«, jauchzte Lin begeistert.

Das war der Moment, als ich mich maßlos ärgerte, nicht gesagt zu haben, dass ich unter keinen Umständen mehr diese Aktion mitmachen könnte. Ich hätte sagen sollen, der Poledance-Kurs würde mir so viel abverlangen, dass nicht mal im Ansatz daran zu denken sei, noch irgendetwas für den Klub zu tun. Wenn Nina mich dann geschnappt und verprügelt hätte, wäre es eben so gewesen. Ich kramte umständlich in meinen Hosentaschen nach einem Haargummi und band mir meine Haare zusammen. Mit dem Kopf zu schütteln versuchte ich vehement zu unterdrücken, denn das würde wiederum dazu führen, den Zorn von Pamela noch mehr auf mich zu ziehen.

Ich stand auf. »Möchte jemand einen heißen Kakao haben?«

Jaqueline stand ebenfalls auf. »Ich!«

»Ich nehme auch einen«, kam es nahezu gleichzeitig von den Couchbesetzern.

Ich nickte nur und ging in die Küche. Jaqueline folgte mir.

»Es wäre sehr nett von dir gewesen, wenn du mich vorher eingeweiht hättest!«, flüsterte ich und klapperte bewusst laut mit den Töpfen.

»Ich wollte dich nicht in Schwierigkeiten bringen!«, zischte Jaqueline zurück und setzte ein lautes »Ich liebe Kakao« hinterher.

Ich befüllte kopfschüttelnd den Topf mit einem Liter Milch und stellte den Herd an.

»Und warum ziehst du denn überhaupt weg?«, flüsterte ich.

»Wie wäre ich sonst aus diesem Klub rausgekommen?«

»Moment mal!« Ich drehte mich zu Jaqueline um. »Du ziehst weg, damit du dem Klub nicht mehr beiwohnen musst?«

»Immerhin besser, als allen zu erzählen, man würde Poledance machen! Weißt du überhaupt, wie bescheuert das ist? Die wollen dich jetzt alle sehen!«

»Ist alles in Ordnung bei euch?«, rief Pamela aus dem Wohnzimmer. Jaqueline und ich lachten wie auf Knopfdruck. »Alles in Ordnung. Wollt ihr mit Sahne?«, rief ich und kannte die Antwort bereits.

»Für mich bitte viel!«, hörte man Pamela sagen. Lin und Viola stimmten dem zu.

»Dann sag du mir bitte, was ich hätte machen sollen! Seit einem Jahr überlege ich, wie ich diesen Klub verlassen kann!« Wütend zu flüstern war gar nicht so einfach. Trotzdem konnte ich es nicht mehr freundlich tun. Dieser Klub verlangte mir einiges ab.

»Wegziehen! Weg aus dieser Stadt! Das wäre die einzige Möglichkeit gewesen, um den Femis den Rücken zu kehren. Aber mit Sicherheit nicht, denen zu erzählen, man hätte ein neues Hobby. Das ist ja total schräg!«

»Schräg? Du findest das, was ich mache, schräg? Jetzt sag ich dir mal was! Schräg ist, seinen Job zu kündigen und in eine andere Stadt zu ziehen!«

»Weißt du was, Lisa, ich wollte es ursprünglich nicht, aber auch ich werde am Dienstagabend im Fitnessstudio sein, um zuzusehen, wie du dich blamierst! Deine Lüge wird auffliegen, verlass dich drauf!«

»Kann ich euch helfen?« Jaqueline und ich zuckten beide gleichzeitig, als Pamela plötzlich in der Küche stand. An dem Unterton in ihrer Stimme konnte man erkennen, dass sie irgendetwas ahnte. So, als würde sie sagen: Habt ihr ein Geheimnis?

Ich schüttelte schnell den Kopf, holte in Windeseile den Mixer aus der Schublade, während Jaqueline einen Becher Sahne in ein Gefäß füllte und mir vor die Nase stellte. Ich schaltete den Handmixer sofort auf Stufe drei und lächelte dabei Pamela an. Sie ging wieder ins Wohnzimmer. Ich schlug weiter Sahne, wobei Jaqueline konzentriert auf diese schaute. Wir wagten es nicht mehr, über diese unliebsame Sache zu sprechen. Ich fand es schräg, dass sie wegen des Klubs ihren Job und ihre Wohnung nun offensichtlich gekündigt hatte. Sie fand es verrückt, dass ich mir ein wirklich blödes Hobby erfunden hatte. Letztendlich teilten wir eine Sache: Den Klub endlich zu verlassen. Und möglichst so zu verlassen, dass die übrigen Mitglieder nicht erbost waren.

»Was machst du denn? Hör auf!«, schrie Jaqueline und riss mir den laufenden Mixer aus der Hand. Sie stellte ihn aus. Eine ohrenbetäubende Stille entstand. Wir schauten beide in das Gefäß. Ich will nicht sagen, dass es bereits Butter war, aber, es war wirklich kurz davor. Zudem schaffte ich es in letzter Sekunde, den Topf mit der Milch vom Herd zu ziehen, denn die war gerade dabei, überzulaufen.

»Ach, scheiße!«, entfuhr es mir. Ich stellte schnell die Herdplatte aus und pustete in die Milch. Dann gab ich Kakaopulver hinzu, rührte um und verteilte den glühend heißen Kakao auf fünf Becher.

»Du, Lisa, wer war denn der heiße Typ eben an der Tür?« Ich stellte alles auf mein ›Ich frühstücke im Bett‹-Tablett und sah sie fragend an.

»Welcher Typ?«

»Na der große, dunkelhaarige Typ mit dem Knackarsch, der vor deiner Tür stand, als wir alle kamen!«

»Ach der. Ist mein neuer Nachbar.«

»Hat der eine Freundin?«

Ich wollte gerade das Tablett in die Hände nehmen, doch sie hielt mich am Arm zurück. »Woher soll ich das denn wissen? Keine Ahnung, ob er eine Freundin hat.«

»Du, Lisa, kannst du mir die Nummer von dem besorgen?«, flüsterte mir Jaqueline zu.

»Nein. Ich kenne den überhaupt nicht!«

»Das dauert aber lange, mit dem Kakao, der uns versprochen wurde«, rief Pamela plötzlich. Ich riss mich von Jaqueline los und trug das Tablett ins Wohnzimmer.

»So. Jetzt aber. Sorry, die Sahne ist mir etwas fest geworden.« Ich stellte das Tablett auf den Wohnzimmertisch. Sofort nahmen sich die Couchbesetzer einen Becher und gaben sich einen Klecks der zu fest gewordenen Sahne obendrauf. Jaqueline und ich verzichteten auf eine Haube.

Kurz herrschte Stille und jeder trank.

»Sind da Stücke drin?«, fragte Lin auf einmal und verzog das Gesicht. Viola starrte in ihren Kakao.

»Das sind Butterklumpen. Von der Sahne. Schmeckt trotzdem.« Pamela gab sich noch einen Klecks in ihren Becher.

Ich räusperte mich. »Also, ich will ja nicht unverschämt sein, aber allzu lange kann ich heute nicht. Ich bin ziemlich müde und muss ja morgen wieder früh raus.«

»Aber die Hochzeit ist überübermorgen. Da müssten wir dann jetzt schon weitestgehend alles fertigmachen.«

Es klingelte. Ich stand umständlich auf und murmelte: »Ist bestimmt Nina. Wo auch immer sie war.« Ich ging zur Tür und drückte den Schalter für die Eingangstür. Ich öffnete und erschrak. Roman.

»Sehe ich so zum Fürchten aus?«

Ich rieb mir mit einer Hand über die Stirn. »Nein, nein. Ich dachte nur ... also, ich dachte, es hätte unten geklingelt.«

Roman grinste breit. Gewissermaßen konnte ich Jaqueline verstehen. Ein Hingucker war er allemal.

»Machen dich die Weiber nervös?« Wieder lehnte er lässig an der Türzarge.

»Das sind keine Weiber, das sind meine Freundinnen! So. Was willst du?«

Er stieß sich von der Zarge ab und beugte sich dichter zu mir. Ich wich mit dem Kopf etwas zurück und sah ihn irritiert an. »Ich wollte dich übermorgen Abend zu mir einladen. Meine Wohnung ist fertig.«

Unweigerlich schüttelte ich mit dem Kopf. »Übermorgen Abend ist echt schlecht. Da wird nichts draus.«

»Wieso? Hast du schon was geplant? Triffst du dich wieder mit den Fems?«

»Das sind keine Fems, das sind …«

»Lisa?«, rief Pamela aus dem Wohnzimmer. Ihr Ruf klang genauso wie bei Nina. Mehr Aussage denn Frage. Erschrocken zuckte ich zusammen und drehte mich kurz um. »Ich … ich bin gleich bei euch.« Ich drehte mich wieder zu Roman. »So. Und jetzt sag, was du genau willst!«, flüsterte ich.

»Dich für übermorgen einladen. Sagte ich doch. Ich bleibe so lange, bis du Ja sagst!«, flüsterte er zurück.

»Na schön. Okay. Ich komme zu dir. Und jetzt verschwinde endlich. Ich habe Wichtiges zu tun!« Roman lachte laut auf und mir entfuhr unweigerlich ein ›Psst‹.

»Mit denen hast du bestimmt nichts Wichtiges zu tun.«

»Geht dich nichts an!« Ich schubste ihn zurück, murmelte bis übermorgen und schloss schnell die Tür. Dann kehrte ich mit einem versucht neutralen Blick ins Wohnzimmer zurück.

»Wer war das, Lisa?«

Alle sahen mich an.

»Niemand. So, wo waren wir stehen geblieben?«

Bis Mitternacht hatten wir dagesessen, alles gemacht, was Pamela vorschlug, Plakate kreiert und über die bevorstehende Hochzeit gesprochen. Noch einige Male hatte ich versucht, Lin davon zu überzeugen, dass es nicht gerade die feine englische Art sei, die Feier der Trauung zu crashen, aber das hatte mir nur böse Blicke eingeheimste. Ganz besonders jedoch von Pamela, die immer wieder betonte, ich solle mal an die Rehe denken. Nina war nicht mehr wiedergekommen und ich bekam immer mehr Lust darauf, zu spionieren, um irgendwann endlich zu erfahren, was diese Person beruflich und in ihrer Freizeit machte. Aber definitiv wäre das erst gut, wenn ich den Klub verlassen hatte. Also, nächstes Jahr. Genauso wie Jaqueline.

Als ich im Bett lag, kamen die Gedanken an Roman zurück. Die Feministinnen ließen einem ja keine Zeit, nebenbei auch mal an einen Mann zu denken. Er hatte mich eingeladen. Jetzt war nur die Frage, ob er nur mich oder auch die anderen Bewohner gefragt hatte. Ich verspürte ein leichtes Kribbeln in der Magengegend und erklärte mir diese Gefühlsregung schlicht damit, dass ich schon lange keinen Partner mehr gehabt geschweige denn einen Mann getroffen hatte, den ich auf seltsame Art und Weise irgendwie gut fand. Ich drehte mich auf die andere Seite und zog die Decke eng um mich. Andererseits, wenn man seine gesamte Freizeit ausschließlich mit Feministinnen verbrachte, wäre vermutlich jeder Mann, den man kennenlernte, eine willkommene Abwechslung. Fakt war, ich musste diesen Klub verlassen. Komme, was wolle. Nach der doch recht umstrittenen Aktion Knallverbot, wäre für mich Schluss. Ende.

#sieben

Der Donnerstag verlief wie jeder gewöhnliche Tag. Wir hatten in der Buchfabrik gut zu tun, und ich selbst bekam den Eindruck, dass ich, was den Verkauf betraf, immer kundenorientierter beriet. Ich war zufrieden mit mir.

Eher als erwartet, war der Freitag gekommen. Der Tag, an dem ich Roman abends besuchen würde, weil er mich eingeladen hatte.

»Guten Morgen, Esther!« Wie jeden Morgen betrat ich lächelnd meine Arbeitsstätte. Wenn ich in der Buchfabrik war, ging es mir gut. Allerdings spürte ich genau, dass nicht nur der Laden für meine gute Laune an diesem Morgen zuständig war, sondern auch der Besuch, den ich an diesem Abend meinem neuen Nachbarn schuldete. Ich musste mir eingestehen, dass ich sogar ein klein wenig nervös war. Aber, ich war wirklich guter Laune, dass sogar der betrübte Gesichtsausdruck von Esther mir nichts anhaben konnte.

Ich hing meinen Mantel an die Garderobe und kehrte zurück in den Verkaufsraum. In fünf Minuten würden wir öffnen. Noch einmal schaute ich zufrieden das Schaufenster an, das ich gestern gestaltet hatte, nickte und wendete mich wieder an Esther. »Ich habe das Gefühl, heute wird ein guter Tag! Was meinst du?«

Sie sah auf. »Lisa, ich muss dir was sagen!«

»Klar, schieß los!« Während ich das sagte, überlegte ich fieberhaft, was ich meinem Nachbarn heute Abend mitbringen könnte. Üblich war es ja, Brot und Salz zur Einweihung zu schenken. Allerdings war mir das als Brauch irgendwie zu alt.

»Fred wird noch die nächsten drei Wochen ausfallen. Wir sind also allein. Kann sein, dass ich dich häufiger in nächster Zeit brauche.«

Zugegebenermaßen hatte ich mit Schlimmeren gerechnet. Mehr zu arbeiten war für mich gar kein Problem. Ganz im Gegenteil. Je mehr ich arbeitete, desto seltener konnte ich an den Femi-Treffen teilnehmen. »Ich bin immer da, wenn du mich brauchst, Esther. Wir kriegen das schon hin!«

»Und die Verkaufszahlen müssen steigen. Ganz dringend.«

Es würde rein gar nichts bringen, wenn ich jetzt auch noch Trübsal blies, also versuchte ich, so zuversichtlich wie möglich zu klingen. »Ich gebe mir Mühe. Ich schaff das schon. Wir werden vor Weihnachten noch viel verkaufen!«

Esther nickte nachdenklich, ging zur Ladentür und schloss auf.

Zwei Kunden betraten sofort den Laden. Ich musste mir Mühe geben. Extreme Mühe! Verkaufen. Auf Teufel komm heraus. Werbung machen. Man müsste mehr Werbung machen. Oder irgendeine ausgefallene Idee haben, um Kunden, mehr Kunden in den Laden zu locken …

Bücher sind vom Aussterben bedroht. Das ist ein Fakt. Alle wollen nur noch elektronische Bücher lesen. Was könnte man dagegen machen? Dass seit geraumer Zeit eine der beiden Kundinnen neben mir stand und offensichtlich geduldig darauf wartete, dass ich mit meinen Gehirngespenstern ein Arrangement traf, bemerkte ich nicht. All meine Gedanken galten der Buchfabrik.

»Lisa?«

Ich schreckte hoch und sah Esther an, die nur ernst zur Kundin nickte, die unmittelbar neben mir stand.

Ich feuchtete meine Lippen an, faltete die Hände vor mir und versuchte einen seriösen Eindruck zu machen. »Guten Morgen, wie kann ich Ihnen weiterhelfen?«

»Kann man bei Ihnen auch E-Book-Reader kaufen? Und die gleich mit mehreren E-Books bestücken lassen?«

Innerlich schüttelte ich mit dem Kopf. Nach außen hin versuchte ich, die Fassung zu wahren. »Nein. E-

Books haben wir nicht, aber Bücher. Viele Bücher. Bücher, die sich gut anfühlen. Seiten, die geblättert, Buchdeckel, die studiert werden wollen. Wörter auf Papier. Wunderbare Geräusche, die entstehen, wenn man die Seiten umschlägt. Bücher, die so wundervoll sind, dass man das Gefühl bekommt, sie flüstern einem zu.« Beinahe wäre ich selbst in Tränen ausgebrochen, so fantastisch fand ich es, was ich der Kundin erzählte und offenbar hatte ich damit genau ins Schwarze getroffen. Die Kundin nickte. »Sie haben recht! Es ist doch am schönsten, ein Buch in den Händen zu halten. Dann schaue ich mich einfach mal um.«

»Sehr gerne.«

Ich hoffte darauf, dass die Dame sich für zwei oder sogar drei Bücher entscheiden würde. Auch Esther hatte Erfolg bei dem Herrn, der einen Krimi für seine Tochter kaufen wollte. Auch er entschied sich für zwei Krimis. Obwohl beide Kunden kauften, war es natürlich ein Tropfen auf den heißen Stein.

Dass Fred nun so lange ausfallen würde, hieß für mich nicht nur, dass ich mehr arbeiten musste, sondern vor allem meistens allein im Laden stehen würde, da Esther eher mit Bestellungen und Buchhaltung zu tun hatte, denn das war normalerweise Freds Aufgabe.

Als es auf den Abend zuging, und wir hatten an diesem Tag ganz gutzutun gehabt, war in meinem

Kopf endlich wieder Platz für Roman. Zugegeben, der Name meines durchaus attraktiven Nachbarn war recht ungünstig, wenn man selbst die meiste Zeit in seinem Leben mit Romanen zu tun hatte. Aber vielleicht war es auch einfach ein gutes Zeichen. Romane liebte ich!

Um nicht nach der Arbeit noch mal loszumüssen, um etwas zur Einweihung zu kaufen, sah ich mich im Laden um. In einer Ecke hatten wir kleine Geschenkideen aufgebaut, lustige Kaffeebecher oder besondere Geschenkbücher, sogar Kerzenständer und Steine auf denen schöne Sprüche standen. Ein Stein wäre zu intim, ein Kerzenständer zu unpersönlich. Also entschied ich mich für einen Kaffeebecher, auf dem ›Coffee-Lover‹ stand. Insgeheim hoffte ich natürlich, dass er ein Kaffee-Liebhaber war. Wusste ich ja nicht. Nichts, gar nichts wusste ich über ihn. Ich hoffte, diese Tatsache wäre heute Abend Geschichte. Zu Hause hatte ich noch eine volle Tüte Kaffeebohnen, und wenn Roman keine Maschine hatte, die mahlen konnte, so könnte er zu mir kommen.

Die Tagesabrechnung hatte dann zumindest auch wieder ein kleines Lächeln in Esthers Gesicht gezaubert und trotzdem es heute wirklich gut gelaufen war, würde ich mir zu Hause in einer ruhigen Minute dahin gehend Gedanken machen, was man zusätzlich tun könnte, um mehr Kunden zu gewinnen.

Um achtzehn Uhr dreißig verließ ich die Buchfabrik, schlitterte über platt getretenen Schnee zum Hinterhof, kratzte wie so oft in letzter Zeit meine Autoscheiben frei, und stieg ein.

Auf der Fahrt nach Hause kribbelte es in meinem Magen immer mehr. Die Vorahnung, dass er natürlich nur mich eingeladen hatte, verankerte sich als fester Bestandteil in meinem Kopf. Er wollte nur mit mir den Abend verbringen, weil er mich irgendwie gut fand. Seine neue Nachbarin.

Ich würde jetzt gleich in Windeseile duschen gehen, mich mit der teuren Bodylotion, die mir meine Eltern zum Geburtstag geschenkt hatten, einschmieren, mich gut anziehen (etwas sexy, aber nicht zu) und mich obendrauf dezent schminken. Gerade so, dass er überlegen musste, ob ich mich für ihn hübsch gemacht hatte, oder ich ohnehin so aussah, weil ich ja arbeiten war. Ich schminkte mich nur äußerst selten. Zu besonderen Anlässen, beispielsweise. Weihnachten oder Ostern. Auch mal, wenn jemand Geburtstag hatte. Sonst nicht.

Da mal wieder reger Verkehr auf den Straßen herrschte, schaffte ich es nicht, vor neunzehn Uhr zu Hause zu sein. Aus Romans Wohnung drangen Stimmen an mein Ohr. Vielleicht telefonierte er und hatte den Lautsprecher an … vielleicht waren aber auch noch andere Bewohner des Hauses da, weil er eben doch alle eingeladen hatte. Allerdings kannte ich keinen aus diesem Haus, der es liebte, auf eine Party eingeladen zu werden.

Nur dreißig Minuten später war ich fertig. Ich betrachtete mich im Spiegel. Meine blonden Haare trug ich offen, so reichten sie mir bis weit über den Rücken. Ich hatte mich für eine enge Jeans entschieden, die an den Knien Löcher hatte und einen ebenfalls engen, schwarzen Rollkragenpullover. Meine Wimpern hatte ich kräftig schwarz getuscht, sodass meine blauen Augen schön leuchteten.

Allein das Gefühl, mich mit jemandem zu treffen, der nicht zum Femi-Klub gehörte, ließ mein Herz schneller schlagen. Das war der Moment, in dem ich mir vornahm, im nächsten Jahr öfter so etwas zu machen. Neue Menschen kennenlernen, egal ob Mann oder Frau, frei sein, keine Treffen zu Zeiten, in denen ich lieber lesen wollte. Unabhängigkeit. Mein Wort für das kommende Jahr.

Noch einmal nickte ich meinem Spiegelbild zu, packte den Kaffeebecher mit den Bohnen darin und verließ meine Wohnung. Noch bevor ich die gegenüberliegende Wohnungstür von Roman erreichte, drang Musik an meine Ohren und Stimmen von mehreren Personen. Er hatte also doch nicht nur mich eingeladen. Das war eine klassische Einweihungsparty. Kein Date. Ich atmete einmal tief ein und wieder aus, dann setzte ich ein Lächeln auf und klingelte. Unverzüglich wurde die Tür von einem Mann geöffnet, den ich nicht kannte.

»Guten Abend, Roman hat mich …«

Der junge Mann lachte laut und drehte den Kopf in die Richtung, aus der die Musik ertönte. »Hey, Roman, deine Feministin ist hier!«

»Ich bin keine …«

Der Mann packte mich kurzerhand fest am Oberarm und zog mich in die Wohnung. »Ich bin Klaus, ein Freund von Roman.«

Endlich kam der Gastgeber. »Lisa, schön, dass du gekommen bist! Ich denke, die Wohnung kennst du, oder? Also in der Küche ist ein Buffet aufgebaut und die Getränke stehen im Kühlschrank. Bediene dich einfach.« Ich nickte, das Lächeln war mir abhandengekommen. Gerade als Roman sich umdrehen und wieder in den Wohnraum gehen wollte, schaffte ich es endlich zu sprechen. »Ich habe dir was mitgebracht.« Ich hielt ihm den Becher entgegen.

»Oh, Dankeschön. Ein Kaffeebecher.« Er öffnete den Deckel, und gerade als ich sagen wollte, dass Kaffeebohnen im Becher sind, kippte der komplette Inhalt heraus und säumte nahezu den ganzen Flur.

»Oh, hätte ich dir vielleicht sagen sollen. Ich mach das weg. Hast du ein Kehrblech?« Ich machte einen Schritt zur Seite, vergaß die Bohnen auf dem Boden, rutschte wie in einem schlechten Film nach hinten weg und landete mal wieder auf meinem Allerwertesten. So langsam begann, meine Hüfte sich zu beschweren. Neben der Peinlichkeit, dass Roman mich schon das zweite Mal hatte fallen sehen, kam nach diesem Tag so langsam Wut auf. Die wurde vor allem damit gefüttert, dass Roman die Situation wohl urkomisch fand und sich lächelnd über sein unrasiertes Kinn strich. Nach einigen Sekunden hielt er mir grinsend die Hand entgegen. »Es ist lustig, dass ich dich schon wieder habe fallen sehen. So habe ich dich kennengelernt!«

Ich ergriff seine Hand und Roman zog mich hoch.

»Wir haben uns nicht kennengelernt! Wir sind uns erst ein paar Male begegnet!«, erwiderte ich böse und rieb mir über mein Gesäß.

»Beweg dich nicht!«, flüsterte er und kam mir immer näher. Ich schluckte. »Voilà.« Er griff in meine Haare und zog etwas hervor. Eine Kaffeebohne.

Ich nickte genervt. »Vielen Dank auch.«

»Soll ich dich mal untersuchen?« Er war mir so nahe, dass ich seinen Atem im Gesicht spüren konnte.

An dieser Stelle muss ich wohl meinen Tick erwähnen: Wenn ich nervös bin, habe ich leider die unangenehme Eigenschaft, enorm oft hintereinander zu blinzeln. Manche Männer verwechseln das mit: Sie will mir schöne Augen machen.

»Wie bitte?«

Er strich mir meine Haare hinter das Ohr und zwinkerte mir zu. Dann zuckte er mit den Schultern. »Na ja, vielleicht haben sich ja noch woanders Bohnen hin verirrt.«

Ich machte einen vorsichtigen Schritt zurück, um nicht wieder auszurutschen. Unter mir knacke es. »So, jetzt pass mal auf. Wenn du denkst, deine Nachbarin sei für ein … warte kurz, wie nennen Männer das noch? Ach ja, für ein Abenteuer, leicht zu haben, dann hast du dich wirklich gewaltig geschnitten. So eine bin ich nicht!« Was mich letztlich dazu veranlasst hatte, dies zu sagen, wusste ich nicht. Aber seine doch sehr anzüglichen Geesten, gingen mir in diesem Moment einfach zu weit. Hinzu kam sicherlich die Enttäuschung darüber, dass er mich nicht allein eingeladen hatte, wie ich anfangs annahm. Ich war eine von vielen auf dieser Party.

»Für Abenteuer bin ich zu alt. Ich muss dich enttäuschen, da hast du nun völlig falsch über mich gedacht.«

»Siehst du, wir kennen uns eben nicht. Also behaupte so was auch nicht. Nichts, gar nichts weißt du über mich. Und nur mal so am Rande, ich bin keine Feministin! So. Und jetzt gehe ich. Da verabrede ich mich lieber mit einem guten Buch, als mich hier von dir anmachen zu lassen!«

Wieder kam er mir näher. Auch unter seinen Schuhen knackte es gewaltig. »Wie kann man so schön und gleichzeitig so zickig sein?«

Ich schüttelte nur noch den Kopf, drehte mich um und wollte diese … Party verlassen. Erneut verlor ich das Gleichgewicht und mein Körper sauste nach hinten. Ich schloss vorsorglich die Augen, allerdings landete ich nicht wie erwartet auf dem Boden, sondern in Romans Armen.

#acht

»Schön, dass wir uns doch näherkommen.«

Ich zappelte so lange, bis er mich zumindest mit den Füßen wieder den Boden berühren ließ. Aber immer noch hielt er mich fest.

»So, jetzt reicht es mir! Vielen Dank für die Einladung, ich gehe jetzt!« Ich griff vorsorglich die Türklinke, um nicht erneut einen Adler zu machen, drückte sie runter, öffnete und machte einen großen Schritt in den Hausflur, der dafür sorgte, dass Roman mich loslassen musste.

»Hey, jetzt warte doch mal. Warum bleibst du nicht?« Von irgendwoher hörte ich eine Frauenstimme kreischen, die nach Roman rief.

»Kümmere du dich mal lieber um deine Gäste«, kam es nur noch leise über meine Lippen. Ich drehte mich um und ging auf meine Wohnungstür zu. Roman hatte seine längst geschlossen. So ein Macho. Schade. Ich dachte, er wäre nett. Falsch gedacht. Ich bemühte mich, eine Hand in meine Hosentasche zu stecken, um meinen Schlüssel herauszuziehen und bekam unweigerlich einen Schweißausbruch. Kein

Schlüssel. Ich suchte jede Hosentasche ab. Doch nirgends fand ich ihn. Scheiße. Richtig scheiße.

In der Hektik musste ich ihn vergessen haben. Seit ungefähr drei Jahren überlegte ich, zumindest einem Mitbewohner des Hauses einen Schlüssel von mir zu geben, für den Fall, der gerade eingetreten war. Doch jedes Mal hatte ich diese Sache vertagt. Müde setzte ich mich auf die obere Stufe der Treppe, die unmittelbar zu meiner Wohnung führte, und vergrub mein Gesicht in meine Hände. Was sollte ich jetzt tun? Ich hatte nicht mal mein Handy eingesteckt, weil die Jeans, die ich trug, dafür gar keinen Platz bot. Vermutlich war die enge Hose auch daran schuld, dass ich meinen Schlüssel vergessen hatte. Das Problem: Es half mir jetzt nicht weiter, meiner Hose die Schuld zu geben. Es blieb nur eins. Erneut bei Roman klingeln, ihm die Sachlage erklären, um ein Telefon zu bitten und den Schlüsseldienst kommen zu lassen.

Behäbig stand ich auf, reckte mich einmal und rieb mir über die immer noch schmerzende Stelle an meiner Hüfte, ehe ich auf Romans Tür zu stapfte. Ich klingelte. Es wurde geöffnet. Wieder dieser Klaus.

Ich holte gerade Luft, aber der Mann kam mir zuvor. »Hey, Roman, wieder die Feministin!«

»Kannst du bitte aufhören, mich Feministin zu nennen? Ich bin Lisa, okay? Einfach nur Lisa!«

Roman kam. »Oh, Schönheit, du bist wieder da. Sei ehrlich, ich war doch zu unwiderstehlich für dich, richtig?« Er öffnete seine Wohnungstür ganz und nickte mir zu. Meine Augen suchten kurz den Flurfußboden ab, doch nirgends war mehr eine Kaffeebohne zu sehen. Ich trat ein.

»Falsch, Roman! Falsch. Ich habe meinen Schlüssel vergessen und komme nicht mehr in meine Wohnung. Könnte ich kurz telefonieren? Dann würde ich einen Schlüsseldienst beauftragen.«

Roman lachte und schloss hinter mir die Türe. »Hm. Du bittest mich also um Hilfe?«

Ich zuckte zusammen, als etwas sehr Buntes auf mich zu gehüpft kam. Die Schwester von Roman. Wie hieß die denn noch?

»Ha, wusste ich doch, dass ich deine Stimme gehört habe! Lisa!« Sie fiel mir um den Hals und drückte mich kurz an sich.

»Das ist mir echt unangenehm, aber ich habe deinen Namen vergessen.« Ich sah sie entschuldigend an.

»Nadja! Die Schwester von diesem Mistkerl hier!«

Roman verdrehte die Augen und steckte seine Hände in die Hosentaschen. »Danke dafür, dass du mir die Sache mit Lisa versaust, kleine Schwester!«

Jetzt war ich diejenige, die die Augen verdrehte. »Deine Schwester versaut hier gar nichts, weil es nichts zu versauen gibt! So. kann ich auf deine Hilfe zählen?«

»Was ist denn?«, fragte Nadja. Ich konnte nicht leugnen, dass sie mir sehr sympathisch war. Authentisch. Sie war irgendwie authentisch. Ihr Aussehen passte zu dem, wie sie war. Frei und wild und jung. Einfach wunderbar.

Ich erzählte Nadja kurz von dem vergessenen Schlüssel, und dass ich nicht mehr in meine Wohnung käme.

»Schlaf doch einfach hier! Ich schlafe auch hier. Romans Bett ist so groß, da passen wir bestimmt alle rein. Und wenn es dir lieber ist, kann ich ja zwischen euch liegen.« Mir blieb kurzzeitig die Spucke weg und ich sah aus den Augenwinkeln, dass Romans Mund aufklappte.

Fakt war, Nadja gefiel mir. Sehr sogar, auch wenn sie sicherlich ein Stück weit naiv war.

Ich lachte, mehr aus Verlegenheit, als dass ich es wirklich lustig fand, und winkte mit der Hand ab.

»Bin ich ja selbst schuld. Ich bräuchte nur mal ein Telefon, dann könnte ich den Schlüsseldienst anrufen.«

Inzwischen schienen sich alle Leute aus dem Wohnzimmer im Flur versammelt zu haben und alle, so kam es mir jedenfalls vor, starrten mich an. Ganz besonders dieser Klaus, der aussah wie ein waschechter Nerd: fettige Haare, Flecken auf seinem alten Hemd, Brille, deren Gläser so dick waren, dass seine Augen übergroß wirkten.

Roman hatte inzwischen die Hände in die Hüften gestemmt, sah überlegend zu Boden und nickte schließlich.

»Komm, Lisa, wir schauen uns deine Tür mal an. Ich kann nichts versprechen, aber vielleicht können wir uns den Schlüsseldienst sparen.« Er sah mich auffordernd an.

Das war das erste sympathische, das er an diesem Abend sagte und ich fand es sehr sympathisch. Da war kein schiefes Grinsen in seinem Gesicht oder Augen, denen man ansah, dass sie sich ausschließlich über mich lustig machten. Da war nichts von dem. Da war ein ernster, vernünftiger Gesichtsausdruck, der verriet, dass er mir helfen wollte. Nicht mehr und nicht weniger. Mir gefiel das Gesicht. Sehr sogar. Dummerweise auch dann, wenn da dieses Unverschämte darin zu sehen war. Aber das behielt ich für mich.

Roman hatte die Tür geöffnet und hockte schon vor meiner Wohnungstür. Klaus stand hinter ihm, während ich und Nadja beide die Arme vor der Brust verschränkt hatten und beobachteten, wie Roman den Verschluss inspizierte. »Klaus, hol mir mal bitte die Werkzeugkiste! Müsste mit einem Schraubenzieher gehen!«

»Der kriegt das hin, Lisa, mach dir keine Sorgen! Soll ich uns ein Glas Sekt besorgen?«, fragte Nadja.

Ich überlegte kurz, und als ich ihr in die lachenden Augen sah, bekam ich tatsächlich richtig Lust darauf.

»Weißt du was, richtig gerne. Ich würde gerne ein Glas Sekt trinken.«

Nadja hüpfte im Hopsa Lauf in Romans Wohnung. Klaus kam wieder und hielt einen beachtlich großen Werkzeugkasten in der Hand. Wortlos nahm Roman ihm diesen ab, öffnete ihn und holte allerlei Zangen und anderes Zeug hervor. Ich setzte mich auf die Stufen, die in die zweite Etage führten, und rieb mir über die Stirn. Was für ein Tag. Ich schreckte auf, als Nadja sich neben mich setzte und mir ein volles Glas entgegenhielt. Ich nahm es und prostete ihr lächelnd zu. Bereits der erste Schluck bereitete mir ein wohliges Gefühl.

»Wie alt bist du?«, fragte ich sie, einfach um ein Gespräch zu beginnen.

»Vierundzwanzig. Und du?«

»Ich habe die dreißig schon vor zwei Jahren geknackt«, entgegnete ich lächelnd. Roman und Klaus hockten nun beide vor meiner Tür.

»Und Roman? Wie alt ist der?« Ich flüsterte, weil ich Sorge hatte, er könne mitbekommen, dass ich seine Schwester etwas über ihn fragte. Hinterher dachte er, ich hätte Interesse an ihm … Was ich natürlich hatte, aber musste er ja nicht wissen. Roman war die Art von Mann, die man am besten heimlich anhimmelte. Für eine waschechte Beziehung, obwohl ich ihn ja nicht kannte, taugte er mit Sicherheit nicht. Bestimmt hatte er viele Frauen um sich herum, die ihn gut fanden und ebenfalls mit Sicherheit war er ein Typ, dem es enorm schmeichelte, wenn Frauen ihn anhimmelten.

»Sechsunddreißig.«

Ich sah Nadja erstaunt an. »Wow. Da habt ihr ja einen großen Altersunterschied.«

Nadja schüttelte lachend den Kopf. »Wir sind keine Geschwister im herkömmlichen Sinne. Ich bin adoptiert.«

»Oh.« Gut, die Adoption erklärte dann auch, warum es keinerlei Ähnlichkeit zwischen den beiden gab.

»Das muss dir nicht leidtun. Hätten mich meine Eltern, also Adoptiveltern nicht zu sich genommen, glaube ich kaum, dass ich jetzt noch am Leben wäre.«

Ich sah vorsichtig zu Roman. »Er hängt sehr an dir, oder?«

Nadja kicherte. »Ja. Ziemlich. Manchmal ist es schön, und manchmal nervt es mich total. Er soll auch mal wieder glücklich sein. Er will immer nur mit mir zutun haben. Und wehe ich habe mal jemanden, den ich gut finde. Du, dann müsstest du den mal erleben. Ein Albtraum sage ich dir. Der führt sich dann immer auf, wie mein Vater. Echt schlimm. Aber letztlich kann ich ihm einfach nicht böse sein.«

»Redet ihr über mich?«

Ich hüpfte vor Schreck regelrecht nach oben, ehe ich schmerzlich daran erinnert wurde, dass ich im Grunde mit zwei blauen Flecken gesegnet worden war. Fleck Nummer eins: Unten im Hausflur, Fleck Nummer zwei: oben im Wohnungsflur.

Nadja erhob sich lachend, fiel ihrem Bruder um den Hals, küsste ihn voller Inbrunst auf die Wange und nahm mir mein leeres Sektglas aus der Hand. »Noch einen?«

Ich nickte ihr zu, dann erhob auch ich mich und stand vor Roman. »Vielen Dank. Sehr nett von dir. Jetzt kann ich mir den Schlüsseldienst sparen.«

»Ja. Stimmt. Und ich weiß jetzt, wie man in deine Wohnung kommt. Recht einfach. Also, wenn ich nachts mal einsam bin, weiß ich ja, wo ich dich finde!«

Ich lachte verlegen, strich mir meine Haare hinter die Ohren und versuchte an Roman vorbeizukommen.

»Darf ich mal?«, fragte ich ihn, doch er rührte sich nicht. Er verschränkte die Arme vor der Brust und grinste wieder das unverschämte Grinsen, das ich irgendwie anziehend fand. Natürlich lässt Frau sich das nicht anmerken. Also tat ich genervt und schüttelte den Kopf.

»Was bekomme ich für das Türöffnen?«

Ich lachte abwertend. »Ich soll dich dafür bezahlen?«

»Nun, deinem Lachen nach zu urteilen, wirst du mir kein Geld geben wollen. Wie wäre es mit einem Dankeschön-Kuss?«

Ich schaute ihm kurz auf den Mund, erschrak selbst über meine Augen, die plötzlich begannen, ein Eigenleben zu führen und versuchte, schnellstmöglich, ihm wieder in die Augen zu schauen. Ernst. Vollkommen ernst.

Was wäre, wenn ich ihm in den Nacken greifen und zu mir ziehen würde? Was wäre, wenn ich meine Lippen auf seine pressen und ihm meine Zunge in den Hals schieben würde? Was wäre, wenn ich ihn in meine Wohnung schubsen, und wir uns hektisch im Flur ausziehen würden? Was wäre, wenn ...

»So jemand bin ich nicht. Vielen Dank, Roman.«

Fast schon erleichtert sah ich, dass Nadja mit zwei Gläsern Sekt in der Hand angetanzt kam. Roman gefiel das nun offensichtlich nicht. Er sah seine Schwester genervt an und verdrehte die Augen. Dankend nahm ich das Glas entgegen.

»Angel wartet übrigens auf dich, Roman!«, sagte Nadja und prostete mir zu. *Wer war Angel?*

Meine Frage wurde natürlich prompt beantwortet, als ich zwei Brüste sah, ehe ich die Person wahrnahm, die zu dem Superbusen gehörte. Angel. Na prima.

»Roman, du wirst schon vermisst! Kommst du?« Sie legte den Arm um ihn und musterte mich argwöhnisch. Und Roman? Dem schien es mehr als unangenehm zu sein. Aha. So vertraut, wie sie mit ihm tat, war sie nichts anderes als seine Freundin beziehungsweise sein Abenteuer.

Ich starrte auf seine Hand, die an Angels Körper immer tiefer wanderte, ehe sie sich schließlich auf ihrem apfelförmigen Hintern legte. Während er das machte, spürte ich seine Blicke auf mir ruhen. Was wollte er damit beweisen? Ich sah ihn auch wieder an und konnte nicht vermeiden, einen fragenden Ausdruck, der mir mit Sicherheit im Gesicht geschrieben stand, zu verstecken. Ich hörte, wie er ihr einen Klaps auf den Hintern gab. »Geh doch schon mal vor, Angel, ich komme gleich nach.«

Ich schüttelte langsam den Kopf. Was für ein Arschloch. Nadja war ebenfalls wieder reingegangen und rief mir zu, ich solle doch auch noch kommen. Mich nahm diese kurze Szene mit Angel so mit, und ich konnte mir gar nicht erklären, wieso es mich mitnahm, dass ich es nicht schaffte, Nadja zu antworten. Ich sah nur weiterhin Roman an. Selbst als er mir mit einer Hand in den Nacken griff und mich zu sich zog, schaffte ich es nicht zu reagieren. Ich spürte seine Lippen an meinem Ohrläppchen. Ich schluckte.

»Schade aber auch. Dann muss ich heute wohl eine andere küssen.« Seine Aussage trug nun endlich dazu bei, dass zumindest mein Körper wieder reaktionsfähig war. Ich zog meinen Kopf aus seinem Griff zurück, sah ihn an, und schüttete ihm den Sekt in sein Gesicht. »Du bist ein richtiger Scheißtyp, weißt du das?« Ich drückte ihm das nun leere Glas in die Hand, schubste ihn zur Seite und lief in meine Wohnung. Die Türe knallte ich hinter mir zu, was leider nichts brachte, da Roman sie so geöffnet hatte, dass der Riegel, der die Tür verschlossen hält, immer noch hervorragte. Meine Tür flog sofort wieder auf.

»Hätte ich noch nach meiner Bezahlung gemacht«, sagte er und leckte sich mit der Zunge über die Lippen.

»Und was hättest du dann von mir verlangt? Hätte ich dann die Hosen runterlassen müssen?«

#neun

Ich fummelte verzweifelt an meiner Türe rum, doch dieses Abschließdings ließ sich natürlich nicht einfach wieder nach hinten drücken. Roman kam auf mich zu. »Wenn du mir netterweise ein Handtuch für deinen ... emotionalen Ausbruch gerade, geben könntest, wäre ich bereit, dir deine Türe wieder so herzurichten, dass du sie selbstverständlich schließen kannst.«

Ich drehte mich wortlos um, marschierte ins Bad, holte ein Handtuch, kam zurück und reichte es ihm. Ansehen mochte ich ihn nicht mehr und am meisten belastete mich, dass ich nicht mal wusste, warum ich ihn nicht mehr ansehen mochte.

Er trocknete sich das Gesicht und hielt mir das Handtuch entgegen. Ich nahm es ihm ruppig aus der Hand und ließ es unweigerlich zu Boden fallen. Ich verschränkte die Arme vor der Brust und wippte ungeduldig auf den Fußballen vor und zurück. Ich sah aus den Augenwinkeln sein Grinsen.

»So, und jetzt?«, fragte ich zickig.

»Jetzt brauche ich deinen Wohnungsschlüssel.« Ich sah ihn irritiert an, drehte auf dem Absatz um und vermutete meinen Schlüssel in der Küche, dem tatsächlich auch so war.

Ich schnaufte laut, als ich wieder zu Roman ging und ihm meinen Bund entgegenhielt.

»Was machst du jetzt damit?«

Das Grinsen ging mir langsam, aber sicher auf den Wecker. Er steckte meinen Schlüssel ins Schloss und … »Ich schließe deine Tür auf. Jetzt geht es wieder!«

»Oh. Okay. Tja. Da hätte ich wohl selbst draufkommen können.«

Roman kam zu mir und reichte mir meinen Wohnungsschlüssel. Ich sah auf und schaute ihn an. Das Grinsen in seinem Gesicht war verschwunden. Aber etwas anderes war da, das ich nicht erklären konnte. Ich schluckte. Wieder fasste er mir unter meinen Haaren hindurch in den Nacken und zog mich zu sich. Er kam mir immer näher, und ehe ich überhaupt fähig war, irgendetwas zu machen, lagen seine Lippen auf meinen. Erschrocken zog ich meinen Kopf zurück. Sein Daumen fuhr über meine Oberlippe, dann zwinkerte er mir zu, verließ meine Wohnung und schloss hinter sich die Tür. Ich stand da, in meinem Flur und schaffte es beim besten Willen nicht, mich zu bewegen. Mein Mund kribbelte. Mein Herzschlag war viel zu kräftig. Ich hörte das Blut in meinen Ohren rauschen. Sicherlich zehn Minuten hielt dieser Zustand an, ehe, versteckt in mir, ein kleines bisschen Wut zu fühlen war. Wut darüber, dass ich das Gefühl hatte, er spiele mit mir. Und wer war diese Angel? Es war ziemlich offensichtlich gewesen. Mit Sicherheit war sie eine, die ganz und gar nicht abgeneigt war, mit Roman die Nacht zu verbringen. Und ganz bestimmt die heutige Nacht. Ich hätte möglicherweise das Angebot von Nadja annehmen und mit ihr und Roman sein Bett teilen sollen. So wäre definitiv kein Platz für Angel gewesen. Allein den Namen fand ich unter aller Kanone. Und ihr Busen war künstlich. Ihre Lippen ebenfalls, so wie ich das beurteilen konnte. Ihre Haare waren mit Sicherheit nicht von Natur aus aschblond. Auf so etwas schien Roman also zu stehen. Warum wollte er dann von mir geküsst werden?

Um der Versuchung zu widerstehen rüberzugehen und Roman die Meinung zu geigen, schminkte ich mich ab und zog meinen Schlafanzug an. Zusätzlich versuchte ich, diesen beschissenen Abend auszublenden.

Ich überlegte mir, dass ich mich jetzt noch einmal für die Feministinnen voll ins Zeug legen und nächstes Jahr dann aussteigen würde. Dann würde ich ein neues Leben beginnen. Vielleicht würde ich mir wirklich ein Hobby suchen. Vielleicht war Poledance ja gar nicht so schlecht.

Als ich im Bett lag, hörte ich die Musik, die aus Romans Wohnung tönte und zudem auch deutlich lauter geworden war, als noch zuvor. Gott sei Dank hatte Hermann, der genau unter Romans Wohnung seine hatte, einen Hörschaden. Abends nahm er seine Hörgeräte raus. Fragte sich nur, was die anderen Bewohner des Hauses zu der spontanen Party sagten …

In der Nacht hatte es wieder geschneit und so langsam spürte man, dass es vor allem den Autofahrern auf die Nerven ging, jeden Morgen mit Stau zu rechnen, da der Verkehr nur schleppend vorankam. Ich war einer der genervten Autofahrer. Esther musste ich an diesem Tag darum bitten, dass sie mich bereits um vierzehn Uhr gehen ließ. In unserer Femi-Klub-WhatsApp-Gruppe wurde besprochen, dass wir uns alle um sechzehn Uhr bei Pamela treffen wollten und von da aus gemeinsam zum ›Goldenen Hirschen‹ fahren würden. Klamottenvorgabe: schwarz. Die Schilder für unsere Sitzblockade hatten Lin und Viola gefertigt. Ich hatte mir gespart, zu lesen, was auf den Plakaten stand, und obwohl wir die zusammen geplant hatten, war es vermutlich so, dass etwas völlig anderes darauf abgebildet war.

Esther hatte nichts dagegen, dass ich an diesem Samstag anstatt bis sechzehn nur bis vierzehn Uhr arbeiten würde. Außerdem hatte es sich so eingebürgert, dass ich für Hermann samstags einkaufen ging. Gerade bei diesem Wetter sollte der alte Mann, der für mich wie ein Großvater war, nicht vor die Tür müssen. Was meine Laune enorm nach oben wandern ließ, war die Tatsache, dass wir an diesem Samstag so viel wie lange schon nicht mehr verkauft hatten. Allein ich hatte es auf fünf Thriller, drei Liebesromane und sieben Ratgeber geschafft. Am meisten erfreute ich mich daran, dass man Esther endlich mal wieder ein kleines Glücklichsein ansah. Sie hatte es verdient.

Nachdem ein Unfall den nächsten jagte und ich so statt zwanzig Minuten vierzig brauchte, ehe ich zu Hause ankam, stieg in mir die Aufregung vor der bevorstehenden Sitzblockade. Das Einzige, das mich wirklich beruhigte, war die Tatsache, dass wir immer schwarz trugen, zudem noch eine Haube, wie sie Motorradfahrer überzogen, sodass man nur einen Teil unserer Gesichter wirklich erkennen konnte. Ich war mir fast sicher, dass dies der Grund dafür war, dass Lin tatsächlich zuließ, die Hochzeit ihrer Cousine durcheinanderzubringen.

Ich brachte nur meine Tasche nach oben, schnappte mir einen Einkaufsbeutel und lief wieder nach unten. Ich klingelte bei Hermann. Nur Sekunden später hörte ich, wie die Klinke von innen nach unten gedrückt wurde, was seltsam war. Hermann brauchte gefühlt fünf Minuten, bis er es zur Wohnungstür schaffte.

Ich wich automatisch einen Schritt zurück. Vor mir stand Roman.

»Was ... was machst du hier?«, fragte ich stotternd, sah an ihm vorbei und entdeckte Hermann, der gebeugt, auf seinen Gehstock gestützt, in den Flur kam und mich anlächelte.

»Lisa! Du brauchst nicht mehr einkaufen gehen. Hat unser neuer Nachbar schon erledigt.« Er winkte mich in seine Wohnung. Roman trat einen Schritt zur Seite und grinste mal wieder unverschämt. Zögerlich ging ich zu Hermann. Ich versuchte meine Verwunderung über den Einkauf, den nun offensichtlich Roman erledigt hatte, zu unterdrücken.

»Wie geht es dir, Hermann?« Roman schloss die Tür. Wir gingen ins Wohnzimmer und ich half Hermann, sich wieder in seinen Fernsehsessel zu setzen.

»Mir geht es gut.«

Roman setzte sich auf Hermanns Couch und griff nach dem Glas Cola, das vor ihm stand. Er hatte es sich also schon gemütlich gemacht. Unglaublich!

»Ich war bei jedem im Haus, um mich für die Lautstärke gestern Abend zu entschuldigen«, erklärte Roman und klopfte neben sich auf die Couch. Hermann bestätigte das unverschämte Klopfen auch noch, in dem er sagte, ich solle mich doch auch setzen. In seiner Wohnung gab es - im Wohnzimmer jedenfalls - genau zwei Sitzgelegenheiten: der Fernsehsessel und die Dreier-Couch. Mehr nicht.

Ich setzte mich, soweit es möglich war, von Roman entfernt dicht gequetscht an die Sofalehne und schlug als Zeichen des absoluten Unverständnisses, dass Roman überhaupt bei Hermann war, die Beine übereinander. Das Topping: Arme vor der Brust verschränkt.

»Also bei mir hat sich keiner entschuldigt!«, sagte ich so laut, dass auch Hermann das hören konnte.

»Wieso hätte ich mich bei dir entschuldigen sollen. Du warst doch selbst auf meiner Party!« Aus dem Augenwinkel sah ich, dass Roman ebenfalls die Arme vor der Brust verschränkt hatte.

»Ich war nicht auf deiner Party. Ich war nur in deinem Flur. Mir wurde nicht mal das Wohnzimmer gezeigt, geschweige denn andere Räume. Also kannst du nicht sagen, dass ich auf deiner Einweihungsparty war!«

»Ich habe dich nicht gezwungen, nur in meinem Flur zu stehen. Da kann ich nichts für, wenn du so schüchtern bist und dich nicht traust, in mein Wohnzimmer zu gehen, nur weil da einige Freunde sind. Oder lag es daran, dass sich auch Männer in meinem Wohnzimmer befanden und du meinst, als Feministin, schicke es sich nicht, in Gesellschaft von männlichen Wesen einen Abend zu verbringen?«

Ich grinste abwertend und schüttelte dabei den Kopf. Zudem starrte ich nur stur nach vorne. Hermann sah zwischen uns hin und her.

»A: Ich bin nicht schüchtern. B: Hör auf, immer zu behaupten, ich sei eine Feministin. Dein Freund hat es gestern gleich zwei Mal gesagt! Ich bin keine Feministin! Das ist ja lächerlich!«

»Aber du triffst dich mit Frauen und ihr bildet einen Klub zusammen. Was, bitteschön, soll das sein?«

»Das kann doch auch ein Lese-Klub sein. Oder … oder backen. Kann doch sein, dass wir zusammen etwas backen! Sind Frauen, die sich treffen, für dich gleich Feministinnen? Also dann, mein Lieber, bist du wirklich seltsam. Was für eine altmodische Einstellung. War ja klar. Treffen sich einige Frauen, bekommt ihr Männer gleich Schiss!«

Im Grunde stand mir nur noch der Sinn danach, aufzustehen und zu gehen. Aber Hermann zuliebe tat ich das nicht.

»Ich bekomm keinen Schiss«, sagte Roman nach einigen Sekunden der Stille. Hermann saß da und schaute uns lächelnd an.

»Dann sage ich dir jetzt mal was: hör auf, mich weiterhin deinen Freunden als Feministin vorzustellen, sonst zeig ich dir mal, wie das ist, wenn man Schiss bekommt! Verstanden?« Ich erhob mich, Hermann wollte es mir gleichtun. »Bleib ruhig sitzen, Hermann. Wenn du noch irgendetwas brauchst, ruf mich an, dann besorge ich dir das noch. Ich muss jetzt wieder gehen. Ich habe noch was vor.«

Roman stand auch auf. »Ich muss mich leider auch von dir verabschieden, Hermann, die Arbeit ruft.« Er ging auf den alten Mann zu und klopfte ihm freundschaftlich auf die Schulter.

»Danke, Junge, dass du für mich eingekauft hast.«

Ich versuchte, nicht mit dem Kopf zu schütteln, was ich wirklich gerne getan hätte. Dass Roman Hermann auch noch duzte und der unseren neuen Nachbarn Junge nannte, setzte allem die Krone auf.

Wir verließen gemeinsam die Wohnung, wobei ich versuchte möglichst schnell die Treppen nach oben zu laufen, um endlich in meiner Wohnung zu verschwinden. Roman blieb mir dicht auf den Fersen.

»Magst du vielleicht jetzt mal meine Wohnung sehen?« Wir waren fast oben angekommen. Ich drehte mich abwertend lächelnd um. Roman war, weil er zwei Stufen unter mir stand, nun etwas kleiner als ich, das mir ein wunderbares Gefühl von Überlegenheit verschaffte.

»Nein danke. Es interessiert mich nicht, wie deine Wohnung aussieht. Und es gibt Menschen, die Besseres vorhaben, als sich Nachbars Räumlichkeiten anzusehen.«

»Und das wäre?«

»Ich habe noch zutun!«

»Ich auch. Ich habe auch noch zu tun. Ich muss schließlich noch arbeiten gehen.«

Mein Blick schweifte ab zu seiner Hand, die den Handlauf umfasste. Eine schöne Hand. Ich liebte es, wenn die Haare bis auf den Handrücken reichten. Es sah so männlich aus. Wie diese Hände wohl ...

»Prima, dann sind wir uns ja einig. Keiner hat Zeit.« Ich löste meinen Blick von seiner Hand, drehte auf dem Absatz um und meisterte mit zitternden Beinen (weiß der Himmel, wieso sie zitterten) die letzten beiden Stufen.

»Später, am Abend, hätte ich Zeit!«, hörte ich ihn sagen und dann passierte etwas, das mich plötzlich rotsehen ließ. Blitzartig drehte ich mich um, holte aus und schlug ihm mit der flachen Hand feste auf die Wange. »Hau mir nicht noch mal auf den Hintern, verstanden?«

Mich freute, dass er sich an die Wange fasste. Offensichtlich als Zeichen dessen, dass ihm die Backpfeife wehgetan hatte. Mich freute nicht, dass er grinsend dastand und es auch noch wagte, mir zuzuzwinkern.

»Sag ich doch!« Er grinste noch breiter als zuvor.

»Was?«, fuhr ich ihn an und zog meinen Schlüssel aus meiner Hosentasche.

»Feministin. Normalerweise freuen sich Frauen, wenn ich ihnen auf den Po haue! Feministinnen nun offensichtlich nicht.«

Ich versuchte genervt meine Wohnungstür aufzuschließen und schüttelte wieder mit dem Kopf. »Wenn du glaubst, Frauen stehen darauf, wenn man sie haut, liegst du leider völlig falsch. Und ein letztes Mal, ich bin keine Feministin!« Mit diesen Worten schaffte ich nach zwei Versuchen, meine Türe aufzuschließen und verschwand in meiner Wohnung. Dieser Typ war an Selbstüberschätzung nicht mehr zu überbieten. Der glaubte allen Ernstes, die Frauenwelt läge ihm zu Füßen. Unglaublich, dass es so etwas wie ihn noch gab. Die Welt hatte sich doch in den letzten Jahrzehnten dahin gehend deutlich geändert, dass Frauen und Männer gleichberechtigt waren. Aus welcher Zeit also kam er?

Trotz der Entrüstung über ihn beziehungsweise darüber, dass er es gewagt hatte, mir auf den Hintern zu hauen, musste ich zumindest innerlich lachen. Mut hatte er. Mut und Witz. Und diese freche Art, die er an den Tag legte, machte ihn durchaus attraktiv. Ein komischer Typ.

Da Roman den Einkauf für Hermann erledigt hatte, konnte ich mich noch eine gute Stunde ausruhen, ehe ich zu Pamela fahren würde. Immer wieder leuchtete vor meinen inneren Augen der Satz *Nur noch dieses Jahr* auf. Im nächsten Jahr wäre Schluss mit dem Klub und insgeheim hoffte ich, die Mädels hätten mein neues Fake-Hobby vergessen ...

Müde machte ich mich fertig, damit ich pünktlich bei Pamela wäre. Unpünktlichkeit mochte sie gar nicht. Die Eichhörnchen-Aktion, die wir mal gemacht hatten, war ja noch lustig gewesen und hatte uns sogar einen Artikel im Tagesblatt beschert. Aber die Aktion jetzt, die war ... bescheuert und versteckt in mir war das Gefühl von Angst. Angst deswegen, weil ich Sorge hatte, wir könnten auch dieses Mal wieder Erfolg haben und die Stadt würde tatsächlich ein Knallverbot für die Altstadt verhängen. Ich liebte das Feuerwerk am Ende des Jahres. Ich konnte es genau vom Küchenfenster aus beobachten, von dort hatte man eine wunderschöne Aussicht auf den alten Teil der Stadt, und es sah immer zauberhaft aus. Meist saß ich mit einem Becher Glühwein auf meiner breiten Fensterbank und prostete für mich allein auf das neue Jahr an. Ja. Allein. Viele Freunde hatte ich nicht. Außer Sarah, die ja zum Lehrer gezogen war und sich nur noch selten meldete, und die Mädels vom Klub. Wenn man, so wie ich, eine Leseratte war, kann das Leben schon einsam sein. Da bleiben einem dann nur die Figuren aus den Büchern, mit denen man sich verbunden fühlt und die, die undankbare Aufgabe hatten, meine Freunde zu sein.

Ich zog mich warm an. Es fröstelte mich jetzt schon, wenn ich nur daran dachte, gleich draußen einer Sitzblockade beizuwohnen. Dafür bot sich hervorragend mein schwarzer Schneeanzug an. Das einzig Ungünstige war nur, wenn man pinkeln musste, so musste man gleich den ganzen Overall ausziehen. Um gerade im mittleren Bereich warm zu bleiben, zog ich unter dem Schneeanzug noch eine Strumpfhose an, zudem meinen Nierenwärmer, den mir meine Eltern letztes Jahr zu Weihnachten geschenkt hatten und der im Ganzen aus Merinowolle bestand und fantastisch wärmte. Meine langen Haare hatte ich zu einem Dutt zusammengebunden, den ich unter der Sturmhaube verstecken konnte. Die Hauben lagen allesamt bei Pamela. Bisher hatten wir sie nur einmal gebraucht. Das war im Sommer in diesem Jahr, als wir eine Demo gegen Männer in der Politik gestartet hatten. Diese Demo war mit Abstand die schlechteste gewesen. Kaum einer hatte uns Aufmerksamkeit geschenkt und ich kam mir mehr als lächerlich vor. Aber irgendwie hatte ich den Eindruck, die Demo jetzt, die, die für das Knallverbot war, könnte es durchaus schaffen, mich noch lächerlicher fühlen zu lassen. Hinzu kam das enorm schlechte Gewissen gegenüber der Cousine von Lin. Eine Hochzeit sollte doch der schönste Tag im Leben einer Frau sein. Und das wollten wir kaputtmachen?

Dieses Jahr noch, Lisa. Dieses Jahr. Im nächsten ist Schluss mit Klub!

Ich steckte meinen Schlüssel ein und verließ meine Wohnung. Wie könnte es auch anders sein, kam just in dem Moment, in dem ich die Türe ins Schloss zog, Roman.

»Na, hast du gute Laune?«, fragte er mich grinsend und schloss seine Türe ab.

Ich stöhnte genervt auf. »Ne. Wie kommst du darauf? Nach dir, bitte.«

Roman lachte. »Wieso lässt du mir den Vortritt. Sollte das nicht eher der Mann machen?«

Unter keinen Umständen würde ich vor ihm die Treppen nach unten gehen. Ich hatte weiß Gott keine Lust mehr auf einen weiteren Klaps, den er lustig fand und ich schlicht und ergreifend herablassend.

»Erstens: Die Zeiten, wo ein Mann etwas zuerst tun sollte, sind schon lagen vorbei. Zweitens: Da du ja nun offensichtlich jemand bist, der es äußerst amüsant findet, Damen auf den Hintern zu hauen, habe ich in Erwägung gezogen, dich zuerst nach unten gehen zu lassen. So kann ich mir das Gegrapsche von dir sparen und du dir eine weitere Ohrfeige.«

Er nickte zustimmend und spitzte dabei kurz seine Lippen. »Ja, das leuchtet mir ein. Du hast recht. Das Einzige, das ich fragen möchte, ist: Mögen es nicht alle Frauen, wenn *Mann* etwas männlicher ist?«

Ich lehnte mich mit der Schulter gegen die Wand. »Und männlich definierst du natürlich damit, Frauen auf den Po zu hauen. Habe ich recht?«

»Ich habe bisher ganz gute Erfahrungen damit gemacht.«

Ich nickte wieder zu Treppe. »Bitte!«

»Na schön, dann gehe ich eben zu erst. Ich muss arbeiten. Hätte ich mehr Zeit, hätte ich gerne noch länger mit dir über Dinge, die Mann und Frau so tun und mögen, diskutiert.«

Endlich setzte er sich in Bewegung, langsam, und lief vor mir in Gemütsruhe die Treppe nach unten. Auf der Hälfte drehte er sich um. »Ach, bevor ich das wieder vergesse, du bist herzlich eingeladen, heute Abend mein Wohnzimmer zu sehen. Wenn du möchtest. Das war gestern wirklich ganz blöde gelaufen. War nicht meine Absicht.« Das war wieder mal so eine Aussage von Roman, die ganz aufrichtig und ernst rüberkam. Er schien tatsächlich zwei Seiten zu haben. Ich wollte gerade Luft holen, um ihm zu sagen, dass ich das sehr nett fände, als er seiner Rede doch noch etwas hinzufügte und ich mir tunlichst verkniff, ihm auch noch zu danken.

»Ich kann dir natürlich auch gerne mein Schlafzimmer zeigen. Da gibt es eine große Spielwiese!«

#zehn

»Warum zeigst du deiner Angel nicht deine Spielwiese?«

Er grinste mich noch einmal unverschämt an und lief weiter nach unten. »Die kennt die Wiese schon!«

»Schön für dich! Dann hör bitte auf, mir in Zukunft solche Sachen zu sagen. Ist doch nicht schön für deine Freundin, wenn du so mit anderen Frauen sprichst, oder?«

Er zog die Tür auf und deutete mit seiner Hand nach draußen. Ein eisiger Wind schlug mir entgegen.

»Sie ist nicht meine Freundin.«

»Ach ja, stimmt. Frauen an den Hintern zu fassen scheint bei dir kein Zeichen davon zu sein, mit ihnen näher zu tun zu haben. Ich vergaß. Entschuldigung.«

»Entschuldigung angenommen!«

Ich lachte abwertend, hob nur kurz die Hand und ging zu meinem Auto. Roman lief genau in die entgegengesetzte Richtung.

Roman war das Gegenteil eines Feministinnen-Klubs. Soviel stand fest. Trotzdem stieg in mir die

Neugierde, herauszufinden, was hinter dem Machogehabe von ihm steckte.

Nachdenklich stieg ich ins Auto, schnallte mich an, startete und fuhr los. Ob ich Roman heute Abend einen Besuch abstatten wollte, wusste ich nicht. Ich müsste es spontan entscheiden. Je nachdem, wie viel mir das Crashen der Hochzeit abverlangte.

Zehn Minuten später war ich bei Pamela. Die Frauen standen schon alle ungeduldig auf dem Gehweg und schauten mich finster an, außer Jaqueline, die offensichtlich damit beschäftigt war, ihre Fingernägel zu feilen. Lin und Viola trugen einen großen Umzugskarton, vermutlich waren darin die Schilder, auf denen unmissverständlich stand, dass wir etwas gegen Feuerwerk hatten.

Was für mich sehr irritierend war, alle Frauen waren weiß angezogen. Ich parkte in jener Bucht, die Pamela für mich freigehalten hatte, und wurde gleich auf der Fahrerseite von Lin abgeholt.

»Wir dachten, weiß sei besser. Wegen Schnee und so. Da bleiben wir ganz unentdeckt. Wir haben für dich auch noch einen Maleroverall. Hoffentlich passt er auch.«

Ich nickte nur leicht genervt, machte den Motor aus und stieg umständlich aus. Letztes Jahr hatte mein Schneeanzug deutlich besser gepasst. Er saß definitiv lockerer. War jetzt nur die Frage, ob es daran lag, dass der Trockner ihn hatte kleiner werden lassen, oder ob ich größer geworden war (vielmehr breiter).

»Jetzt wird es aber wirklich Zeit! Also, Lisa, du musst das mit dem CO2 schon ernst nehmen!«, sagte Pamela.

Ich holte mit dem linken Arm aus und sah übertrieben auf meine Armbanduhr. »Ich bin fünf Minuten zu früh. Wir haben doch noch genug Zeit.«

Nina sah mich nur grimmig an.

»Egal jetzt. Hör zu!« Pamela hielt mir den Karton unter die Nase. »Hier ist für jeden ein Schild drin, für dich ist das hier bestimmt!« Ich verschränkte die Arme vor meiner Brust, was nicht ganz einfach war, weil der Anzug so enorm an den Schultern spannte, und sah misstrauisch die Pappe an, auf der das Zeichen für *Mann* zu sehen war und dieses wurde von einem Verbotsschild überdeckt. »Ich dachte, wir wollten Feuerwerke verbieten! Wegen des CO2-Ausstoßes?«

Pamela winkte ab. »Ist doch alles das Gleiche! Männer, Feuerwerk, CO2 ... das gehört alles zusammen! Liegt doch auf der Hand! Meinst du etwa, zu den Pyrokraten gehört auch nur eine Frau?«

Ich schüttelte schnell den Kopf, einzig, weil ich genau spürte, dass ein erneutes Fragen oder gar Erklären rein gar nichts brachte.

»Hier, das ist deiner!« Lin hielt mir einen weißen Maleranzug entgegen, von dem ich stark bezweifelte, dass der noch über meinen Schneeanzug passen würde. Netterweise schloss mir Pamela die Haustür auf, sodass ich mir im Flur den weißen Overall anziehen konnte.

Er passte. Knapp, aber der Anzug passte so gerade eben noch über meinen Schwarzen. Warm genug wäre mir so in jedem Fall. Ich war nur heilfroh, wenn diese Aktion vorbei sein würde. Die arme Cousine. Wenn ich die Möglichkeit bekäme, so würde ich mir Lin schnappen und fragen, ob sie so gar kein schlechtes Gewissen hätte, die Hochzeit ihrer Verwandten zu versauen. Ich trat wieder auf die Straße, wo alle auf mich gewartet hatten und mich nun zufrieden, weil ich wie alle anderen aussah, von oben bis unten anschauten.

»Wie ist unser Ruf!« Nina bedachte uns alle mit einem strengen Blick.

»Äh … CO2, Rehe sind dabei!«, rief Lin. Alle nickten, ich stand da mit offenem Mund. Jetzt hieß es feinfühlig zu erklären, dass dieser Ruf totaler Nonsens war.

»Darf ich dazu mal etwas anmerken?« Alle Augenpaare starrten mich an. »Müsste es nicht heißen: Kein CO2, Rehe sind dabei? Und könnte man dann nicht das Wort Rehe durch Tiere ersetzen? Dann … nun, dann wäre es gegendert. Oder?« Einige Sekunden lang herrschte Stille und man sah jedem an, dass er überlegte. Schließlich nickte Pamela, und weil sie es tat, nickten alle mit. »Ja. Gut. Also: Kein CO2, Tiere sind dabei!« Alle klatschten in die Hände.

»Frau Schramm?« Eine dickliche Frau mit Babywagen fuhr genau auf uns zu und blieb vor Nina stehen, die nervös lächelte.

»Hallo. Wie geht es Ihnen?« Man sah der Dame an, dass sie über unseren Aufzug leicht irritiert war, aber sie schien sich wirklich über die Begegnung mit Nina zu freuen. Pamela machte sich währenddessen an meinem Kofferraum zu schaffen, öffnete ihn und quetschte den Karton mit den Schildern hinein. Dann schlug sie die Heckklappe mehrmals feste nach unten, bis der Karton offensichtlich nachgab und mein Kofferraum verschlossen war. Ich sah wieder zu Nina, die zumindest versuchte, das Baby im Wagen liebevoll anzusehen.

»Also, Frau Schramm, wären Sie nicht gewesen, ich glaube, dann hätte ich es nicht so leicht rauspressen können. Mein Mann und ich danken Ihnen vielmals! Wirklich! Vielmals!«

Ich spitzte die Ohren und sah Nina an, der die ganze Situation unendlich peinlich zu sein schien. »Ach, das habe ich doch gerne gemacht! Dann wünsche ich Ihnen weiterhin alles Gute. Ihrem … Ihrem Mann natürlich auch.«

Wir Frauen wichen leicht geschockt zurück, als die dicke Frau den Kinderwagen losließ und Nina plötzlich mit Tränen in den Augen an sich drückte. Wir schauten nahezu alle zu Boden, außer Jaqueline, die immer noch mit ihren Nägeln beschäftigt war und Pamela. Sie kniff die Augen zusammen und überlegte wohl, was die Dame jetzt Nina genau sagen wollte.

Endlich löste sich die Frau von Nina, hob noch einmal die Hand und schob dann mit ihrem Kinderwagen an uns vorbei. Wir sahen alle Nina fragend an, sogar Jaqueline hatte dafür ihre Feile weggesteckt.

»Ha! Haha!«, schrie Lin, wir alle zuckten zusammen und sahen sie an. »Du bist also Urologe! So sieht es aus. Jetzt haben wir endlich dein Geheimnis gelüftet.«

»Ich bin kein …«, versuchte sich Nina zu verteidigen.

»Wie kommst du denn jetzt auf ›Urologe‹?«, entfuhr es mir.

Pamela klatschte laut in die Hände. »Mädels, bitte! Professionell sein! Wir fahren mit zwei Autos. Einmal mit Lisas und dann noch mit Jaquelines! Wer fährt wo mit?«

Ich ergriff meine Chance. »Lin, willst du vielleicht bei mir mitfahren und die anderen bei Jaqueline? Dann könntest du mir den Ablauf erklären. Du weißt doch immer so gut Bescheid!«

»Lin weiß wirklich gut Bescheid«, sagte Viola und küsste ihre Freundin mal wieder mit Zunge. Ich sah angewidert weg. Nina war nach der Begegnung der dicken Frau recht still und sah mich auch nicht mehr streng an, sondern die meiste Zeit zu Boden. Es sei denn, Pamela sprach, dann stimmt sie ihr in allem zu. Zudem hatte ich endlich eine Vermutung. Diese Vermutung erstaunte mich sehr. So gerne ich es einfach zurückgehalten hätte, ich meine, letztlich sollte mich nicht interessieren, was ausgerechnet Nina beruflich machte, ich schaffte es nicht und sicher kam mir der Abgang im kommenden Jahr zugute. Ich hatte so oder so verloren. Also konnte es nicht mehr schlimmer werden. Deswegen nahm ich allen Mut zusammen und ging zu ihr. »Eine Ärztin bist du nicht. Das weiß ich. Bist du Hebamme?«

»Könntest du das bitte für dich behalten!«

Ich hob sofort die Hände. »Klar. Aber ich finde, du machst einen großartigen Job. Wollte ich dir nur mal sagen!«

Ich drehte mich gerade um, als ich ein, wenn auch sehr leises ›Dankeschön‹ vernahm. Ich nickte ihr einmal zu und lächelte still in mich hinein. Das war das erste ›Danke‹ von Nina. Wer hätte gedacht, dass ich noch in diesen Genuss kommen durfte.

Mein Plan, mit Lin allein im Auto zu sitzen, war aufgegangen. Alle anderen fuhren mit Jaqueline, damit Lin mir in Ruhe während der Fahrt erklären konnte, wie genau der Ablauf der Aktion funktionieren sollte.

Ich würde die Zeit nutzen und sie nach ihrer Cousine fragen. Ich bekam immer mehr den Eindruck, dass es nicht nur ums Feuerwerk ging.

Ich fuhr hinter Jaqueline her.

»Du, Lin?«

»Ja?«

»Warum hast du vor, die Hochzeit deiner Cousine zu versauen?«

Ich spürte ihren Blick auf mir. »Ähm, na ja, wegen des Knallens und so. CO_2, weißt du?«

Als ich an einer roten Ampel halten musste, sah ich sie an. »Jetzt sei mal ehrlich, da steckt doch noch was anderes hinter, oder?«

Lin schüttelte den Kopf. Tränen sammelten sich in ihren Augen.

»Jetzt rück schon raus!«

»Sie heiratet meinen Mann! Ich war mit Marvin zusammen. Nicht sie. Und dann auf der Party meines Vaters hat sie sich an ihn rangemacht!«

Ich war kurz sprachlos und vergaß sogar, bei Grün anzufahren. Mein Hintermann allerdings erinnerte mich sofort daran, indem er zwei Mal auf die Hupe drückte. »Ich dachte, du bist lesbisch … ver… veranlagt.«

»Nach Marvin hatte ich keine Lust mehr auf Männer. Du siehst ja, wozu die fähig sind! Ich hasse

Männer und Hochzeiten. Und knallen auch. Und CO_2 auch.«

»Weiß Viola das?«

»Wehe du erzählst es ihr!«

»Tu ich nicht. Aber meinst du nicht, du solltest ihr das erzählen? Wie lange ist denn das jetzt her mit Marvin?«

»Vier Jahre, drei Monate, eine Woche und fünf Tage.« Wenn Lin nicht bald aufhören würde, mit der Heulerei, würde am Ende doch auffliegen, dass sie mit Marvin zusammen war.

»Im Handschuhfach sind Taschentücher. Nimm dir bitte eins, Lin.«

Ich würde jetzt aufhören, sie über die Hochzeit auszufragen. Aber, dass es nun einen Grund gab, machte sie deutlich sympathischer.

Um Lin von der Tatsache, dass sie diesen Marvin nach über vier Jahren offensichtlich immer noch hinterhertrauerte, abzulenken, schwenkte ich um, auf das Thema, Aktion: Knallverbot. Lin erklärte mir den Ablauf und ich war darüber so sehr entsetzt, dass nicht mal mehr Kopfschütteln wirklich funktionierte. Ich betete inständig, keiner möge mich erkennen und keiner würde bei uns durchgeknallten Frauen die Polizei rufen, denn dann bliebe uns nichts anderes, als uns zu erkennen zu geben.

In der Ferne sah man den Gasthof und den dazugehörigen Parkplatz, der mit vielen Autos gefüllt war. Wir parkten etwas entfernt, versteckt hinter Bäumen, sodass man unsere Wagen nicht sehen konnte.

»Lisa, verrate es bitte keinem, ja?«, sagte Lin, als wir uns abschnallten.

»Nein. Tue ich nicht. Und deswegen bist du im Feministinnen-Klub? Wegen der Sache mit deiner Cousine und Marvin?«

Lins einmaliges Nicken war Antwort genug. Armes Kind, fiel mir dazu nur noch ein.

Wir schreckten im Auto beide zusammen, als der Kofferraum ohne jegliche Vorwarnung geöffnet wurde.

»Es wird langsam Zeit! Worüber unterhaltet ihr euch die ganze Zeit?«

Ich schaute in den Rückspiegel und sah direkt in Pamelas fleckiges Gesicht. Lin fuchtelte nervös an ihrem Overall herum und bedachte mich mit einem ängstlichen Blick. »Wir haben über den Ablauf gesprochen. Wieso drängst du so?«

»Jean ist hier! Er wartet auf uns. Er hat schließlich auch noch was vor!«

Lin und ich stiegen aus und gingen zu Pamela, die gerade dabei war, den Karton mit den Schildern aus meinem Auto zu wuchten.

»Wer kommt?«, fragte ich sie erstaunt.

»Jean. Ich dachte, Lin hätte dir alles erzählt?«

»Habe ich vergessen. Sorry. Jean kommt und schnallt uns fest.«

Ich hoffte, einige Sekunden würden reichen, damit ich das ›schnallt uns fest‹ verstehen konnte, doch ich verstand es nicht.

»Wie festschnallen?«, fragte ich vorsichtig und sah zwischen Lin und Pamela hin und her.

Pamela hatte es inzwischen vollbracht, den Karton aus dem Kofferraum zu ziehen und stellte ihn sofort ab. »Wir machen doch eine Sitzblockade vor dem Hintereingang, den die Pyrokraten nutzen werden! Jemand muss uns fesseln!«

Oh mein Gott!

»Aber, was haben wir davon, wenn wir gefesselt sind?«

Nina und Viola kamen auch leicht ungeduldig zu uns.

»Jetzt überleg doch mal! Wenn wir an Händen und Füßen gefesselt sind, können wir da nicht weg. Ergo, Sitzblockade perfekt. Dann müssen uns die Pyroraten oder die Polizei schon wegtragen. Freiwillig machen wir das nicht. Schließlich wollen wir ja mit Nachdruck zeigen, dass wir kein Verständnis für CO_2 haben, oder?«

Alle Frauen murmelten »Ja, ja«. Mir kam gar nichts mehr über die Lippen. Langsam aber sicher bekam ich das Gefühl, dass diese Nummer, die wir vorhatten, völlig ausuferte.

»Wann kommen die Pyrokraten denn?«, fragte Nina, die mir heute seltsam ruhig vorkam und nicht nur das, irgendwie war sie sanfter geworden. Vielleicht lag es daran, dass ich nun wusste, was sie beruflich machte. Ihr Beruf passte so gar nicht zu einer harten unnachgiebigen Feministin, die es nur darauf abgesehen hatte, Männern mit allen Themen, die auch nur ansatzweise etwas Männliches beinhalteten, den Gar auszumachen.

»Nach meiner Berechnung zur Folge in zwanzig Minuten.« Viola sah auf ihr Handy und nickte.

»Hopphopp, Mädels, jetzt müssen wir uns beeilen!«

»Was ist denn jetzt? Ich muss weg.« Jean kam auf uns zu gewackelt und wedelte immer wieder mit der Hand seinen viel zu langen Pony aus der Stirn.

»Muss der mal?«, fragte ich Pamela.

»Ne. Wieso?«

»Ach, vergiss es.«

Jetzt stand Jean genau vor uns, und da er uns allen die Hand reichte, schaffte er es nicht mehr, seinen Pony zu bändigen und tat dies, indem er Luft nach oben blies.

»So, Mädchen, ich bin der Jean und ich finde es so toll, was ihr macht. Ganz ehrlich. Es ist toll. Pamy, du kommst noch mal groß raus!« Jean küsste Pamela auf beide Wangen, ehe er uns wieder alle musterte und dabei seinen Handrücken in die Seite stemmte. Ganz zu schweigen von der eingeknickten Hüfte.

Immer wieder schall in mir der Befehl, meinen Mund zu schließen. Doch bei dem Anblick, der sich mir bot, funktionierte es einfach nicht mehr. Jean war speziell. Um nicht zu sagen, sehr speziell. Plötzlich klatschte er in die Hände. »Mädchen, los, los. Ich muss noch weg.« Er schaute zum Himmel, verdrehte dann die Augen, wackelte mit seinem Kopf umher, sodass der Pony rasant zur Seite flog und sagte zwei Nuancen höher: »Vernissage.«

Wir liefen zum hinteren Teil des Gasthauses, und dass wir unentdeckt blieben, grenzte nahezu an ein Wunder. Denn das Küchenfenster befand sich genau neben dem Eingang, den offensichtlich die Pyrokraten benutzen würden.

In gebückter Haltung ließen wir uns auf den drei Stufen nieder, die zur Türe führten. Schon nach wenigen Sekunden war mein Hintern zumindest kalt.

»Das ist aber kalt hier. Kriegt man bei Kälte nicht diese Dinger da um das Poloch? Wie heißen die noch? Nina, du bist doch Urologe. Gehört das nicht zu eurem Aufgabengebiet?« Lin beugte sich vor und sah Nina, die nur mit dem Kopf schüttelte, fragend an.

»Ich bin kein Urologe! Ich bin keiner, verstanden?«

»Mädels, konzentriert euch jetzt!«, flüsterte Pamela und bedachte uns alle mit einem strengen Blick.

»Ich kann so nicht arbeiten.« Jean stand mit geschlossenen Augen vor uns.

»Alles gut, Jean. Die Mädels machen jetzt mit. So, hier, für jede von uns eine Sturmhaube. Wenn die Pyrokraten kommen, sagen wir kein Wort! Wir sind stumm, okay? Alles, was wir zu sagen haben, steht auf den Schildern. Und erst zum Schluss der Demo kommt unser Schlachtruf!«

Ich kam mir vor, wie in einem schlechten Film. Ich konnte selbst nicht glauben, dass ich diesen Unsinn, wobei das Wort nicht mal annähernd das beschrieb, was hier gerade passierte, mitmachte. Der einzige Gedanke, der mich das Durchstehen ließ, war jener, zu wissen, dass nächstes Jahr Schluss sein würde mit den Feministinnen.

Wir zogen uns alle die Motorradhauben über den Kopf, aus denen dann nur noch unsere Augen und ein Teil unserer Nasen rausschauten. Was ich daran wiederum gut fand, war die Tatsache, dass so wenigstens mein Gesicht und die Ohren warmgehalten wurden.

Jean war schon dabei, Pamelas Hände auf dem Rücken zu fesseln. Sie war voller Tatendrang und nickte uns aufmunternd zu. Nina sagte immer noch nichts. Sie schaute uns auch nicht mehr an. Sie starrte nur zu Boden.

Innerhalb der nächsten zehn Minuten war Jean damit beschäftigt, uns zu fesseln. Dann war es irgendwann vollbracht. Wir saßen alle auf den Stufen, die Hände auf dem Rücken, die Fußgelenke bestückt mit einem dicken Seil, das sie so eng zusammenhielt, dass nicht mal ein Minischritt drin möglich gewesen wäre. Als Pamela vorschlug, dass Jean uns doch auch noch Klebeband unter der Haube auf den Mund kleben sollte, war ich ganz froh, dass dieses Mal Jaqueline und Viola protestierten. So musste ich nicht die undankbare Aufgabe übernehmen, und den Zorn der Anführerin auf mich ziehen. Zwischen unseren Oberschenkeln klemmte bei jeder ein Schild. Eines zeigte ein Reh oder Alpaka oder Lama oder Esel, das weinte. Pamela hatte das Schild mit der durchgestrichenen Rakete, Viola und Nina hatten auf ihren Schildern stehen ›Nieder mit den Pyrokraten‹, auf meinem war das Männlichkeitssymbol eingebettet in einem Verbotsschild und Lin hatte auf ihrem weiße Wolken.

»Hey, psst! Was soll das darstellen?«, fragte Jaqueline flüsternd Lin.

»Wieso fragst du? Das sieht man doch!«

»Fürze?«

»Was?«

»Psst. Jetzt seid doch mal still!«, kam es von Pamela.

Selbst durch die Haube, die ja auch Lin trug, sah man, dass ihr Kinn anfing zu zittern.

»Jetzt sag ich dir mal was, Jaqueline, das sind keine Fürze, das ist CO_2! Hättest du auch nur ein bisschen aufgepasst, von dem, was wir erzählt haben, wüsstest du das!«, konterte Lin, schüttelte dabei den Kopf und jeder konnte sehen, wie sich ihre Augen langsam, aber sicher mit Wasser füllten.

»Das liegt ja nun im Auge des Betrachters! Für mich sind das Fürze.«

»Das wäre dann auch CO_2! Jetzt haltet endlich den Mund!«

Ich war über Ninas Ausbruch fast erleichtert. Sie klang unfreundlich, wie immer. Ich hatte wirklich begonnen, mir Sorgen zu machen.

Jean hatte den leeren Karton hinter einem Baum versteckt, winkte uns noch mal zu, formte mit den Fingern ein Herz vor seiner Brust, dann stieg er in seinen Smart und fuhr los.

»Entschuldigt bitte, ich hätte mal eine Frage. Kommt Jean wieder zurück?«

»Wieso?«, flüsterte Pamela. Nur ihre Augen zu sehen, machte mir Angst. Ansonsten konnte man wunderbar anhand ihres Mundes erkennen, welche Laune sie hatte.

»Wer entfesselt uns wieder?«

Obwohl ich nur Pamela ansah, die genau neben mir saß, spürte ich, wie sich alle anderen auch nach vorne beugten, um ihre Reaktion mitzubekommen.

»Ach, das kriegen wir schon allein hin.«

»Wie!« Nina hatte gesprochen. Offensichtlich war sie auch nicht zufrieden, mit dem, was Pamela geantwortet hatte.

»Mein Gott, da wird sich schon eine Lösung finden!«

Motorengeräusche erregten unsere Aufmerksamkeit. Mit Sicherheit war das die Hochzeitsgesellschaft. Dann würde es nicht mehr lange dauern, bis die Pyrokraten auftauchten, um alles für das bevorstehende Feuerwerk zu arrangieren. Mein Gesäß spürte ich nun gar nicht mehr und in mir wuchs stetig die Angst, mir eine Blasen-, oder schlimmer noch, eine Nierenentzündung zuzuziehen.

Als hätte Lin meine Gedanken gehört, sagte sie leise: »Mir ist furchtbar kalt!« Alle anderen stimmten ihr zu, außer Pamela. Keiner wagte sich zu sagen, dass es ihr vermutlich nicht ganz so kalt war, wie den anderen, da ihr Hintern deutlich mehr gepolstert war, als die von uns.

Wir hörten Stimmen, viele Stimmen. Ab und zu ein fast schon kreischendes Lachen und anhand von Lins Körperhaltung konnte ich mir denken, dass es sich dabei um die Cousine handelte.

Nach einigen Minuten war wieder Ruhe. Jetzt galt es, auf die Pyrokraten zu warten. Die Pyrokraten waren in der Stadt sehr bekannt. Sobald irgendwo eine organisierte Explosion oder ein Feuerwerk war, wusste man, dass die Pyrotechniker am Werk waren.

Der krönende Abschluss ihrer Arbeit war stets das gigantische Feuerwerk im Nobelhotel der Altstadt zum Ende des Jahres. Ich wusste genau, dass Pamela dies bereits für das Highlight unserer Aktion fokussiert hatte. Dieses hier, also das Feuerwerk der Hochzeit, diente schlicht und ergreifend nur der Übung.

»Sie kommen! Sie kommen! Macht euch bereit, Mädels!«

Tatsächlich sah man einen weißen Lieferwagen mit der bunten Aufschrift ›Die Pyrokraten‹ auf den Hof rollen. Ich spürte die Anspannung bei jeder.

»Ach Scheiße!«, flüsterte Jaqueline. Ihr Schild, das zwischen ihren Beinen klemmte, war nach vorne gefallen und lag nun auf dem Boden, ergo, in unerreichbarer Weite, da wir alle an Händen und Füßen gefesselt waren. Auch Lins Schild drohte nach vorne zu fallen.

»Ihr müsst die Beine zusammenpressen! Herrgott, eine einfache Sache! Das werdet ihr ja wohl hinbekommen!«, schimpfte Pamela. Plötzlich hörte man die Schiebetür des Lieferwagens, wie sie geöffnet wurde. Dann Stimmen von Männern. Lachen. Selbst Pamela verstummte sofort.

Dann kamen sie zum Hintereingang. Der Erste, der Zweite, der Dritte und … Roman.

#elf

Würde ich die Augen geschlossen halten, hätte ich vielleicht den Hauch einer Chance, von ihm nicht erkannt zu werden. Eine weitere Herausforderung war die, ebenfalls nicht von Klaus, den ich ja bereits auf der Einweihungsparty kennenlernen durfte, erkannt zu werden. Und genau diese beiden Männer musterten nur mich. Einige Sekunden herrschte nur Stille. Dann fingen die Pyrokraten an zu lachen. Wir Frauen schauten uns irritiert an, außer Pamela, die verzweifelt versuchte, dem Ganzen einen ernsten Ausdruck zu verleihen, in dem sie die Männer böse beäugte und sich sitzend versuchte, noch größer zu machen.

Die Pyrokraten standen genau vor uns, die Beine leicht gespreizt, die Arme vor ihren Brüsten verschränkt.

»Was machen wir jetzt?«, fragte einer von ihnen.

»Wegtragen. Sie sind gefesselt. Wir tragen sie einfach weg. Da hinten in den Wald«, erwiderte Klaus.

Ich schaute ganz kurz nur zu Roman, der mal wieder dieses selbstsichere Grinsen aufgelegt hatte und nur mich anstarrte. Er hatte mich erkannt. Natürlich hatte er das.

»Jetzt lasst uns doch erst mal die Schilder begutachten! Die Frauen haben sich so viel Mühe damit gegeben.« Roman hob lachend das Plakat von Jaqueline auf, schaute es sich an und spitzte kurz die Lippen. »Was soll das denn sein?« Er schaute Jaqueline an und man sah genau, dass sie unter ihrer Motorradhaube lächelte und ihn beinahe verknallt ansah.

»Ein Pol«, antwortete sie mit hoher Stimme.

»Ein was?«

»Pssst!«, kam es aus Pamelas Richtung, doch Jaqueline störte sich daran gar nicht. »Der Südpol.«

»Und was ist das hier?«, Roman zeigte auf einen Fleck. Ich legte ebenfalls den Kopf etwas schief und versuchte zu erkennen, was es mit dem Fleck auf sich hatte. Jaquelines Schild hatte ich mir zuvor gar nicht näher betrachtet. Auch die anderen Pyrokraten gesellten sich zu Roman und starrten auf den Fleck, der den unteren Teil des Bildes zierte.

»Vielleicht eine Scholle. Würde zum Pol passen«, sagte einer und rieb sich nachdenklich übers Kinn.

»Nä. Dat is doch keine Scholle. Dat hat ja Augen!«

Klaus, dessen Brillengläser doch stark an die Gläser erinnerten, die in Lupen zu finden waren, beugte sich noch dichter über das Plakat. »Und einen Mund.«

»Wo?«

»Da. Das soll ein Tier sein.«

Roman schaute schon längst nicht mehr auf den Fleck, sondern nur noch mich an. Ich wurde nervös. Sehr. Er hatte mich erkannt.

»Das ist ein Eisbär, okay? Ein Eisbär! Die leiden nämlich auch, wenn ihr immer knallt!«, rief auf einmal Lin, die dieses Bild gemalt hatte. Egal was sie gesagt hatte, ich war ihr in jedem Fall dankbar dafür, denn mit dieser Aussage wurde ich endlich den Blick von Roman los.

»Ein Eisbär?«, fragte er sie.

»Ja! Ein Eisbär!«

»Am Südpol?«

»Richtig. Trotzdem es weit weg ist, sollte man auch mal an die Bären denken!«

Roman hockte sich vor Lin hin und lächelte sie abwertend an. »Schätzchen, am Südpol gibt es keine Eisbären. Das müsste dann der Nordpol sein! Oder, der Fleck mit Augen und Mund gehört einem Seeleoparden. Dann würde es mit dem Südpol wieder passen.«

Hätte ich die Möglichkeit aufzustehen, ich würde es tun. Und weiter, ich würde nicht weggehen, sondern rennen. Noch nie zuvor in meinem Leben hatte ich so stark das Gefühl, einfach verschwinden zu wollen.

»Dann ist es halt der andere Pol. Das ist ein Eisbär. Fertig.«

Roman nickte und erhob sich wieder. »Na schön. Ich würde dir das Schild ja gerne wieder zwischen die Beine klemmen, aber leider müssen wir eure Sitzblockade auflösen«, sagte er zu Jaqueline, die ihn geradezu anhimmelte.

»Dat kann die Polizei machen«, sagte der, der offensichtlich immer noch darüber philosophierte, ob es nun einem Fleck mit Augen und Mund ähnelte, oder ob irgendein Detail verriet, dass es sich tatsächlich um einen Eisbären handelte.

»Ach, Quatsch, Männer, die paar … Streikenden können wir schon noch alleine beiseite räumen. Los geht es.«

Sofort kam Klaus zu mir und wollte mich von der Treppe aufheben. »Stopp!«, rief Roman, »Die da.« Er schaute mich an und zwinkerte mir zu. »Die nehme ich!«

Ich sah, wie einer der Pyrokraten Nina packte. »Wenn du mich unsittlich anfasst, ich schwöre dir, dann prügle ich dich windelweich! Windelweich! Nimm deine Flossen von meiner Brust!«

Der Typ lachte. »Welche Brust?« Ich sah, wie Nina ihm irgendetwas ins Ohr flüsterte und der Gesichtsausdruck von ihm sich schlagartig änderte. Unweigerlich ließ er Nina zu Boden und machte ihr obendrauf noch die Fesseln ab. Anstatt dass Nina mir oder Pamela oder den schon weggetragenen Frauen half, zog sie sich die Motorradmütze vom

Kopf, schaute den Pyrokraten mehr als böse an und ging. Irritiert sahen Pamela und ich ihr nach. Zwei der Pyrokraten, die zuvor Jaqueline, Lin und Viola zum nahe gelegenen Wald getragen hatten, standen vor Pamela und rieben sich nachdenklich übers Kinn.

»Was ist los?«, fragte Roman. Ich bekam langsam den Eindruck, dass es ihm gefiel, vor allem mich zappeln zu lassen.

»Wer trägt die?« Klaus zeigte auf Pamela.

»Packt sie halt zu zweit!«

»Nä. Isch hab Rücken. Dat geht gar nich!«

»Könnte mich jetzt auch irgendwer bitte wegtragen?«, schrie Pamela plötzlich. Klaus schüttelte den Kopf. »Mach ich nicht. Die muss laufen!«

Roman rieb sich die Hände und grinste mich unverschämt an. »Klaus, sei so lieb und öffne den Lieferwagen hinten. Und die da«, Roman zeigte auf Pamela, »die lässt du noch da. Wenn ich fertig bin mit ihr hier, dann kannst du die losmachen.« Aus der Gaststätte tönte der Hochzeitsmarsch.

Wie er das sagte, machte mir irgendwie Angst.

»Was hast du mit ihr vor?«

Roman sah noch nicht mal Klaus an, während er ihn fragte, sondern schaute nur auf mich. Mit einem Grinsen im Gesicht. Aber nicht so ein Grinsen, das der Freude diente. Mehr so ein höhnisches Grinsen und das ewige Hände reiben, gab meiner Sorge noch den Rest. Mir wurde mulmig zumute.

»Keine Sorge, Klaus, ich will mich nur mit ihr unterhalten. Schließlich bin ich ja kein Monster, oder?«

Klaus kicherte und wackelte mit dem Kopf. Was diese Geste zu bedeuten hatte, wusste ich nicht.

»Sobald ich mich befreit habe, komme ich und helfe dir! Lisa! Bleib stark!« Ich sah kurz Pamela an, dann entfuhr mir ein Schrei, als Roman mich plötzlich packte und über seine Schulter schmiss. Das Blut schoss mir augenblicklich in den Kopf, meine Füße spürte ich auf seltsame Art und Weise gar nicht mehr, mein Hintern war ebenfalls so kalt, dass ich auch diesen nicht mehr wirklich spürte.

Wenn Körperteile besonders kalt sind und man dann darauf haut, ist der Schmerz gefühlt um fünfzig Prozent stärker. »Au!«, entfuhr es mir, als Roman mit einer Hand auf meinen Po klatschte.

»Es ist herrlich. Ich könnte das jetzt ganz oft machen und du könntest mir nicht mal mehr ne Backpfeife geben.«

Ich schwankte zwischen der Vorgabe, komme was wolle die Klappe zu halten, wie Pamela es uns aufgetragen hatte und zwischen ›meinen Emotionen freien Lauf lassen‹ und loszuschreien. Ich entschied mich für die Vorgabe von Pamela. Vielleicht wusste Roman gar nicht, dass ich es war. Vielleicht dachte er, ich sei einfach eine, die der Demo Knallverbot beiwohnte. Um ihrer selbst willen. Fakt war, ich war nicht um meiner selbst willen hier. Ich wurde gewissermaßen gezwungen.

Klaus hatte den Kofferraum des Lieferwagens geöffnet und entfernte sich wieder. Pamela saß nach wie vor auf der Treppe, aus dem Wald hörte man leise Rufe nach ihr und mir. Es war inzwischen stockduster. Einzig im Lieferwagen brannte ein kleines Licht und Pamela wurde vom zarten Schein der Küchenbeleuchtung angestrahlt. Roman packte mich plötzlich und trug mich jetzt wie ein Kind. Er stieg in den Wagen, zog mit einem seiner Füße eine Kiste heran und setzte sich mit mir im Arm darauf. Mein Atem kam flach. Hektisch versuchte ich, mit den Augen den Raum zu erkunden. Es standen allerlei Kisten herum. Auf vielen, wenn nicht gar auf allen, war das Zeichen für Explosionsgefahr zu sehen.

Ich starrte nur auf eine der Kisten. Nicht, weil ich es so interessant fand, nein, um nicht ihn ansehen zu müssen. Er wackelte mich plötzlich auf seinem Schoß hin und her. Mir wurde immer schlechter.

»Wie viel wiegst du?«

Ich presste die Lippen zusammen. Zum einen fand ich die Frage äußerst unhöflich, zum anderen hatte ich nicht vor, zu sprechen.

»Na schön, du spielst das Spiel, nicht mit mir sprechen zu wollen. Wenn ich die Polizei gerufen hätte, oder den Inhaber des Gasthauses, hättet ihr alle etwas sagen müssen. Also, liebe Lisa, hast du zwei Möglichkeiten. Entweder, du hältst weiterhin die Klappe und ich werde mir dann zu meinem Vergnügen Dinge ausdenken, die ich mit dir mache. Die, um es mal auf den Punkt zu bringen, sicherlich nicht sehr angenehm für dich sein werden. Oder, du kooperierst und erzählst mir jetzt, was dieser Scheiß da gerade sollte. Deine Wahl. Ich zähle von zehn runter. Wenn ich bei eins angekommen bin und du immer noch nicht gesprochen hast …« Die Angst hatte mich, nachdem was Roman nun zu mir gesagt hatte, so weit im Griff, dass ich die Tränen nicht mehr zurückhalten konnte. Ich fand es gruselig, was er da gesagt hatte. Sehr sogar.

»Okay, okay. Ich rede. Aber bitte tu mir nichts!«, heulte ich.

Roman zog mir die Haube vom Kopf und ließ sie zu Boden fallen.

»Also fang an zu erzählen. Was soll das hier alles?«

Ich zog einmal kräftig die Nase hoch. »Es … ich will ja auch nicht mehr mitmachen. Aber … aber Pamela ist … tja, wie soll ich sagen? Man kommt so ohne Weiteres nicht mehr aus dem Klub raus. Ich wollte nur noch diese Aktion mitmachen, und nächstes Jahr aufhören! Ich habe gesagt, aufgrund eines neuen Hobbys, dass ich dann keine Zeit mehr für den Klub habe.«

Meine Arme und Beine fingen an zu schmerzen und ich versuchte, sie etwas zu bewegen, um wenigstens ein paar Zentimeter zu gewinnen, damit sich das Seil, das Jean festgemacht hatte, etwas löste. Die Aktion war jedoch ziemlich erfolglos.

»Tut bestimmt weh, oder?«

Ich nickte und zuckte zusammen, als Roman mir die Tränen mit seinem Daumen von den Wangen wischte. »Du hast meinen Zeitplan ganz schön durcheinandergebracht! Ich wollte alles längst aufgebaut haben.«

»Ich wusste nicht, dass du für die Pyrokraten arbeitest. Ich wusste es wirklich nicht. Ehrenwort. Bitte, Roman, lass mich doch gehen.«

Er lachte, und weil er so doll lachte, wackelten seine Beine im Takt dazu und ich natürlich gleich mit. »Ich arbeite nicht für die Pyrokraten. Das ist meine Firma!«

»Roman!«, rief Klaus. »Wird Zeit!«

»Eine Minute noch.« Er drehte den Kopf wieder, so dass er mich ansehen konnte. Und er sah mich wirklich an. Alles von mir. Sein Blick blieb kurz auf meinem Mund hängen, ehe er mir wieder in die Augen sah. »Ich könnte mir vorstellen, dass wir beide heute die Nase voneinander voll haben. Also, wie wäre es, wenn du morgen früh zum Frühstück zu mir kommst und mir alles noch mal in Ruhe erzählst?«

»Ja. Das … ich mach das. Ich komme bestimmt. Morgen früh«, stotterte ich. Ich wurde die Angst einfach nicht los. Es war, als hätte sie es sich in mir gemütlich gemacht und würde so schnell nicht wieder gehen wollen.

»Hast du Angst vor mir?« Er sah mich erstaunt an. Hätte ich nicht tatsächlich Angst und wäre gefesselt … wäre dies der Moment, wo ich angefangen hätte zu lachen.

Ich sah ihn nur mit großen Augen an und wünschte, wegrennen zu können. Roman lachte und schüttelte dabei den Kopf. Dann packte er mich, als ob es das leichteste der Welt für ihn wäre, und legte mich über seine Beine. Ich schluckte. Die Angst, die es sich in mir gemütlich gemacht hatte, lud die Peinlichkeit und das Schamgefühl gleich mit ein.

»Keine Sorge, ich will dich nicht verhauen. Obwohl das sicher die ideale Stellung dafür wäre. Ich will nur …« Er löste langsam die Fesseln. Sekunden später waren meine Arme endlich befreit, und obwohl ich immer noch über seinen Beinen lag, konnte ich nicht anders, als Erstes über meine Handgelenke zu reiben. Roman löste die Seile, die um meine Fußgelenke gewickelt waren und endlich hatte ich wieder volle Kontrolle über meinen Körper. Anstatt hektisch aufzustehen, wartete ich darauf, dass Roman etwas sagte. Das tat er, mit einem höhnischen Lachen.

»Kannst du nicht aufstehen‹? Willst du nicht aufstehen? Oder traust du dich nicht, aufzustehen.«

Ich erhob mich langsam, drückte mich auf seinen Oberschenkeln ab und wischte mir schnell durchs Gesicht. Ansehen mochte ich ihn nicht mehr. Auch er stand von der Kiste auf. »Na dann befreie mal deine Freundinnen und seht zu, dass ihr hier wegkommt. Schließlich möchte eine junge Dame ihre Hochzeit genießen und ein Feuerwerk sehen. Das wollt ihr doch nicht kaputtmachen, oder?«

Ich nickte schnell. »Ja, machen wir. Wir ... also wir gehen. Ganz bestimmt.«

#zwölf

Wir hatten es geschafft, so zu verschwinden, dass keiner der Hochzeitsgäste, geschweige denn das Personal des Gasthauses, unsere kleine Demo mitbekommen hatte. Klaus hatte geholfen, die anderen ebenfalls zu entfesseln, während Roman uns alle keines Blickes mehr gewürdigt hatte und das war etwas, das mir enorm zu schaffen machte, ob ich es nun wollte oder nicht. Jaqueline hatte mehrfach versucht, seine Aufmerksamkeit auf sich zu ziehen, in dem sie regelrecht vor ihm her schwänzelte, doch auch das schien ihn absolut kalt zu lassen. Die Vorstellung, ihn erst morgen zum Frühstück zu sehen, um Entschuldigung sagen zu können, war furchtbar für mich. Wie ich die Nacht schlafen sollte, war mir schleierhaft.

Einzig Nina war einfach verschwunden, nachdem Klaus sie zu Boden gelassen und entfesselt hatte. Keinen von uns hatte es gestört. Lin fragte wohl nach, wo sie jetzt sein könnte, aber allen war es mehr oder weniger egal ... außer Pamela. Sie wetterte die ganze Zeit gegen Nina, schmiss die Schilder, die teilweise kaputt waren, zurück in den Karton und schüttelte nur noch wütend mit dem Kopf. Keiner wagte es, sie zu beruhigen. Ihr zu sagen, dass Nina vielleicht einfach nur enttäuscht nach Hause gegangen war, obwohl auch ich gestehen musste, dass sie uns wenigstens hätte entfesseln können. So mussten es die Pyrokraten machen, also im Grunde genommen nur Klaus und der andere, der einen starken Dialekt hatte. Roman waren wir egal gewesen. Der hatte sich nur noch darum gekümmert, dass die Kisten mit Feuerwerkskörper, zum Hintereingang gebracht wurden. Noch einige Male hatte ich versucht, seinen Blick zu erhaschen, aber er wollte mich wohl nicht mehr ansehen. Wer hätte denn auch ahnen können, dass mein neuer Nachbar, den ich zudem auch noch äußerst attraktiv fand, zu den Pyrokraten gehörte? Schlimmer noch. Er war derjenige, der die Pyrokraten ins Leben gerufen hatte.

Lin und Viola fuhren in meinem Auto mit, Jaqueline nahm Pamela mit, da ihr zu Hause auf gleicher Strecke lag, wie Jaquelines.

Auf dem Heimweg sprach keiner. Weder ich noch Lin, die sonst immer am Quatschen war, noch Viola. Jede von uns schien äußerst nachdenklich zu sein und ich konnte nicht leugnen, eine gewisse Erleichterung zu verspüren, als ich beide abgesetzt hatte. Ich hatte nur noch den Wunsch, mich in meiner Wohnung einzuschließen und darüber nachzudenken, was ich Roman morgen beim Frühstück erklären sollte. Würde ich einfach sagen, wie es nun mal war, er würde mir einen Vogel zeigen. Würde ich die Unwahrheit sagen und das Ganze mit netten Details ausschmücken, er würde mir ebenfalls einen Vogel zeigen. So oder so konnte ich keinem erklären, warum ich ausgerechnet bei diesem Klub mitmachte. Ich konnte es mir selbst nicht mal erklären. Außer vielleicht, dass ich damals die Chance hatte, Leute, vielmehr andere Frauen, kennenzulernen.

Ich nahm mir an diesem Abend fest vor, noch ehe ich morgen zum Frühstück zu Roman gehen würde, meine Freundin Sarah anzurufen und ihr alles zu erzählen. Vielleicht hatte sie ja einen Tipp und ich könnte den Klub noch vor Silvester verlassen.

Müde zog ich den weißen Maleroverall aus, danach endlich den zu engen Schneeanzug. Inzwischen hatten wir neunzehn Uhr und ich nahm mir vor, mich gemütlich anzuziehen und mit einem guten Buch den Rest des Abends, bis es sich endlich lohnte, ins Bett zu gehen, zu verbringen. Schließlich waren Geschichten die beste Möglichkeit, sich abzulenken.

Ich hatte mir all jene kleinen Lampen im Wohnzimmer angemacht, die für eine schöne Atmosphäre sorgten, zudem hatte ich mir ein Sandwich mit Schinken, Ei und Salat zubereitet. Dazu ein Glas Wein, in der Hoffnung, dass mich Alkohol von diesem verkorksten Nachmittag ablenkte.

Ganz bewusst hatte ich mich für einen Fantasy-Roman entschieden (der realen Welt mal zu entfliehen tut doch des Öfteren sehr gut) und nahm mir vor, diesen Abend an nichts mehr zu denken, sondern nur zu essen, zu trinken und zu lesen.

Nach einer guten Stunde, das Sandwich lag immer noch unangetastet auf dem Teller, das Weinglas war weiterhin bis obenhin gefüllt, fragte ich mich, was ich da genau gelesen hatte und konnte mir selbst keine Antwort darauf geben. Ich wusste es nicht. Immer wieder waren meine Gedanken zu Roman abgeschweift, vielmehr zu diesem Nachmittag. Mal dachte ich darüber nach, wie attraktiv ich ihn fand, dann überlegte ich, wieso Klaus so schlechte Augen hatte, dann kam mir die Szene im Lieferwagen

in den Kopf geschossen und schließlich das Unverständnis für meine furchtbare Angst, die ich gehabt hatte. Ja. Es war Angst im Spiel. Angst deswegen, weil er seltsame Sachen gesagt und man diesem Mann nicht ansehen konnte, ob er es nun lustig oder ernst gemeint hatte. Vielleicht hatte er mir extra Angst machen wollen. Vielleicht fand er es schön, Frauen Angst zu machen. Vermutlich hatte ihn die ganze Sache mehr belustigt als alles andere. Allerdings passte dann sein Gehabe nach dem Zwischenfall im Lieferwagen nicht. Er hatte uns gar nicht mehr beachtet. Es war, als wären wir alle Luft für ihn gewesen. Selbst Jaqueline hatte sich an ihm die

Zähne ausgebissen. Und sie hatte wirklich Figuren hingelegt, wo im Grunde jeder Mann drauf ansprang. Wenigstens hatte es diesem Klaus gefallen und Mr. Dialekt fand Jaqueline nun auch gut. Das konnte man sehen.

Ich legte das Buch zur Seite und schlich in meinen Flur. Ich versuchte, durch den Tür-Spion zu lugen. Vielleicht sah ich ja Roman. Wäre dem so, könnte ich die Türe öffnen und sagen, ich müsse noch den Müll rausbringen. Dann käme eventuell ein Gespräch zustande.

So sehr ich auch mein Auge gegen den Spion drückte, es blieb dunkel im Treppenhaus. Wäre er heute Abend früher nach Hause gekommen, hätte er mir mit Sicherheit vorgeschlagen, noch vorbei zu kommen. Für mich wäre das gut gewesen. Ich hätte deutlich besser schlafen können.

Vielleicht würde es ihn freuen, wenn ein kleines Geschenk vor seine Tür stehen würde. Eine Aufmerksamkeit von mir und daran würde ich einen Zettel mit den Worten, es tut mir sehr leid, hängen. Allerdings fragte ich mich in diesem Moment, was mir leidtun sollte. Schließlich wurde keiner verletzt und die Pyrokraten konnten trotzdem ihr Feuerwerk für die Hochzeit abhalten.

Aber ich fand die Vorstellung schön, wenn er heute Nacht nach Hause käme, dass da eine Kleinigkeit von mir vor seiner Türe stünde.

Ich ging in die Küche und überlegte. Eine Flasche Sekt, die ich noch gehabt hätte, fand ich zu banal. Ebenso wie eine Tafel Schokolade. Mein Blick blieb an meiner Kaffeemaschine hängen. Kaffeebohnen. Schließlich waren die, die im Becher gewesen waren nun mit Sicherheit im Mülleimer.

Ich hatte noch einen Kaffeebecher aus umweltfreundlichem Material aufgehoben, weil ich ihn so hübsch fand. Den befüllte ich mit Bohnen, dann nahm ich mir einen Zettel und einen Stift und überlegte mir, was ich darauf schreiben sollte.

Nach zwanzig Minuten, die ich ausschließlich nur auf den Zettel gestarrt hatte, entschied ich mich für die einfachen Worte: *Es tut mir leid.* Ich faltete ihn einmal und steckte ihn zwischen die Bohnen. Ich lief damit in den Flur, schaute wieder mal durch den Spion, erkannte, dass es immer noch dunkel im Flur war, und öffnete meine Wohnungstür. Auf Zehenspitzen schlich ich zu Romans Tür und stellte den Becher davor. Deutlich zufriedener als noch zuvor kehrte ich in meine vier Wände zurück. Ich fühlte mich gut.

Endlich hatte ich auch Hunger auf mein Sandwich, das Glas Wein leerte ich ebenfalls, nur das Buch blieb unbeachtet auf meinem Wohnzimmertisch liegen. Ich spürte eine angenehme Bettschwere dank des Weines.

Kurze Zeit später lag ich im Bett. Es dauerte nicht lange und ich schlief ein.

Ich glaubte, mitten in der Nacht, durch einen Knall aufgewacht zu sein. Ruckartig erhob ich mich, tastete nach dem Schalter meiner Nachttischlampe, fand ihn schließlich und blinzelte, weil die Helligkeit mir in den Augen stach. Wieder zuckte mein Körper kurz, als ich erneut ein Geräusch vernahm, das definitiv nicht zu dieser Uhrzeit passte. Leise stand ich auf, stieß mir den kleinen Zeh unglücklicherweise an der Bettkante, biss die Zähne zusammen und schlich in den Flur. Ich hörte jemanden fluchen. Ganz deutlich sogar. In Zeitlupe drückte ich die Klinke meiner Wohnungstür nach unten und öffnete sie einen Spaltbreit und wollte sie instinktiv wieder schließen, als ich sah, wer für das Fluchen mitten in der Nacht verantwortlich war. Roman. Er saß im Flur inmitten von Kaffeebohnen und rieb sich über die Hüfte. Er schaute zu meiner Tür.

»Warst du das?«, fragte er und sah wütend zu mir rauf.

»Äh … « Ich presste die Lippen zusammen und nickte langsam.

Roman schüttelte genervt mit dem Kopf und versuchte aufzustehen. Das Mindeste, das ich jetzt noch tun konnte, war, ihm zu helfen. Ich öffnete meine Wohnungstür ganz und lief mit nackten Füßen auf ihn zu. Währenddessen streckte ich meine Hand nach ihm aus. Er grinste mal wieder. Das Grinsen, das herablassend bei mir ankam.

Zu meiner Überraschung ergriff er bereitwillig meine Hand, aber anstatt, dass ich ihn hochziehen konnte, zog er mich runter. Die Bohnen unter meinen nackten Füßen taten ihr Übriges dazu. Ich fiel auf Roman drauf.

»Oh, Hallo!«

Hektisch drückte ich mich von ihm ab, ertrug eine Unzahl an Kaffeebohnen unter meinen Sohlen und war froh, als ich endlich wieder stand. Auch Roman stand auf und sah mich immer noch grinsend an. Dann wanderte sein Blick an mir herunter und blieb an meinen Brüsten hängen. »Ist dir kalt, oder habe ich das in dir ausgelöst?«

Auch ich sah an mir herunter und verschränkte augenblicklich die Arme vor der Brust. »Also, dann danke ich dir für die zweite Fuhre Kaffeebohnen.«

Ich sah zu Boden und nickte, dann sah ich auf. »Ich hole wohl besser mal einen Besen und ein Kehrblech.«

Ich lief schnell in meine Wohnung, schnappte mir den grauen Poncho, der an der Garderobe hing, warf ihn mir über und holte den Besen und ein Kehrblech.

Als ich zurück zum Flur kam, wollte Roman mir den Besen aus der Hand nehmen.

»Ich mache schon. Kein Problem. Ist ja meine Schuld gewesen.« Sorgfältig fing ich an, alle Bohnen auf einen Haufen zu kehren. Roman stand gegen die Wand gelehnt da und beobachtete mich.

»Willst du wissen, wie die Hochzeit war?«, fragte er plötzlich. Ich schaute ihn kurz an und spürte gleich, wie mir die Röte ins Gesicht stieg. Ich nickte nur und konzentrierte mich weiter auf die Bohnen.

»Sie war großartig und das Feuerwerk hat der Braut vor lauter Glück und Schönheit die Tränen in die Augen getrieben.«

»Das ist schön. Das freut mich.« Etwas Besseres fiel mir in diesem Moment nicht ein. Was hätte ich auch sonst sagen sollen?

Roman drückte sich von der Wand ab, kam auf mich zu und nahm mir den Besen aus der Hand. Dann fegte er die Reste zusammen, während ich mich nach dem Kehrblech bückte, und versuchte alle Bohnen darauf zu schaufeln.

»Das Einzige, das ich nicht ganz verstanden habe, warum eine deiner Freundinnen doch noch mal gekommen ist und sich entschuldigt hat. Die Hochzeitsgesellschaft wusste gar nicht, wofür.«

Ich hielt inne. »Wer war da?«

»Die mir einen vom Südpol und Eisbären erzählen wollte.«

»Lin? Lin war noch mal da?«

»Ja. Sie ist zum Bräutigam gegangen und hat mit ihm gesprochen. Hat Klaus jedenfalls gesehen. Ich war beschäftigt.«

»Aber es hat doch keiner der Gäste mitbekommen, dass wir da waren. Wieso ist Lin dann noch mal zum Gasthaus gekommen?«

»Keine Ahnung. Unter uns gesagt, die Schlauste ist sie ja nun nicht gerade.«

Ich sah ihn ziemlich entrüstet an. »Aber sie ist nett und freundlich!«

»Du nennst das, was ihr da heute Abend gemacht habt, nett und freundlich? Ich sehe das etwas anders! Ihr habt versucht, dem Brautpaar die Hochzeit zu verderben. Also nett und freundlich ist das wohl kaum.«

Ich stöhnte laut auf und rieb mir mit gleich beiden Händen durchs Gesicht. »Du verstehst das nicht.«

Er zog seinen Schlüssel aus einer seiner Taschen und steckte ihn ins Schloss der Tür, dann drehte er sich zu mir um. »Werde ich sicherlich morgen nach dem Frühstück verstehen, weil du es mir da erklären wirst.«

Ich nickte einige Male, drehte mich dann um, murmelte ›Gute Nacht‹ und ging wieder in meine Wohnung.

Wieso zum Teufel, war Lin noch mal da gewesen? Bestimmt, um diesen Marvin ein letztes Mal zu sehen.

#dreizehn

Ich blinzelte verschlafen und schaute auf meinen Wecker. Es war erst sieben Uhr an einem Sonntag. Sonntags konnte es durchaus passieren, dass ich bis zwölf im Bett liegen blieb. Wohlgemerkt mit einem Buch. Aber heute war ein anderer Tag. Heute war ich zum Frühstück eingeladen! Von Roman. Ich spürte leichte Aufregung, die mir dazu verhalf, richtig wach zu werden. Ich setzte mich auf. Menschen frühstückten für gewöhnlich um acht Uhr. Manche aber auch erst um zehn. Roman hatte mir keine Zeit genannt, wann ich zum Frühstück kommen sollte. Sollte ich was mitbringen? Vielleicht Brötchen oder dergleichen?

Ich stand wackelig auf, sah, dass mein kleiner Zeh vom Stoß gegen die Bettkante blau war, ebenso wie eine Seite meiner Hüften, die immerhin zwei Mal fallen über sich ergehen lassen musste und ging ins Bad. Ich nahm mir vor, den Mittelwert anzupeilen. Dass hieße, um neun Uhr zu Roman zu gehen. Vorher würde ich Brötchen kaufen. Als … Entschuldigung für den gestrigen Tag.

Während ich mir die Zähne putze, schaute ich auf die ganzen Nachrichten, die noch gestern Abend eingegangen waren. Alle dreiundzwanzig Eingänge waren in der Femi-Gruppe. Ich öffnete und sah direkt, dass die meisten Nachrichten vom orangefarbenen Namen gesendet wurden. Pamela. Pamela war orange. Ich hätte sie lieber Braun gehabt. Braun war aber Lin.

Pamela ließ sich über den Fauxpas aus, der gestern geschehen war. Sie hatte sich die Demo anders vorgestellt. Wer hatte das nicht? Lin hatte auch zwei Nachrichten dagelassen, allerdings erwähnte sie mit keiner Silbe, dass sie die Hochzeitsfeier erneut aufgesucht hatte. Nina hatte ebenfalls einen Kommentar hinterlassen. Es täte ihr unendlich leid, aber ihr wäre so schlecht gewesen. Zur späteren Stunde sei sie noch mal beim Gasthaus gewesen, um uns zu befreien, doch sie hatte keinen mehr von uns gesehen, außer Lin, sie könnte sich aber auch täuschen. Lins Antwort darauf war. Du hast dich getäuscht, ich war zu Hause. Den letzten Kommentar hätte ich am liebsten überlesen. Der Name war in Orange: Heute! Treffen! 12 Uhr! Bei Lisa!

Ich atmete stöhnend aus und legte das Handy zur Seite. Um zwölf Uhr wäre meine Wohnung mal wieder gefüllt mit Feministinnen. Ich konnte mir denken, warum Pamela unbedingt heute ein Treffen wollte. Natürlich hatte sie Roman wiedererkannt.

Genauso, wie alle anderen. Das heutige Thema würde also Roman sein, so viel stand schon mal fest.

Ich hatte mich in aller Ruhe fertiggemacht. Natürlich nicht auf etwas Make-up verzichtet und war um halb neun zum Bäcker gegangen. Ich hatte eine beachtliche Auswahl an Brötchen bestellt, die unmöglich von nur zwei Personen gegessen werden konnten.

Als ich vom Bäcker zurück war, lauschte ich kurz im Flur, doch aus Romans Wohnung war noch nichts zu hören. Dummerweise hatte ich heute Nacht nicht auf den Wecker geschaut und konnte gar nicht abschätzen, wie spät oder früh, je nach dem, es tatsächlich war.

Ich saß am Küchentisch, wackelte ungeduldig mit einem meiner Beine, beobachtete dabei den Sekundenzeiger und bekam den Eindruck, die Zeit habe sich gegen mich verschworen. Sie lief viel langsamer als sonst. Ganz bestimmt. Um zehn vor neun rundete ich die ganze Sache auf, also war es neun Uhr. Ich verließ die Küche, lief in den Flur, warf einen letzten Blick in den Spiegel, griff die Tüte mit den Brötchen und verließ meine Wohnung.

Als ich vor seiner Türe stand, atmete ich tief ein und wieder aus, zählte innerlich bis zehn anstatt bis drei und klingelte schließlich. Ich war so aufgeregt, dass ich sogar Gänsehaut auf meinen Wangen spürte. Ich hielt die Luft an und lauschte. Ich hörte nichts. Vielleicht funktionierte die Klingel nicht. Ich drückte noch mal den Knopf, hörte deutlich den Ton und dann endlich, obwohl ich mir schon innerlich enttäuscht eingebläut hatte, wieder in meiner Wohnung zu verschwinden und die nächsten drei Tage von Brötchen zu leben, vernahm ich Schritte. Schnelle Schritte. Ich erschrak und wich instinktiv einen Schritt zurück, als die Türe aufgerissen wurde.

Mein Atem kam so schnell, als wäre ich fünf Stockwerke nach oben gelaufen. Ich sah ihn an, an ihm runter und wusste nicht mehr, wo ich überhaupt hinschauen sollte. Und dann sah ich etwas ...

»Entschuldige, du hast da ... könntest du dir vielleicht ... ich kann auch später ...« Jeder Satz war zum Scheitern verurteilt. Ich hatte mir die Hand vor die Augen gehalten und schüttelte gleichzeitig mit dem Kopf. Ob es nun an seinen vielen Tattoos lag oder an seiner Beule im Schritt, dass ich mir unweigerlich die Hand vor die Augen hielt, wusste ich nicht. Ich spürte plötzlich Finger, die meinen Oberarm umfassten, dann zog er mich zu sich. Ich ließ meine Hand sinken und zwang mich regelrecht, ihm nur in die Augen zu sehen. Es sah danach aus, als sei er gerade erst aufgestanden. Seine Haare waren durcheinander, er hatte wieder die Brille auf und stand, wie schon erwähnt, nur in Unterhose vor mir.

»Weißt du, was cool gewesen wäre?«

»Nein?«, flüsterte ich.

»Wenn du mich gefragt hättest, ob eine volle Blase für den Zustand verantwortlich ist, oder ob du das in mir ausgelöst hast.«

Ich versuchte, ein Lachen zustande zu bringen, was sich allerdings eher nach einem leisen Schrei anhörte.

»Komm rein!« Er zog mich in den Flur und schloss hinter mir die Wohnungstür. »Du kennst dich ja aus. Ich gehe mal zur Toilette.«

Ich nickte und erhaschte einen Blick auf seine Rückseite, bis er hinter der Tür vom Badezimmer verschwunden war. Ziemlich unschlüssig stand ich im Flur. Als ich ein Plätschern hörte, ging ich langsam in die Küche und legte die Tüte mit Brötchen auf den Herd. Ich sah mich um. Die Küche hatte eindeutig ein Mann ausgesucht. Überwiegende Farben: grau, schwarz, weiß. Eine weiße Porzellan-Dose erregte meine Aufmerksamkeit. Auf ihr prangte der Totenkopf, der als Zeichen diente, dass etwas hoch Explosives darin war. Ich packte langsam den Knauf des Porzellangefäßes. Mein Puls stieg. Mit aller Vorsicht hob ich den Deckel und schaute hinein, als habe ich Angst, mir könnte etwas entgegengesprungen kommen. Der Inhalt der Dose ließ mich allerdings sofort lächeln. Rote Gummibärchen. Ausschließlich rote Gummibärchen! Aus dem Augenwinkel nahm ich eine Bewegung wahr. Ich drehte den Kopf und schaute auf seine Hand, die sich an der Arbeitsplatte abstützte.

»Zufrieden mit dem was du in der Dose entdeckt hast?«

Ich starrte auf seinen von Haaren und Adern überzogenen Arm. »Ich … also ich … war nur neu… neugierig? Entschuldige.« Schnell verschloss ich die Schale mit den Gummibärchen wieder.

Ich hatte nur die eine Hand gesehen, die sich an der Arbeitsfläche abstützte, aber ich spürte genau, dass die andere Hand von Roman sich ebenfalls festhielt. Somit war ich gefangen. Zudem fühlte ich den Hauch seines Atems in meinem Nacken. Ich starrte weiterhin auf die Dose. Wie passend der Totenkopf doch in diesem Moment war. Auf seltsame Art und Weise fühlte ich mich mit diesem Zeichen verbunden.

»Weißt du, worauf ich neugierig bin?«

Ich zog die rechte Schulter etwas hoch, weil ich glaubte, seine Lippen nahe meinem Ohre zu spüren.

»Nein.« Ich hatte schon den Drang, mich einfach umzudrehen, weil ich ihm zeigen wollte, dass ich keine Angst vor ihm hatte, aber mit jeder Sekunde, in der ich es machen wollte, verließ mich der Mut. Als habe er meine Gedanken gelesen, packte er mich am Arm und drehte mich um. Himmel. Er war immer noch nackt. Also nur bekleidet mit einer Unterhose. Ich schluckte und starrte auf seine tätowierte Brust.

»Auf deine Erklärung, was die Aktion gestern sollte.«

Ich hob den Kopf und sah ihn an. Immer noch waren seine Haare wuschelig und er trug weiterhin die Brille. Er war ein schöner Mann. Ganz ohne Frage. Aber seine Art, wie er sprach, diese Art, mir immer so nahe zu kommen, sein Grinsen, all das war für mich irgendwie unheimlich.

»Das habe ich dir gestern im Lieferwagen schon gesagt.«

Noch nie zuvor, nicht mal mein Ex-Freund, hatte mich ein Mann so intensiv angesehen, wie er in diesem Moment.

»Du hast erzählt, weil du Angst hattest. Wenn Menschen Angst haben, neigen sie dazu, Dinge zu verschönern oder Details dazu zu dichten.«

»Du scheinst dich mit dem Thema Angst gut auszukennen. Habe ich recht?«

Er sah mir auf den Mund, kurz, dann wieder in meine Augen. Er lächelte. Ja. Er lächelte. Er grinste nicht.

»Ja.« Er drückte sich von der Küchenzeile ab und so gerne ich auch woanders hingeschaut hätte, ich schaffte es nicht. Sein Körper sah aus, wie ein Gemälde. Er lächelte immer noch. »Ich zieh mir mal was an. Ich bin sofort wieder da.«

»Wenn du sagst, wo Teller sind, könnte ich schon mal den Tisch decken.« Wir könnten aber auch im Bett frühstücken … Ich schüttelte instinktiv den Kopf. Roman lachte. »Was hast du jetzt gedacht, dass du mit dem Kopf schütteln musstest?«

Ich winkte mit der Hand ab und hoffte gleichzeitig, dass er mir nicht ansehen konnte, was ich da gerade gedacht hatte. »Ach, nichts. Vergiss es. Also, die Teller sind wo?«

Er kam wieder langsam auf mich zu, ich wich zurück, bis ich die Arbeitsplatte im Rücken hatte. Er machte keinen Halt. Ich spürte die Wärme, die von seiner Haut ausstrahlte. Wäre ich wie Jaqueline, ich würde ihn in diesem Moment einfach anspringen.

»Vorsicht mit dem Köpfchen!« Er fasste an meinen Hinterkopf und zog ihn nach vorne. Ich hörte, wie er die Schranktüre öffnete. Meine Stirn klebte an seiner Brust. Ich schloss die Augen und zog tief Luft ein. Er roch so gut. Eine Gänsehaut erfasste mich und machte das Stehen fast unmöglich.

Beinahe schon enttäuscht, spürte ich, wie er meinen Kopf losließ und einen Schritt zurück machte. »Da sind Teller und in der Schublade findest du Besteck. Hätte ich gewusst, dass du so früh kommst, hätte ich das natürlich gemacht.«

»Ich wusste nicht, wann ich zu dir kommen sollte. Das hast du mir gar nicht gesagt. Und da dachte ich, neun …«

»Wäre eine gute Zeit? Unser Treffen heute Nacht im Flur ist gerade mal sechs Stunden her.«

Ich biss mir kurz auf die Unterlippe. »Ich dachte, es wäre nicht so spät gewesen. Entschuldige. Dann wäre ich natürlich nicht um neun gekommen. Ähm … wo soll ich denn decken? Also, wo wollen wir frühstücken?«

»Im Bett.« Er verschränkte die Arme vor der Brust, sah so noch attraktiver aus und schaute mich ernst an.

Aus Verlegenheit lachte ich. »So eine bin ich nicht, Roman. Ganz ehrlich. Ich … ich bin so nicht.«

»Na ja, wenn das so ist, dann würde ich die Küche vorschlagen.« Er zeigte auf die aus grauem Holz gezimmerte Theke, zwinkerte mir noch mal zu, dann verschwand er aus der Küche. Ich atmete aus. Was wollte er von mir? Von mir, die gestern, vorsichtig ausgedrückt, über die Stränge geschlagen hatte. Die eine war, die den größten Teil in ihrem Leben mit Büchern füllte. Eine, die in einem Feministinnen-Klub ihr Dasein fristete, weil sie es nicht wagte, den Frauen den Rücken zu kehren.

Nachdenklich holte ich zwei Teller aus dem Schrank, öffnete die Besteckschublade und zog zwei Messer hervor. Die Tüte mit den Brötchen leerte ich in einer Schüssel aus, dann brachte ich alles zur Theke. Einfach an seinen Kühlschrank gehen, wollte ich nicht. Ich setzte mich auf einen der Hocker und sah nachdenklich aus dem Fenster. Was wäre, wenn ich dem Klub die Wahrheit präsentieren würde?

Ich habe mir das mit dem Poledance nur ausgedacht, um euch vorzugaukeln, dass ich für den Klub keine Zeit mehr habe. In Wahrheit finde ich es ätzend und bescheuert, noch weitere Treffen mitmachen zu müssen und ich bin tief im Herzen auch gar keine Feministin, sondern eine ganz normale Frau, die einen Mann haben will!

»So in Gedanken?«

Ich zuckte zusammen. Ich lächelte leicht.

»Ja. Ich war in Gedanken.«

Endlich hatte dieser Mann was an!

»Erzähle! Möchtest du auch einen Kaffee?«

»Gerne.« Ich rutschte etwas auf dem Hocker herum, bis ich eine zuträgliche Position für meinen blauen Fleck an der Hüfte gefunden hatte, und stützte den Kopf auf meine Hände. Roman setzte Kaffee auf.

»Ich habe mich nicht getraut, an deinen Kühlschrank zu gehen.«

Er lachte, kam zu mir, ergriff meine Hand und zog mich hoch. »Wenn du davor Angst hast, dann machen wir das am besten zusammen.«

Er schob mich zum Kühlschrank und packte mich von hinten an meine Hüften.

»So meinte ich das gar nicht«, protestierte ich, aber darauf ging er gar nicht ein.

»So. Jetzt den Griff anfassen und den Kühlschrank aufziehen.«

Ich kicherte und zog den Kühlschrank auf, dann drehte ich mich halb zu ihm um. »Und jetzt?« Was genau in diesem Moment passierte, konnte ich nicht sagen, aber, es fing mächtig an zu knistern. Mein Lächeln verschwand augenblicklich. Damit ich nicht völlig ahnungslos blieb, erklärte mein Über-Ich mir, dass es die Mischung aus Attraktivität und Dominanz sei, die ich so anziehend an ihm finden würde. Mein Es hingegen – ja, auch ich habe eins – schrie mich an: Los! Nimm ihn! Sei einmal in deinem Leben unvernünftig! Ich verpasste beiden einen imaginären Maulkorb.

Mein Atem kam stoßweise, meine Augen suchten immer wieder seine Lippen. Roman zog sich die Brille ab und legte sie auf die Küchenzeile. Er kam mir näher, und als ich ihm kurz nur in die Augen sah, riss sich mein Es den Maulkorb ab, verprügelte das Über-Ich und schubst mich quasi auf Roman drauf. Ich griff ihm mit beiden Händen in den Nacken, sprang ihn an und presste meine Lippen auf seine. Dass Roman ziemlich überrumpelt von der Aktion war, merkte ich in diesem Moment nicht. Aber, ich spürte seine Hände auf meinem Hintern.

#vierzehn

»Du ... du willst das, ja?«, fragte er sichtlich außer Atem, während ich ihn nur kurz ansah und erneut meine Zunge in seinen Mund gleiten ließ. Küssend trug er mich ins Schlafzimmer. Er legte mich auf sein Bett, während meine Beine immer noch wie eine Schlingpflanze um seine Hüften lagen. Ich packte das Ende seines Shirts und versuchte es ihm hektisch auszuziehen. Meine Angst war groß, dass das Über-Ich wieder zu Bewusstsein kam.

Keine zwanzig Sekunden später lagen unsere Klamotten verstreut auf dem Boden und wir nackt im Bett.

Nach dreiundneunzig Minuten:

Ich sah in den Spiegel und wie auf Knopfdruck fing mein Kinn an zu zittern. Was hatte ich getan? Tränen liefen plötzlich und es fiel mir schwer, die Schluchzer so weit zu unterdrücken, dass Roman es nicht hörte.

»Ist alles Okay?«, hörte ich es gedämpft vom Flur.

»Alles prima!« Meine Stimme war viel zu hoch, aber das ließ sich nicht vermeiden, wenn man so stark heulte, wie ich in diesem Moment. Ich war ein Abenteuer gewesen. Eben. Im Bett. Nichts weiter.

Ich drehte den Hahn auf, schöpfte Wasser mit gleich beiden Händen und erfrischte mein Gesicht. Dann wagte ich wieder einen Blick in den Spiegel. Mein Gesicht war fleckig, meine Augen rot unterlaufen.

Ich, der Bücherwurm, die Feministin, hatte Sex mit dem Nachbarn gehabt. Obendrauf, damit es besonders spannend wurde, war der Nachbar auch noch ein Pyrokrat.

Es klopfte an der Badezimmertür. Ich stemmte die Hände in die Hüften und sah gebannt hin.

»Du, Lisa?«

»Ja?«

»Da stehen Frauen im Flur! Sehen aus, wie die von gestern!«

Kurz war ich versucht ›Was?‹, zu fragen, aber ausnahmsweise reagierte mein Hirn sofort. Hektisch sah ich mich in Romans Badezimmer um, bis ich schließlich eine Uhr erblickte. Es war fünf vor zwölf. Oh mein Gott.

Hektisch schloss ich die Badezimmertür auf, sauste nackt an Roman vorbei, der augenblicklich hinter mir herkam, und klaubte meine Klamotten zusammen.

»Scheiße! Scheiße!«, entfuhr es mir, als ich mehr als nervös meine Unterhose anzog.

Roman lehnte an der Wand, die Arme vor der Brust verschränkt, und sah mich kopfschüttelnd an. »Kannst du mir mal sagen, was das jetzt alles soll?«

Ich hielt inne. Mein Kinn zitterte mal wieder stark. »Was das soll? Du bist doch schuld! Du! Ich habe dir gesagt, dass ich kein Abenteuer bin! Und jetzt habe ich echte Probleme am Hals!« Erneut setzte eine Heulattacke ein, die ich einfach nicht schaffte zu unterdrücken.

»Moment mal. Du wolltest es auch. Ich habe dich dazu nicht gezwungen!« Jetzt stand er da, in Boxershorts, die Hände in die Hüften gestemmt und funkelte mich unverständlich an.

Ich hatte zumindest geschafft, meine Socken und meine Jeans anzuziehen und war hektisch dabei, den BH hinter meinem Rücken zu schließen. »Komm her, ich mach das«, sagte Roman leise und winkte mich mit dem Zeigefinger zu sich.

Er packte mich nicht gerade sanft an den Schultern an, drehte mich um und schloss meinen BH.

»Ich erwarte von dir eine Erklärung, das ist dir hoffentlich klar!«, sagte er.

Ich schüttelte nur noch heulend den Kopf, drehte meinen Pullover auf rechts und streifte ihn, während ich in den Flur ging, über. Ich hörte es gegen meine Wohnungstür klopfen. »Scheiße!«, entfuhr es mir mal wieder. Roman hatte sich eine Jogginghose und ein Langarmshirt angezogen und war ebenfalls in den Flur gekommen. »Hör zu, ich lenke die Weiber ab, locke sie nach unten und du gehst schnell in deine Wohnung. Sag denen, dass du duschen warst, wenn sie wieder hochkommen, einverstanden?«

Ich überlegte kurz, nickte ihm schließlich aber dankbar zu. »Gut, gut. So machen wir es.«

Er packte mich fest am Oberarm an und drehte mich zu sich. »Noch heute bekomme ich eine Erklärung von dir! Verstanden?«

Ich presste die Lippen zusammen und nickte.

Roman nahm seinen Wohnungsschlüssel vom Haken neben der Tür, öffnete sie und zog sie sofort hinter sich zu. Ich hörte Stimmen. Von wem genau sie waren, konnte ich nicht sagen, aber der Spion in der Wohnungstür von Roman kam mir in diesem Moment doch sehr gelegen. Ich presste mein Auge dagegen und sah, wie er vor Pamela stand. Am Rande des Sichtfeldes erkannte ich Jaqueline, die Roman mit schief gelegtem Kopf anlächelte. Dahinter vermutete ich Nina. Lin und Viola konnte ich nur erahnen.

Zu meiner Überraschung und sicherlich auch Erleichterung sah ich, dass plötzlich alle verschwanden. Ich presste mein Ohr gegen die Tür. Ich hörte, wie sie die Treppe runterliefen.

Jetzt oder nie.

So leise ich konnte, öffnete ich die Tür, lauschte vorsichtshalber noch einmal, hörte nichts und huschte zu meiner Wohnung. Hektisch zog ich den Schlüssel aus meiner Hosentasche, schloss auf und sauste hinein, während ich die Türe sofort zuschlug. Während ich ins Badezimmer huschte, entkleidete ich mich, stellte die Dusche an, wartete auch nicht darauf, bis das Wasser warm wurde, sondern stellte mich sofort unter den kalten Regen. Ich schnappte nach Luft, nutzte, dass ich nun nass war, wusch mich in Windeseile, stellte das Wasser wieder ab und trat aus der Dusche. Ich hörte die Klingel gleich drei Mal hintereinander. So schnell ich konnte, schlang ich mein großes Handtuch um meinen Körper, tappte in den Flur und machte die Türe auf.

»Warum hat das so lange gedauert?« Pamela stand vor mir und hatte die Hände in die Hüften gestemmt.

»Oh Mann, ich habe vergessen, mal auf die Uhr zu schauen. Haben wir schon zwölf?«, fragte ich ruhig, damit mir keiner die innerliche Unruhe anmerkte, wobei Unruhe noch gelinde ausgedrückt war. Ich öffnete die Tür ganz, sodass alle reinkommen konnten. »Geht doch schon mal ins Wohnzimmer, ich ziehe mich flott an.«

Nina hatte den energischen Ausdruck im Gesicht, wie immer. Pamela sah man an, dass sie sauer auf mich war, weil ich nicht gleich geöffnet hatte. Lin war merkwürdig ernst, Viola offensichtlich genervt davon und Jaqueline war hochrot im Gesicht.

»Du, dein Nachbar hat uns gerade eines der Schilder, die wir vergessen hatten, zurückgegeben. Der ist so was von heiß der Mann! Der löst Fantasien in mir aus … Wahnsinn!«, flüsterte sie mir zu, ehe auch sie ins Wohnzimmer zu den anderen ging. Ich verschwand in meinem Schlafzimmer und hätte mich gerne einfach aufs Bett gelegt, um darüber nachzudenken, wie es zu diesem Fauxpas mit Roman kommen konnte. Aber, mir blieb keine Zeit. Ich musste mich jetzt möglichst schnell anziehen, dann zu den Frauen gehen und wahrscheinlich über die nächste Aktion sprechen, die nur eine sein konnte, nämlich Silvester in der Altstadt. Und wer richtete dieses Riesenfeuerwerk aus? Natürlich. Die Pyrokraten.

»Darf ich euch etwas zu trinken anbieten?«, fragte ich. Die Couch war mal wieder komplett besetzt. Nina und Jaqueline saßen wie beim letzten Mal auch, im Schneidersitz auf dem Teppich.

Zu meiner Überraschung schüttelten alle mit dem Kopf. Ich nahm neben Jaqueline Platz.

»So, dann fange ich mal an!«, sagte Pamela ausdruckslos, beugte sich etwas nach vorne, was ihre

Rollen am Bauch mehr als deutlich zur Geltung brachten und holte Luft. »Ich sage mal die Fakten. Fakt ist, dein Nachbar, Lisa, ist der Anführer der Pyrokraten und somit unser Gegner. Fakt ist ebenfalls, dass er uns ziemlich zum Affen gemacht hat. Und der letzte Fakt: Der steht auf unserer Abschussliste!« Zufrieden mit dem, was sie gesagt hatte, verschränkte sie die Arme vor der Brust und lehnte sich wieder zurück.

Ich hätte mich gerne dazu geäußert, aber ich konnte nicht. Umso glücklicher war ich, als Jaqueline etwas sagte. »Ich finde, er ist ja nun nicht unser Gegner. Ich meine, der Mann macht einfach nur seinen Job!«

»Seinen Job?«, fragte Pamela mit hochgezogenen Augenbrauen. »Ist das sein Job, uns lächerlich zu machen? Ist das sein Job unsere Sitzblockade zu demolieren? Ja? Ist das sein Job?«

Jaqueline zuckte nur kurz mit den Schultern und schaute nach unten.

»Was hat er mit dir gemacht!« Nina sprach und sah mich prüfend an. Mal wieder hatte sie eine Frage gestellt, die es allein von der Tonart und Melodie nicht verdient hatte, ein Fragezeichen zu bekommen. Und nach dieser Frage hatte ich plötzlich alle Blicke auf mich gezogen.

»Ach, der hat mir Angst machen wollen. Nichts weiter. Er meinte, wir hätten seinen Zeitplan durcheinandergebracht und dass er es nicht gut finden würde, wenn wir die Hochzeit mit unserer Demo stören würden. War wirklich nicht der Rede wert, was im Lieferwagen passiert ist.«

»Aber, dass er uns das Schild vom Südpol und dem Eisbären wiedergegeben hat, war sehr nett von ihm. Er hätte es ebenso gut wegwerfen können.« Jetzt schauten alle Lin an und nickten, natürlich mit Ausnahme von Pamela. Die sah weiterhin nur mich an. »Hast du geweint?«

Ich sah Pamela erstaunt an und zeigte auf mich selbst. »Ich?«

»Ja. Du.«

»Nein.«

»Deine Augen sind rot.«

»Shampoo. Mir ist Shampoo in die Augen gelaufen.«

Alle nickten, begutachteten mich aber weiterhin.

»So, warum haben wir uns denn jetzt alle getroffen? Ich müsste gleich weg. Termine«, sagte Nina.

»Was denn für Termine?«, fragte Viola. Ich sah einfach nur von einem zum anderen und hoffte, dass von mir nicht erwartet wurde, noch irgendetwas über die Pyrokraten sagen zu müssen.

»Das tut hier nichts zur Sache!« Wir alle zuckten zusammen, weil Nina in einer Lautstärke gesprochen hatte, die andere dazu verwenden würden, Technomusik in einem Klub zu übertönen.

Pamela klatschte in die Hände. »Mädels! Bitte! Also ich würde dann vorschlagen, dass wir nächste Woche explizit planen, das Feuerwerk am Silvesterabend zu verhindern! Ich habe da schon einen groben Plan im Kopf, wie wir die Pyrokraten überwältigen können, aber dazu dann nächste Woche mehr!«

Nina erhob sich. »Also dann Dienstag! Wer ist dran?«

»Ne. Dienstag wollen wir doch Lisa beim Poledance zusehen. Wir treffen uns dann im Fitnessstudio.« Lin lächelte mich an und rieb sich die Hände. »Ich bin so gespannt und ich finde das so toll, dass du das machst. Ich bewundere dich! Hätte ich dir niemals zugetraut!«

Ich versuchte ebenfalls zu lächeln, doch spürte ich selbst, dass es absolut gequält aussehen musste.

»Warum gehen wir dann jetzt nicht alle. Lisa will sicher auch mal einen Sonntag freihaben!« Innerlich drückte ich Jaqueline an mich und küsste sie auf beide Wangen. Wir standen alle auf. »Lisa, du sagst uns noch Bescheid, wann der Dance–Kurs …«

»Poledance!«, verbesserte Lin sie.

»Also, wann dein Kurs anfängt.«

Brechdurchfall. Ich könnte ihnen am Dienstag schreiben, dass ich Brechdurchfall hätte.

»Mache ich. Ich begleite euch noch zur Tür.«

Ich atmete erst auf, als ich hörte, wie die Haustüre unten ins Schloss fiel. Erschöpft lehnte ich mich an die Wand im Flur und stöhnte auf. Beschissener hätte mein Abgang aus diesem Klub wohl nicht werden können. Und dann auch noch die Sache mit Roman. Ich wusste immer noch nicht, was mich veranlasst hatte, direkt mit ihm ins Bett zu springen.

Es glich einem Stromschlag, als es an meiner Wohnungstür klopfte.

»Lisa, ich bin es! Mach auf!«, hörte ich Roman sagen.

Auf Zehenspitzen schlich ich zum Spion und lugte durch. Er stand da und fuhr sich mit der Hand durch die Haare.

»Lisa! Ich weiß, dass du hinter der Tür stehst! Ich kann dich atmen hören! Aufmachen jetzt!«

Scheiße.

»So, ich weiß, wie ich in deine Wohnung komme. Ich hole das Werkzeug.«

Doppelt scheiße.

Ich schüttelte mit dem Kopf und öffnete ich die Tür. Roman kam sofort rein, packte mich fest am Oberarm, knallte die Tür hinter sich zu und zog mich in die Küche. Dort griff er nach einem der zwei Stühle, zog ihn etwas vom Tisch weg und drückte mich nach unten, bis ich beinahe auf die Sitzfläche fiel. Meine Hüfte schrie kurz auf. Roman setzte sich mir genau gegenüber.

»Fang an zu erzählen!«

Sein Blick bescherte mir eine Gänsehaut. Ich dachte, jener Blick von ihm, den er aufgelegt hatte, nachdem er mit mir im Lieferwagen fertig war, sei das Zeichen für ›Ich bin stinksauer‹. In diesem Moment wurde ich eines Besseren belehrt. Jetzt war er sauer. Und zwar richtig.

»Da gibt es gar nicht viel zu …«

Als er mit der flachen Hand auf den Tisch haute, brach ich in Tränen aus. »Es ist der Klub! Ich will ja gar nicht mehr mitmachen! Aber man kommt da so ohne Weiteres nicht raus!«

Roman beugte sich über den Tisch und starrte mich an. »Weißt du, wonach sich das für mich anhört?«

Ich schüttelte den Kopf.

»Das hört sich nach einer Sekte an. Nach einer schlimmen Sekte!«

Ich wackelte mit dem Kopf. Gut, gewisse Züge einer Sekte hatte der Klub allemal.

»Und? Ist es dir und den anderen verboten worden von der Dicken, dass ihr mit Männern zu tun habt?«

»Also verboten ist ein dehnbarer Begriff.«

»Dehnbar? Dein Ernst? Da ist nichts Dehnbares dran. Ich frage dich noch mal: Ist es euch verboten, mit Männern zu tun zu haben?«

Ich zog einmal die Nase hoch und schaute auf meine ineinander geschlungenen Finger. »Es wird nicht gerne gesehen. Wir haben halt alle keine Männer. Lin und Viola sind lesbisch, Jaqueline ist solo, Pamela ist … also, man weiß im Grunde nicht, was sie ist und Nina ist bekennende Feministin.«

»Wer ist von denen Nina?«, fragte Roman.

»Die, die Klaus gestern losgebunden hat.«

Roman nickte, lehnte sich zurück und verschränkte die Hände hinter dem Kopf. »Die ist schwanger.«

Es dauerte einige Sekunden, ehe ich den Satz verinnerlicht hatte. »Was?«

»Die ist schwanger. Deswegen hat Klaus sie sofort abgesetzt und losgebunden.«

»Das … das kann nicht sein!«

Roman lachte. »Warum? Habt ihr Feministinnen keine Gebärmutter? Oder glaubst du, das war eine unbefleckte Empfängnis?«

Deswegen war Nina gestern sofort verschwunden.

Ich wischte mir mit beiden Händen durchs Gesicht und sah Roman an. »Ich habe dem Klub gekündigt. Für nächstes Jahr. Ich habe gesagt, dass ich ein neues Hobby hätte, das sehr viel Zeit in Anspruch nehmen würde. Also, nächstes Jahr hat es sich erledigt mit dem Klub.«

»Was für ein Hobby? Mit einem Pyrokraten zu vögeln?«

Ich sah beschämt aus dem Fenster.

»Nein. So etwas mache ich normalerweise nicht.«

»Vögeln?« Und wieder lehnte er sich selbstsicher zurück und verschränkte die Hände hinter dem Kopf.

»Ich gehe nicht mit dem Nächstbesten ins Bett. Ich ... ich bin so nicht. Eigentlich.« Ich räusperte mich kurz. »Kaffee?«

Roman hatte wieder dieses Grinsen aufgelegt, bei dem ich immer das Gefühl hatte, er lache mich aus. Dieses höhnische Grinsen. Selbstgefällig. Selbstbewusst. Machohaft. Überlegen.

Ich wartete nicht mehr seine Antwort ab, sondern stand energisch auf und ging zur Kaffeemaschine.

»Wie lange ist es bei dir her, dass du Sex hattest?«

Ich fummelte am Filter herum. »So etwas fragt man nicht, oder?«

»Warum so schüchtern?«

»So bin ich nun mal.«

»Also, kleiner Bücherwurm, die Verrenkungen, die du eben gemacht hast, sprechen nicht unbedingt dafür, dass du schüchtern bist! Also? Wie lange?«

»Schon etwas länger.« Ich stellte die Maschine an, dann drehte ich mich zu Roman um. »Und wann lagst du das letzte Mal mit einer Frau im Bett?«

Er sah zur Decke und überlegte. Schließlich nickte er und grinste mich an. »Vorgestern.«

#fünfzehn

Ich zwinkerte oftmals mit den Lidern, während ich ihn ansah und hoffte, er würde mir sagen, dass er nur einen Spaß gemacht hätte. Aber er sah mich so ernst wie selten an. Ich presste die Lippen aufeinander und nickte. Im Grunde konnte ich mir denken, dass er am Abend seiner Einweihungsparty mit Angel ins Bett gesprungen war. Es ließ sich einfach nicht von der Hand weisen, dass er es offensichtlich liebte, wenn ihm die Frauen zu Füßen lagen. Und zu Recht lagen ihm mit Sicherheit so einige zu Füßen. Er war unglaublich attraktiv, woran nicht nur sein Äußeres schuld war, sondern vielmehr seine Art mit Frauen umzugehen. Einige Zeit beobachteten wir beide, wie die Kaffeekanne sich füllte, und doch brannte mir eine Frage auf der Zunge. Ich holte Luft, sah ihn an und zählte innerlich bis drei. »Und warum bist du dann mit mir ins Bett gesprungen?«

Er zuckte kurz mit den Schultern, sah einen momentlang aus dem Fenster, ehe er wieder mich grinsend ansah. »Ich wollte mal schauen, wie sich ein

Abenteuer mit einer Feministin anfühlt. Was dachtest du denn?«

Eine Wut nahm plötzlich Besitz von mir ein, dass ich mich vor mir selbst fürchtete.

»Du gehst jetzt besser!«, brachte ich monoton hervor. Roman stand augenblicklich bereitwillig auf.

»Aber du erlaubst mir sicher noch die Frage, warum du mit mir ins Bett gesprungen bist, oder?«

Ich schluckte und grinste schließlich. Ich grinste nicht etwa, weil ich es lustig fand, auf seine Frage zu antworten, sondern weil ich über mich selbst lächeln musste. Deswegen, weil ich auf so ein Arschloch reingefallen war. »Finde es doch heraus, Roman! Und jetzt sieh zu, dass du aus meiner Wohnung verschwindest! Ich sagte ja, ich bin kein Abenteuer.«

Es klingelte. Und es klingelte nicht unten an der Haupttür, sondern dieser Ton gehörte eindeutig zu meiner Wohnungstür. Ich ließ Roman einfach stehen und schlich auf Zehenspitzen zur Tür. Der Spion zeigte, und das ungewöhnlich dicht, wer da stand. Pamela. Ich hastete zurück in die Küche, packte Romans Hand und zog ihn in mein Schlafzimmer. »Du musst dich verstecken!«

»Was?«

»Ich flehe dich an, bitte gib keinen Mucks von dir, bis ich dir sage, dass du wieder rauskommen kannst!«

Ich wartete nicht mehr auf seine Reaktion, sondern schubste ihn ganz in den Raum und schloss die Tür.

Ich machte kurz die Augen zu, atmete tief ein und wieder aus und ging langsam zur Tür. Ich öffnete und tat überrascht. »Pamela! Hast du was vergessen?« Sie kam rein, ohne dass ich sie aufgefordert hatte.

»Ich wollte mit dir noch mal unter vier Augen sprechen.«

Ich sah, wie sie den Kopf etwas in den Nacken neigte und roch. »Hast du Besuch?«

»Nein. Wieso?«

Sie schüttelte den Kopf. »Egal. Lisa, ich bin noch mal gekommen, weil ich irgendwie das Gefühl nicht loswerde, dass dir dieser Pyrokrat sehr … wie soll ich es nennen? Dass er es dir sehr angetan hat?«

Ich hatte die Hände in die Hüften gestemmt und sah Pamela mit offenem Mund an.

»M… mi… mir angetan? Nein!« Zur Unterstützung schüttelte ich so energisch, wie ich konnte, den Kopf. »Nein! Nein! Der hat mir gar nichts angetan … ich meine, der hat es mir nicht angetan. Überhaupt nicht. Also nicht mal ein bisschen. Ich finde den furchtbar. Ein furchtbarer Mensch ist er. Jawohl. Und mir ist der nicht im Entferntesten angetan. Ich meine, hat er es mir nicht … du weißt schon. Der ist ja so was von daneben. Ich finde den auch gar nicht hübsch. Und er ist ein richtig fieser Mann! Der hat doch nur eins im Sinn. Das liegt ja auf der Hand. Du, da müssen wir aufpassen! Der hat ein Auge auf Jaqueline geworfen. Der will nur eins. Sex. So einer ist das. Der sucht sich ein Abenteuer. Jawohl. Ein Abenteuer und dann lässt er die Frauen wieder fallen. Also der ist mir gar nicht anget... der ... der hat es mir gar nicht angetan. Furchtbar sage ich dir. Ganz furchtbar!« Ich holte tief Luft, hob den Kopf etwas an und schüttelte meine Haare auf den Rücken. Dann nickte ich einmal und versuchte vehement, dem Blick von Pamela standzuhalten. Sie betrachtete mich prüfend, aber ich fühlte mich so gut, nachdem was Roman eben noch zu mir gesagt hatte, dass diese Lügen über ihn mir spielend leicht über die Lippen kamen.

»Dann ist ja gut. Ich hatte irgendwie einen anderen Eindruck.«

Ich lächelte Pamela an und schob sie auf die Wohnungstür zu. »Ein falscher Eindruck, glaube mir, ein falscher! Wäre das dann alles? Sei mir nicht böse, aber ich habe die Nacht so schlecht geschlafen, ich wollte mich noch mal für ein Stündchen aufs Ohr hauen.«

»Nein, das wäre alles. Dann haben wir das ja geklärt. Ja dann, bis Dienstagabend im Fitnessstudio! Ich freue mich drauf, dich an der Stange tanzen zu sehen.«

Ich nickte lächelnd und öffnete die Wohnungstür.

»Bis Dienstag dann.« Pamela ging. Ich machte leise die Türe wieder zu und lehnte mich anschließend dagegen. Ich schloss die Augen. Was für ein schrecklicher Tag.

»Na, das war ja sehr aufschlussreich für mich.«

Ich öffnete augenblicklich die Augen. Roman war aus dem Schlafzimmer gekommen und stand relativ nahe vor mir.

»Sie ist weg. Du kannst dann jetzt verschwinden!« Ich stieß mich von der Tür ab und zeigte darauf.

»Du bist mir noch eine Erklärung schuldig!«

Ich ging kopfschüttelnd in die Küche und goss mir endlich einen Kaffee ein. Roman beachtete ich nicht mehr. In diesem seltsamen Moment war mir plötzlich alles egal. Ich sehnte mich nur nach Ruhe. Nach Ruhe und einem Freund, dessen Seiten man umblättern konnte. Ein gutes Buch. Mehr wollte ich nicht.

»Willst du mir keinen Kaffee anbieten?«, fragte er, lehnte in der Türzarge und lächelte mich an. Ein nettes Lächeln. Kein Hämisches.

»Bediene dich.«

Ich setzte mich mit angezogenen Beinen, wie immer, wenn ich zu Hause war, auf meinen Stuhl und trank. Roman goss sich Kaffee ein.

»Also Poledance ist dein Hobby?« Er setzte sich mir wieder gegenüber.

»Ja. Mein ausgedachtes Hobby, um den Frauen sagen zu können, dass diese Sportart sehr viel Zeit in

Anspruch nimmt und ich deswegen ab nächstem Jahr nicht mehr dabei bin. So, jetzt habe ich es dir noch mal erklärt. Zufrieden?«

»Du weißt, dass das ziemlich krank ist, oder? Ich meine, du bist eine erwachsene Frau und kannst doch selbst entscheiden, ob du bei dem Klub dabei sein willst oder nicht.«

Ich stellte meinen Becher auf den Tisch und sah ihn an. »Du denkst, es ist krank, was ich mache? Weißt du, was krank ist? Krank ist, wenn man so spricht, wie du eben zu mir gesprochen hast. Das ist krank. So etwas gehört sich nicht. Du verletzt Gefühle, wenn du so redest.«

»Warum verletze ich Gefühle? Ich habe dir nur das gesagt, was du hören wolltest. Oder würdest du es mir abnehmen, wenn ich dir sagen würde, dass ich dich zwar eigenartig, aber nett und süß finde und einfach Lust hatte, mit dir zu schlafen, statt mit irgendeiner anderen?«

Ich lachte kurz und sarkastisch. »Und vorgestern hattest du Lust mit Angel zu schlafen?«

»Na ja, das hast du jetzt gesagt.«

»Ach komm. Ist doch blöd, wenn du dich da jetzt rausredest.« Ich setzte mich gerade hin. »Ich wäre dir dankbar, wenn du jetzt gehen könntest!«

Roman stand auf. »Gut, dann erfülle ich dir mal den Wunsch.«

Er war schon aus der Küche herausgegangen, als er wieder zurückkam, im Türrahmen aber stehen blieb. »Nur so. Nadja ist richtig gut im Poledance. Und es findet tatsächlich ein Kurs am Dienstagabend statt. Wenn du also Hilfe brauchst, um deine Lüge aufrechtzuerhalten, hilft sie dir bestimmt gerne. Kannst du dir ja überlegen.« Wieder verschwand er, um kurz darauf erneut zu kommen. »Danke für den Morgen. War schön mit dir.«

Ich griff nach dem Nächstbesten, das mir zwischen die Finger kam - einen Apfel - und schmiss ihn in seine Richtung. Roman wich zurück, hob den angedatschten Apfel vom Boden auf, kam in die Küche und legte ihn zurück in die Obstschale. Dann drehte er sich wortlos um und verschwand.

Noch während ich den Apfel gegriffen hatte, war mir aufgefallen, dass er den Satz: *War schön mit dir*, im Grunde ganz ernst gesagt hatte. Da war kein Grinsen in seinem Gesicht. Ich rieb mir müde durchs Gesicht und nahm mir tatsächlich vor, den restlichen Sonntag einfach im Bett zu verbringen.

Ich hatte den ganzen Nachmittag über gegrübelt, ob ich tatsächlich zu Roman gehen sollte, um noch mal ernst und in aller Ruhe mit ihm über den Morgen zu sprechen. Aber jedes Mal, wenn ich es vorhatte, hatte mich kurz zuvor der Mut verlassen. Selbst das Gespräch mit meiner Freundin Sarah hatte kein Licht ins Dunkel gebracht. Sie meinte dazu nur, ich solle mich gut fühlen, weil ich endlich Sex mit einem Mann gehabt hätte und ich ja sagte, dass es mehr als gut war. Es war mehr als gut. Das war das Problem an dem ganzen Schlamassel. Wenn es wenigstens schlechter Sex gewesen wäre, so würde es mir leichter fallen, es abzustempeln und mir zu denken, war einfach mal nett gewesen. Aber für nett war es zu gut, zu intensiv, zu besonders, zu großartig. Ich konnte nicht behaupten, dass der Sex zärtlich gewesen war. Nein. Zärtlich war er nicht. Ich musste lächeln und setzte mich auf. Es war einfach fantastisch gewesen. Sanft war eine Sache, die nicht zu Roman passte. Trotz dieser Tatsache hatte er anschließend bei mir in der Küche sein wahres Gesicht gezeigt, wobei es nicht mal wer weiß, wie überraschend für mich gewesen war, sondern vielmehr bestätigend. Es war eine Bestätigung meiner Vermutung gewesen. Er war einer, der nur scharf auf ein Abenteuer war. Mehr nicht.

Immer mal wieder, wenn ich beispielsweise in die Küche gehen musste, weil ich Durst oder Hunger hatte, hatte ich, wenn auch nur kurz, durch den Spion geschaut, in der Hoffnung, ihn zu sehen. Doch leider war dies nicht der Fall.

Und so war ich froh, als es auf zweiundzwanzig Uhr zuging und es sich lohnte, sich vollends für das Bett fertigzumachen. Ich las noch ein wenig und schaltete dann mein Licht aus. Es dauerte nicht lange, bis ich eingeschlafen war.

»Guten Morgen, Esther!« Ich trat einige Male auf der Fußmatte rum, bis ich den ganzen Schnee auf und an meinen Schuhen loswurde.

»Guten Morgen, Lisa. Wie war dein Wochenende?«

»Ganz gut. Und deins?«

»Irgendwie verrückt«, sagte sie und lächelte.

»Verrückt hört sich gut an. Warte, ich hänge kurz meinen Mantel auf und mache uns einen Kaffee. Und dann will ich was Verrücktes von dir hören!«

Warum ich nach diesem Wochenende überhaupt noch gut gelaunt war, konnte ich mir selbst nicht erklären. Ich hatte keinen Grund, gut gelaunt zu sein. Die Bilanz vom Wochenende war: Ich wäre beinahe daran beteiligt gewesen, die Hochzeit eines verliebten Paares enorm zu stören, zusätzlich noch einen Job der Pyrokraten zunichtezumachen, wurde zu einem Abenteuer und hatte mich durch Eigenverschulden in ein vermeintliches Hobby katapultiert, das ich nicht beherrsche, es aber bis morgen Abend können musste, da sich alle Frauen des Klubs zum Zuschauen angekündigt hatten. Vielleicht rührte meine gute Laune daher, dass mein Hirn mir vorgaukelte, es sei alles in Ordnung. Somit wäre die klassische Verdrängung für die gute Laune verantwortlich.

Als beide Tassen mit Kaffee gefüllt waren, kam Esther in unseren kleinen Aufenthaltsraum.

»Erzähle, ich bin schon ganz gespannt!« Ich lächelte sie an, pustete kurz in meinen Kaffee, trank einen Schluck und wartete auf Esthers Erzählung.

»Am Samstag hat der Sohn von Freunden geheiratet. Stell dir vor, da waren Frauen mit Schildern, die gegen den CO2-Ausstoß demonstriert hatten. Die Braut hatte sich ja ein Feuerwerk gewünscht und die waren so froh, dass sie die Pyrokraten für den Abend gewinnen konnten. Die sind ja immer total ausgebucht. Wäre beinahe in die Hose gegangen. Die Braut hat so geweint ... tat mir richtig leid. Sollte die Polizei gerufen werden, aber die Pyroraten haben sich dann drum gekümmert. Na, jedenfalls kam es dann mit dreißig Minuten Verspätung doch noch zum Feuerwerk. Verrückt, oder?«

Ich schluckte. »Total!« Ich spürte genau, dass ich rot anlief.

»Wir haben alle so getan, als hätten wir davon gar nichts mitbekommen. Weißt du, wenn du solchen Menschen dann auch noch eine Plattform schenkst, freuen die sich ja nur. Aufmerksamkeit. Mehr brauchen die nicht, um glücklich zu sein. Also Leute gibt's, unmöglich! Und? Erzähl mal von deinem Wochenende. Fünf Minuten haben wir ja noch.«

Ich rieb mir unnötigerweise übers Kinn und starrte auf einen Krümel, der am Boden lag. »Da gibt es nicht viel zu erzählen. Ich habe gelesen.«

»Ach Lisa, denk dran, das wahre Leben spielt sich nicht in Büchern ab.« Esther stand auf, zwinkerte mir noch einmal zu, dann ging sie nach vorne und öffnete die Eingangstür. Fünf Leute warteten darauf, bedient zu werden und ich freute mich darüber. So kurz vor Weihnachten rollte eben auch bei uns der Rubel.

Um halb zwölf wurde es endlich ruhiger. Den letzten Kunden hatte Esther noch bedient, dann war sie wieder im Büro verschwunden und ich konnte mich in Ruhe um die Neuzugänge kümmern. Ich mochte das Einsortieren neuer Bücher sehr. Meistens fiel mir ein besonders schönes Cover ins Auge und ich konnte nicht widerstehen, mir eine Ausgabe hinter die Theke zu legen und darin zu blättern. Fast schon traurig war ich, als ich die Glocke hörte, die signalisierte, dass ein Kunde hereinkam. Einen Satz las ich noch zu Ende, dann sah ich lächelnd auf. Allerdings fielen meine Mundwinkel augenblicklich herunter, als ich sah, wer da in die Buchfabrik gekommen war. Roman. Wer auch sonst. Mit seiner Schwester. Nadja erblickte mich und kam jauchzend auf mich zu. Sie fiel mir sofort um den Hals, als würden wir uns seit Ewigkeiten kennen.

»Lisa! Wie geht es dir? Du, Roman erzählte, du würdest gerne Poledance lernen?«

Ich warf Roman einen kurzen Blick zu, ehe ich mich wieder an Nadja wandte.

»Ja, würde mich interessieren. Kannst du das?«

Im Grunde stand ja für mich schon fest, dass ich dem Klub morgen Nachmittag in jedem Fall sagen würde, dass ich mit einem fürchterlichen Brechdurchfall zu kämpfen hatte und deswegen unter keinen Umständen zum Fitnessstudio könnte.

»Ich mach das schon seit vier Jahren. Ist mein Ausgleich zum Studium.«

»Du studierst? Was denn?« Ich sah Nadja zwar an, konzentrierte mich aber voll und ganz auf das, was ich aus dem Augenwinkel erkennen konnte. Roman. Er stand nahe einem Bücherregal, hatte den Kopf schief gelegt und las die Buchrücken der Thriller, die dort standen.

»Sozialpädagogik. Ich möchte mal in einem Kinderheim arbeiten. Na ja, ein bisschen brauche ich noch. Ich bin heute Abend im Studio. Magst du vielleicht mitkommen? Dann könnte ich dir schon mal so Kleinigkeiten zeigen, wenn du magst.« Sie sah mich so erwartungsvoll an, dass ich es einfach nicht übers Herz brachte, ihr abzusagen.

»Heute Abend ginge es. Soll ich dich vielleicht abholen?«

»Brauchst du nicht. Roman nimmt dich einfach mit und dann holt ihr mich ab. Liegt ohnehin auf dem Weg zum Studio.«

Roman nimmt mich mit …

»Nadja«, flüsterte ich. »Ich glaube, ich fahre lieber selbst. Ich habe das Gefühl, er kann mich nicht sonderlich leiden.«

»Findest du? Ich glaube eher das Gegenteil. Er spricht nur noch von dir, wenn wir uns sehen. War übrigens sein Vorschlag, hierher zu kommen.«

Ich wagte einen vorsichtigen Blick zur Seite und schaute Roman an, der immer noch die Buchrücken inspizierte.

»Also ich weiß nicht ...«

Nadja hüpfte auf Roman zu und sprang ihm auf den Rücken. »Ach Nadja, jetzt hör auf damit!«, schimpfte er und doch sah man ihm an, dass er seiner kleinen Schwester in keinem Falle böse sein konnte.

»Roman, du musst heute Abend Lisa mitnehmen. Zum Fitnessstudio. Machst du es?« Nadja sprang wieder von seinem Rücken runter, während Roman ein Hohlkreuz machte und das Gesicht verzog. »Du musst aufhören, mich anzuspringen! Ich bin zu alt für so was.«

Nadja lachte nur und ging zu den Regalen, wo sich das Genre *Romance* befand. Als ich sah, dass Roman auf mich zu kam, tat ich so, als sei ich wahnsinnig beschäftigt. Er beugte sich wie beim letzten Mal auch über die Theke. Ich schluckte.

»Ich hatte gehofft, du wärst gestern Abend noch mal gekommen.«

Ich sah nur kurz auf, dann wieder auf die Liste der Bestellungen, die schon längst abgehakt waren. »Ist das jetzt wieder eine sexuelle Anspielung?«, fragte ich monoton.

Ich hörte, wie er scharf die Luft einzog. »Nein. Nein, nein, so war das jetzt gar nicht gemeint. Ich … also ich hatte gehofft, du wärst gestern Abend noch mal zu mir rübergekommen. So war es gemeint. Ich fand den Abgang gestern Mittag nicht sonderlich schön.«

Ich stützte den Kopf auf meiner Hand ab und sah ihm geradewegs in seine Augen. Er lächelte leicht. Er wusste genau, was für eine Wirkung er auf Frauen hatte. Natürlich wusste er das.

»Wenn du den Abgang gestern Mittag nicht sonderlich schön fandest, dann überdenke mal, was du alles zu mir gesagt hast. Vielleicht fällt dir dann wieder ein, warum der Abgang, wie du ihn nennst, nicht sonderlich schön war«, zischte ich.

»Ich habe dir nur das gesagt, was du hören wolltest. Mehr nicht. Oder hättest du mir auch nur annähernd irgendetwas anderes abgenommen? Du bist doch der Meinung, ich wäre nur ein Mann, der ein Abenteuer sucht.«

Ich hob beide Hände und schaute wieder auf die Bestellung. »Weißt du was, vergessen wir es einfach. Es ist passiert und wir können es nicht rückgängig machen.«

»Und du würdest es, wenn du könntest, rückgängig machen?«

Ich zog meine Hand schnell zurück, als Roman mit seinem Zeigefinger darüber strich.

»Ja, würde ich.«

»Gut. Das war mal ehrlich.«

»Das hier nehme ich!« Nadja kam lächelnd zur Theke und hielt mir ein Buch entgegen.

»Gute Wahl«, murmelte ich und scannte den Barcode auf der Rückseite des Buches. »So, dann bekomme ich neun Euro neunzig von dir.«

Roman zückte sofort sein Portemonnaie und hielt mir einen Zehn Euro Schein hin. »Sieh genau hin, Bücherwurm.« Nadja stellte sich währenddessen auf die Zehenspitzen und küsste ihren Bruder auf die Wange. Auf das, was Roman gesagt hatte, beziehungsweise auf den Titel, den Nadja sich ausgesucht hatte, ging ich gar nicht ein. Ich bediente die Kasse, nahm ihm den Geldschein leicht ruppig aus der Hand und gab ihm zehn Cent wieder. »Dann würde ich dich heute Abend um halb acht abholen. Ist das Okay für dich?« Ich nickte.

»Ich freue mich so, dass du mitkommst!« Nadja hüpfte aufgeregt vor der Kasse rum und strahlte mich an.

»Ich freue mich auch.« Ich lachte Nadja an, weil ich es wirklich ansteckend fand, wenn diese Frau sich freute. Roman hingegen versuchte ich, geflissentlich zu ignorieren. Dass mich dieser Mann, der hier in der Buchfabrik stand, mit enger, verwaschener Jeans, mit einem V-Ausschnittpullover, der den Blick auf ein Stück seines riesigen Tattoos freigab, unrasiert, und mit cooler Lederjacke an, nackt gesehen hatte, beschäftigte mich enorm.

Mehr noch. Es tat weh. So war es jetzt. An Männern, wie Roman einer war, verbrannte man sich die Finger. Es sei denn, man war gerne ein Abenteuer. Dann nicht. Aber ich war keins und wollte auch keins sein.

Aus Höflichkeit kam ich um die Theke rum, um zumindest Nadja noch zu begleiten.

Ich öffnete die Tür. »Ja dann, bis heute Abend. Und viel Freude mit dem Buch!«

Nadja lächelte mich glücklich an und hüpfte nach draußen. Ich spürte just in dem Moment, in dem ich die Türe einfach loslassen wollte, eine Hand in meinem Rücken. Roman beugte sich zu mir runter und am meisten ärgerte mich die Gänsehaut, die ich unter meinen Klamotten mehr als deutlich spürte. »Ich wollte dir noch sagen, dass ich das herzförmige Muttermal auf deiner rechten Pobacke wirklich äußerst süß finde.« Ich schluckte und schloss für einen kurzen Moment die Augen. »Bis heute Abend.«

Er haute mir mal wieder auf den Hintern, zwinkerte mir einmal zu und ging ebenfalls nach draußen. Ich sah beiden hinterher, bis sie aus meinem Sichtfeld verschwanden. Erst dann schloss ich nachdenklich die Tür.

An diesem Tag hatten wir wirklich gut zu tun. Es kamen viele Kunden zu uns und ich schätzte die Verkaufszahl an diesem einzigen Tag allein auf über dreihundert Euro. Ich übte immer mehr, auf Kunden zuzugehen und sie möglichst kundenorientiert zu bedienen. Ich war zufrieden mit mir. Und die Kunden, die kauften, nun offensichtlich auch.

Als es mit großen Schritten auf den Feierabend zuging und ich bereits dabei war, die Abrechnung zu beginnen, kam ein letzter Kunde … Nina.

#sechzehn

Erstaunt sah ich sie an. »Nina. Mit dir habe ich jetzt so gar nicht gerechnet. Was ... was willst du hier?«

Nina sah gar nicht gut aus. Ihre Haut, die immer leicht gebräunt war, schien deutlich blasser als sonst, ihre kurzen blonden Haare sahen irgendwie stumpf aus und ihre braunen Augen waren so gerötet, dass man meinen könnte, sie hätte geweint.

»Ich muss mit dir reden!« Nur ihr Tonfall war, wie er immer war. Streng, monoton, ohne den Hauch von Empathie.

Ich nickte mehrfach und unterbrach die Abrechnung. »Wenn auch du der Meinung bist, wie Pamela, ich würde mich zu diesem Pyrokraten, der auch noch zu allem Überfluss mein Nachbar ist, hingezogen fühlen, dann liegst du total falsch! Ich fühle mich nicht zu ihm hingezogen. Er ist ein aufgeblasenes Arschloch, das meint, jede Frau um den Finger wickeln zu können!« Ich hatte ohne Pause gesprochen und holte, nachdem ich all das losgeworden war, tief Luft!

»Darum geht es doch gar nicht.«

Ich sah Nina erstaunt an. »Ich dachte, Pamela hat dich geschickt!«

»Wie kommst du denn jetzt darauf?«

Ich winkte, wie so häufig in letzter Zeit mit der Hand ab. »Ach schon gut. Was willst du denn?«

Nina beugte sich über die Theke und ich wich instinktiv ein Stück zurück. »Ich will den Klub verlassen.«

Zuerst dachte ich, ich hätte mich verhört und es war automatisch, dass mir ein ›Hm?‹, entfuhr.

»Du hast schon richtig gehört!«, sagte Nina.

»Warum willst du den Klub verlassen?«

»Warum willst *du* ihn verlassen, Lisa? Und erzähle mir nicht, dass es an deinem neuen Hobby liegt. Sorry, aber das nehme ich dir nicht ab. Du bist kein Typ für Poledance.«

Mir klappte die Kinnlade runter. »Ich … habe nächstes Jahr einfach keine Zeit mehr. So. Fertig. Und woran liegt es, dass du nicht mehr willst? Weil du schwanger bist?« Ohne nachzudenken, hatte ich es ausgesprochen. Ich erwartete, dass Nina völlig von den Socken sei, dass ich Bescheid wusste. So wie ich sie kannte, war ich die Einzige, die im Bilde war. Aber, Nina blieb relativ gelassen. Um nicht zu sagen, sehr gelassen. Sie lächelte und fasste sich an den Bauch.

»Ich nehme mal an, der Pyrokrat hat es dir gesagt?«

»Ja, aber nicht der, dem du es erzählt hast.«

»Der Chef der Pyrokraten hat es dir erzählt, habe ich recht? Und du findest ihn wohl gut. Du gibst das nur nicht zu, weil du Schiss vor Pamela hast.«

Ich schüttelte den Kopf. Gar nicht mal, weil ich ihre Aussage verneinen wollte, sondern weil mir in diesem Moment nur wieder allzu deutlich wurde, dass ich Roman tatsächlich gut fand. Und mehr noch, ich hatte mich verliebt. Einfach so. In ein Abenteuer. Nach nur wenigen Malen, die ich ihn gesehen hatte. Verrückt, aber so war es.

»Vor dir hatte ich immer mehr Schiss, wenn ich ehrlich bin.«

»Ich habe nur meine Rolle gespielt. Aber mitmachen will ich schon seit einem halben Jahr nicht mehr. Und jetzt, wo klar ist, dass Marco zu mir zieht, wird es wirklich Zeit, ade zu sagen.«

»Also, Nina, ich wusste gar nicht, dass du einen Freund hast und ich wusste auch nicht, dass du Hebamme bist. Ich finde das großartig. Das macht dich sehr sympathisch.«

»Und letztens, als du und Jaqueline verkündet habt, dass ihr den Klub verlasst, hatte auch ich vor, zu sagen, dass das Knallverbot die letzte Aktion ist, die ich mitmache. Aber dann kamt ihr mir zuvor. Wäre schön gewesen, ihr hättet mich eingeweiht.«

»Ich wusste nichts von Jaquelines Idee, wegzuziehen, um den Klub zu verlassen. Das war ein Zufall. Und? Was hast du jetzt vor?«

»Ich wollte dich bitten, niemandem zu erzählen, dass ich schwanger bin. Und ich wollte fragen, ob du Interesse hast, ein Treffen zu arrangieren ohne Pamela.«

Ich sah sie an, als habe sie etwas völlig Unmögliches gesagt. Hatte sie im Grunde ja auch. »Warum ohne sie?«

»Weil ich den Eindruck habe, dass Lin und Viola auch nicht mehr so super begeistert sind. Außerdem haben die oft Streit in letzter Zeit und ich glaube nicht, dass das noch lange hält. Mich macht es einfach nur noch fertig. Ich möchte mich so gerne auf das Baby freuen, aber diese Sache, aus dem Klub auszutreten, bestimmt bei mir alles. Ich dachte, wenn wir zusammen zu Pamela gehen und ihr sagen, dass es eine nette Zeit war, man aber ja aufhören soll, wenn es am Schönsten ist und die Silvesternacht dafür ja geradezu prädestiniert ist, dass man auch sie davon überzeugen kann.«

Ich lachte sarkastisch auf. »Du glaubst nicht ernsthaft daran, sie überzeugen zu können, oder?«

»Lisa? Bist du fertig mit der Abrechnung?«, rief Esther aus dem Büro.

»Entschuldige, ich halte dich hier nur auf«, sagte Nina.

»Nein, nein, schon gut. Die Abrechnung ist so gut wie fertig.« Ich drehte mich zum Büro. »Ich schicke sie dir, Esther, und mache dann vorne zu, okay?«

»Perfekt!«, schallte es von hinten.

»Ich lass dich sofort in Ruhe. Ich habe nur noch eine Frage an dich!«

Die Frage, die Nina hatte, konnte ich mir denken …

»Na dann frag«, sagte ich lächelnd.

»Du magst kein Poledance, richtig?«

Ich hatte mit einer anderen Frage gerechnet, wobei alles, was Nina gefragt hätte, vermutlich so oder so peinlich geworden wäre. Ich vergrub mein Gesicht in meine Hände und schüttelte den Kopf. »Nein. Mag ich nicht. Ist hübsch anzusehen, aber ich mag es nicht.«

»Wie willst du aus der Nummer rauskommen?«

Ich rieb mir noch einmal durchs Gesicht und sah sie dann müde an. »Brechdurchfall.«

Sie wackelte etwas mit dem Kopf. »Könnte funktionieren.«

»Wir werden sehen.«

Ich kam um die Theke herum, zog den Schlüssel aus meiner Hosentasche und schloss die Türe ab. »Nina, du kannst mit mir durch den Hintereingang gehen.«

»Okay. Also, ich rufe dich dann morgen mal an, ja?«

Ich nickte. Wir schauten uns beide lächelnd an und gleichzeitig nahmen wir uns in den Arm.

Als ich im Auto saß, bekam ich den Eindruck, alles liefe aus dem Ruder. Es schien, als habe keiner mehr Lust dem Femi-Klub beizuwohnen. Von Nina wusste ich es jetzt, von Jaqueline auch, nur bei Lin und Viola war ich mir nicht ganz sicher. Wenn Pamela auch einen Partner oder eine Partnerin hätte, vielleicht könnte man sie dann davon überzeugen, dass dieser Klub seine Zeit hatte und sie nun einfach abgelaufen sei. Aber woher einen geeigneten Partner für Pamela nehmen?

Erschrocken sah ich, als ich endlich nahe meinem Hause einen Parkplatz gefunden hatte, dass es bereits kurz nach sieben war. Um halb acht wollte Roman mich abholen. Abholen, damit seine Schwester mir Poledance beibringen konnte, obwohl ich das gar nicht wollte. Weil Nadja so begeistert war, hatte ich mich nicht getraut, ihr zu sagen, dass ich doch nicht so ein starkes Interesse an diesem Sport hatte.

Fakt war, jetzt kam ich aus dieser Dance-Nummer nicht mehr raus.

Ich schloss mein Auto im Gehen ab und versuchte auf dem platt getrampelten Schnee nicht auszurutschen. Erneut überfiel mich die Sehnsucht nach einem gemütlichen Abend mit Buch, heißer Schokolade oder Wein oder beides, Kerzenlicht und Stille. Den anderen heimlichen Wunsch in mir, mit Roman den Abend zu verbringen, zu küssen, zu lieben, zu … verdrängte ich. Ich wusste genau, dass mein Es schuld an diesem Wunsch war. Mein Über-Ich hingegen war im Grunde immer dafür, ein Buch zu lesen.

Leicht gehetzt stand ich vor meiner Wohnungstür und steckte zitternd, es war ziemlich kalt im Flur, den Schlüssel ins Schloss und öffnete.

Worüber ich mir leider gar keine Gedanken gemacht hatte, war die Frage nach: Was zieht man an, um an einer Stange zu tanzen? Ich besaß nur eine graue Jogginghose, hundert Prozent Baumwolle, in Mausgrau mit schwarzen Streifen an der Seite. Das war nicht etwa meine Sporthose, obwohl sie als solche verkauft wurde, sondern schlicht meine Sonntagshose. Sie war unglaublich bequem, fühlte sich fantastisch an, machte aber leider einen Hintern, wie von einem Brauereigaul. Aber etwas anderes hatte ich nicht. So schnell ich konnte, zog ich mich um und begutachtete mich im Ganzkörperspiegel, der eine Seite meines Kleiderschrankes einnahm. Dick. Ich sah in der Hose dick aus. Zeit, mich um etwas anderes zu kümmern, hatte ich leider nicht. Es klingelte.

Ich wappnete mich vor einem doofen Spruch seitens Romans bezüglich meiner Klamottenwahl, holte tief Luft, blies sie aus spitzen Lippen wieder aus und öffnete die Tür.

»Fertig?« Er lehnte lässig an der Zarge und grinste mich an, ehe er an mir heruntersah und plötzlich die Brauen hochzog. »In der Hose willst du an einer Stange tanzen?«

»Ja, will ich. Kann dir ja egal sein, was ich trage.« Roman hob sofort eine Hand, um meine aufkommende Wut, die er nun deutlich aus dem, wie ich es sagte, gehört hatte, zu beschwichtigen und nickte nur. Auch ich warf einen kurzen Blick an ihm herunter. »Willst du auch Poledance machen?«, fragte ich erstaunt, denn auch er hatte eine Jogginghose an.

Roman lachte laut. »Nein. Aber ich gehe meist trainieren, wenn Nadja Kurse hat. Sie hat keinen Führerschein.«

»Aha. Wie nett von dir. Komm rein. Ich brauche noch einen Moment«, sagte ich, öffnete die Türe ganz und ging ins Badezimmer. Meine Haare band ich mir zu einem hohen Dutt zusammen, sodass sie mich nicht stören konnten. Roman stand da und beobachtete mich. Ich war drauf und dran, ihm die Tür einfach vor der Nase zuzuschlagen, aber das tat ich nicht. Ein wohliges Gefühl machte sich in mir breit und ich ärgerte mich darüber, denn dieses Gefühl sollte man unter keinen Umständen bei einem Abenteuer haben.

»Darf ich dir mal was zeigen, Bücherwurm? Ist ganz nett von mir gemeint, nicht, dass du wieder was falsch verstehst.«

Ich nahm mir vor, ihn erst anzusehen. Ist das hämische Grinsen wieder da, würde ich seine Hilfe definitiv ablehnen. Wäre ein freundliches Grinsen da, würde ich zumindest überlegen. Wäre da gar kein Grinsen, sondern ein ernster, aufrichtiger Ausdruck in seinem Gesicht, würde ich Ja sagen.

»Ja.«

Roman kam auf mich zu und stellte sich hinter mich. Ich sah ihn durch den Spiegel an. Jetzt lächelte er. Freundlich. Ein *Huch* entfuhr mir, als ich seine Hände spürte, wie sie unter mein Shirt wanderten, kurz meine Haut ertasteten und dann anfingen, sich am Bund meiner Hose zu schaffen zu machen.

»Wenn du den Bund einfach umschlägst …« Ich spürte, wie sich meine Hose immer weiter nach unten rollte, »hast du eine moderne Hüfthose. Sieht zumindest sportlicher aus, als wenn du sie bis fast unter die Achseln hochgezogen hast. Dann kannst du noch das T-Shirt unter der Brust knoten.« Er packte mein Shirt zu beiden Seiten, zog es hoch und knotete es mittig unter meinem Busen zusammen. Seinen Atem spürte ich an meinem Hals und seine Haare kitzelten mich an meinem Ohr. Ich schloss die Augen und war kurz davor, meinen Kopf zu neigen, in der Hoffnung, er würde mich nur einmal auf die Haut küssen. Nur kurz. Nachhaltig. Eine Hand legte er auf meinen Bauch und streichelte einmal sanft darüber. »Jetzt schaut es gut aus!« Er ließ von mir ab und trat einige Schritte zurück. Dann musterte er mich und nickte zufrieden.

Ich sah an mir herunter. Gefallen tat es mir jetzt nicht sehr, aber zumindest war dieses Outfit besser als das zuvor.

Ich drehte mich zu Roman um und nickte ihm zu. »Vielen Dank.«

Er grinste. »Wofür?«

»Dafür, dass du eben mal nicht hämisch gegrinst hast, als du mich fragest, ob du mir helfen kannst.«

Er sah mich beinahe entrüstet an. »Wann grinse ich bitteschön hämisch?«

Ich steckte einige Haarsträhnen, die sich aus dem Dutt gelöst hatten mit Klammern fest. »Ständig. Du grinst ständig so. Außer an dem Tag, als wir unsere Demo hatten. Da hast du mal nicht gegrinst.« In Gedanken fügte ich dem zu: ›Und da hätte mir selbst ein hämisches Grinsen gefallen, weil deine ernste Art mir wirklich Angst gemacht hatte.‹

»Tut mir leid, aber was meinen Job betrifft, da verstehe ich einfach keinen Spaß!«

»Ja. Habe ich mehr als deutlich gemerkt.«

»Na, das hoffe ich doch.« Er zwinkerte mir zu und machte mit dem Kopf eine Bewegung, dass ich jetzt kommen sollte. Ein klein wenig hatte ich mir vielleicht gewünscht, er würde wollen, dass ich zu ihm komme, doch Roman drehte sich augenblicklich um und ging zur Tür.

»Du hast ein ziemlich großes Auto. Statussymbol?«, bemerkte ich und presste die Lippen zusammen. Das war böse von mir.

Roman lenkte den riesigen Pick-up auf die Straße. Alle anderen Autos kamen mir unendlich klein vor.

»Nein. Kein Statussymbol, aber ich habe einige Jahre in den USA gelebt und die Vorliebe für Ami-Fahrzeuge ist geblieben.«

»Wo hast du da gelebt?«

»In Atlanta für drei Jahre.«

Ab und zu sah er zu mir rüber. Als wir dann an einer roten Ampel halten mussten, legte er plötzlich seine Hand auf mein Bein. Im ersten Moment war mir danach, sie wegzuschubsen, aber ich konnte nicht. Es fühlte sich … gut an. Schön. Vertraut. Sexy. »Bist du aufgeregt, gleich an einer Stange tanzen zu müssen?«

Er sah mich intensiv an. Ich lachte. »Na ja, etwas vielleicht. Wenn ich ehrlich bin, habe ich mich nicht getraut, Nadja abzusagen. Ich habe entschieden, den Frauen aus meinem Klub morgen eine Lüge aufzutischen. Von daher ist es egal, ob ich es lerne oder nicht.«

»Ich wollte es dir überlassen, ob du Nadja die Sache mit deinem schrägen Klub erzählen willst oder nicht. Und ich weiß, dass sie dir nicht böse wäre, wenn du sie aufklärst und sagst, dass du im Grunde kein Interesse an Poledance hast. Aber wenn du es lernen möchtest, kann ich dir meine Schwester wirklich wärmstens empfehlen. Sie kann tanzen, wie der Teufel.«

Die Ampel wurde grün und im gleichen Moment zog Roman seine Hand von meinem Bein.

»Sind deine Kumpels heute Abend auch da?«, fragte ich, nachdem einige Zeit Stille geherrscht hatte.

»Ich weiß es nicht. Gunnar vielleicht.«

»Wer ist das?«

Roman sah mich kurz an und grinste mal wieder unverschämt. Ich ärgerte mich sehr, denn ich fing an, dieses Lächeln zu mögen.

»Einer der Pyrokraten. Der, der den starken Dialekt hat.«

Ich nickte. An den erinnerte ich mich nur allzu gut.

Wir bogen in eine Straße ein, relativ zentral in der Stadt gelegen, die ich nicht kannte. Aber ich konnte mir vorstellen, dass es sich bei dieser Straße um eine handelte, die von Studenten sehr gemocht wurde. Die Straßenbahnhaltestelle war genau gegenüberlegen und damit war man innerhalb von vier Stationen an der Universität. Von Weitem sah man jemanden hüpfend und winkend am Straßenrand stehen. Jemand, der knallbunt angezogen war und unverkennbar handelte es sich um Nadja. Ich musste lachen. »Die sieht man gut!«

»Seit ich sie kenne, trägt sie nur farbenfrohe Kleidung. Sie meint, dass Leben würde sich so schöner anfühlen. Etwas verrückt, meine Schwester, aber das hast du sicher schon bemerkt.«

»Ich finde sie ziemlich liebenswert, wenn ich ehrlich bin.«

»Ich auch.«

Nadja riss die Tür von dem gigantischen Fahrzeug auf und schwang sich auf die Rückbank. »Hi!«

Roman und ich drehten uns zeitgleich zu ihr um. Während er seine Schwester nur kurz anlächelte, reichte ich ihr die Hand. »Total lieb von dir, Nadja, mir zu zeigen, wie man Poledance tanzt.«

»Mach ich doch gerne. Aber laufen wirst du morgen höchstwahrscheinlich nicht mehr können. Ich sag nur: Muskelkater. Und zwar extremen Muskelkater.«

Ich stöhnte lächelnd und nickte dazu. Natürlich würde ich Sportmuffel morgen Muskelkater haben.

#siebzehn

Allein das Aufwärmen an einem der Crosstrainer forderte meine ganze Kraft und nach zwanzig Minuten hätte ich gut und gerne einfach aufhören und nach Hause fahren können. Nadja konnte die Anstrengung an den Ausdauergeräten nichts anhaben und auch Roman, der eines der Laufbänder benutzte und zügig sicherlich eine halbe Stunde lief, sah man keinerlei Strapazen an.

In meinem Sportoutfit fühlte ich mich nicht sonderlich wohl, obgleich Nadja eine ähnliche Hose trug, jedoch als Oberteil nur einen Sport-BH, was ich persönlich ziemlich gewagt fand. Aber leisten konnte sie es sich. Sie hatte eine fantastische Figur.

Ich glaubte, die Blicke, besonders die von Männern, oft auf mir zu spüren und einige Male musste ich meine Hose hochziehen, weil Nadja mich drauf aufmerksam machte, dass man den Anfang meiner Poritze erkennen könne. Nach sage und schreibe fünfundvierzig Minuten, die wir mit Aufwärm- und Dehnübungen verbracht hatten, war ich bereits am Ende. Roman hatte nur ab und an zu uns rüber gesehen. Insgeheim fragte ich mich, ob er mir oder seiner Schwester zuzwinkerte. Ich hatte versucht, jedes Zwinkern mit einem Lächeln zu erwidern.

Dann endlich führte Nadja mich in jenen Raum, in dem sich an die zehn Stangen befanden. Verwundert sah ich, dass eine Seite der Wand komplett aus Spiegeln bestand, die andere, gegenüberliegende Wand jedoch aus Glas.

»Wieso ist hier Glas?«, fragte ich sie.

»Dienstagsabends ist der Kurs für Fortgeschrittene und da haben wir immer viele Zuschauer. Überwiegend Männer«, lachte sie und zog sich die Hose aus. Erstaunt sah ich sie an. Ihre Unterhose, Höschen traf es besser, bedeckte nicht mal ihren ganzen Po.

»Du solltest deine Jogginghose auch besser ausziehen.«

»Warum?«

»Damit du besser kleben bleibst«, entgegnete Nadja und lächelte mich an. Ich zog meine von Roman runtergerollte Hose ein Stück von mir weg und schaute hinein. Diese Unterhose wollte bestimmt keiner sehen. Ich sah Nadja leicht zerknirscht an und schüttelte unweigerlich den Kopf.

»Ist nicht so schlimm. Du kannst ja das nächste Mal eine Hose anziehen, die etwas knapper ist. Also, wenn du noch mal Lust hast, hier mitzumachen. Montags trainiere ich immer allein. Morgen ist es richtig voll.«

Als ich Roman hinter der Glasscheibe stehen sah, wäre mir das Herz fast in die Hose gerutscht. Wollte der uns jetzt zusehen? Nadja winkte ihm natürlich zu, was dann ja wohl Zeichen dessen sein sollte, dass sie sich enorm freute, dass ihr Bruder uns zusehen wollte. Na prima. Jetzt hieß es wirklich für mich, eine gute Figur zu machen.

»Gut, Lisa, ich zeige dir jetzt ein paar einfache Figuren und du versuchst die nachzumachen, einverstanden? Also bei diesem Tanz ist es wichtig, dass du eine Art Liebe für die Stange empfindest. Man muss dir ansehen, dass du es liebst, mit ihr zu tanzen.«

Ich nickte und versuchte tunlichst, nicht mehr zu Roman zu schauen.

Nach einer Stunde, die ich versucht hatte, all das zu machen, was Nadja sagte, spürte ich bereits den nahenden Muskelkater. Ich bekam das Gefühl, jeder Schritt, den ich tat, tat ich mit mehreren Kilos Steinen an meinen Füßen. Bei Weitem hatte ich nicht geglaubt, dass dieser Sport so anstrengend sein konnte. Roman war irgendwann, als ich versuchte, mich an der Stange hochzuziehen, kopfschüttelnd gegangen.

»Und? Wie hat es dir gefallen?« Nadja schwitzte noch nicht mal.

»Gut. Anstrengend. Sehr.« Mehr schaffte ich nicht zu sagen. Lachend reichte mir Nadja eine Flasche mit Wasser, die ich mehr als dankend annahm.

»Mit diesem Sport trainierst du alle Muskeln. Das ist wirklich klasse. Ich wollte keinen anderen Sport mehr machen. Ich liebe das Tanzen an der Stange!«

Ich hatte in einem Zug die Hälfte der Flasche getrunken, als mir plötzlich und unerwartet eine Frage einfiel, die mir unbewusst schon einige Zeit auf der Seele brannte.

»Du, Nadja, ist Roman eigentlich mit dieser Angel zusammen?«

Sie fing laut zu lachen an. »Wie kommst du denn darauf?«

Ich reichte ihr die Flasche zurück. »Na ja, auf der Einweihungsparty hat er ihr über den Rücken gestreichelt und anschließend auf den Po gehauen. Macht man nicht, wenn man nicht mit demjenigen zusammen ist, oder? Außerdem hat er mir gesagt, dass sie bei ihm geschlafen hat an dem Abend. Er meinte, er hätte das letzte Mal am Abend der Party mit einer Frau im Bett gelegen.«

Nadja, die währenddessen getrunken hatte, spuckte fast das Wasser wieder aus. Sie prustete los. »Also, er ist nicht mit Angel zusammen. Sie möchte unbedingt, Roman aber nicht. Mein Bruder hat nun mal die Angewohnheit einem ständig auf den Hintern zu hauen. Macht er bei mir auch und da braucht man sich nichts drauf einzubilden. Und ja, mit ner Frau hat er nach der Einweihungsparty im Bett gelegen. Das war ich. Ich habe bei meinem Bruder geschlafen.«

Ups.

»Oh. Ich dachte …«

Nadja schüttelte lachend den Kopf. »Ganz falsch gedacht, Lisa. Komm, lass uns gehen. Roman ist sicher auch fertig. Ich muss morgen früh raus. Vorlesung.«

Sie machte das Licht aus und wir liefen zurück in den Trainingsbereich. Roman saß an der Theke und unterhielt sich mit einigen Leuten. Als er uns sah, stand er sofort auf. »Fertig?«

»Fix und fertig«, entfuhr es mir.

Er grinste nur.

»Weißt du was, Lisa, ich fand, du hast das richtig toll gemacht für den Anfang!«

Ich drehte mich etwas nach hinten und lächelte Nadja, die auf der Rückbank saß, dankbar an.

»Ich fand, es sah ziemlich beschissen aus, wenn ich das so sagen darf!« Roman blickte ruhig auf die Straße und fuhr in einem relativ gemütlichen Tempo.

»Ja? Beschissen?«, fragte ich nicht gerade freundlich. »Dann möchte ich dich mal sehen. Ich denke, dann wissen wir alle, wie es aussieht, wenn man es beschissen nennen kann.«

»Sag das lieber nicht, Lisa, mein Bruder kann das ganz gut. Er hat aus Witz mal mitgemacht und es konnte sich wirklich sehen lassen. Na ja, Männer haben einfach mehr Kraft als wir. Die können die Figuren besser halten.«

Ich verschränkte die Arme vor der Brust und hatte nur noch einen Gedanken: Brechdurchfall. Unter keinen Umständen würde ich das morgen wieder machen und ein kleiner Gedanke in mir sagte, dass dies auch gar nicht funktionieren würde. Ich konnte froh sein, wenn ich es morgen früh irgendwie schaffen würde, überhaupt aus dem Bett zu kommen.

Die Treppen, nachdem wir Nadja abgesetzt hatten und endlich zu Hause waren, waren eine echte Herausforderung. Stufe für Stufe lief ich nach oben, wie ein Kleinkind. Das hämische Grinsen in Romans Gesicht versuchte ich, komplett auszublenden.

»Und?«, fragte er, als ich es endlich bis vor meine Wohnungstür geschafft hatte. »Wofür hast du dich jetzt entschieden? Machst du es morgen oder nicht?«

Ich sah ihn nicht mehr an, sondern steckte zitternd – selbst meine Arme wollten nicht mehr so, wie ich, und die Kraft in den Fingern war auch gänzlich weg – den Schlüssel ins Schloss.

»Brechdurchfall!« Mit diesem einen Wort verschwand ich in meiner Wohnung und versuchte mich über Romans lautes Lachen nicht zu ärgern.

In dieser Nacht konnte ich nur auf dem Rücken liegen. Auf die Seite drehen, war einfach nicht drin, sämtliche Muskeln in meinem Körper spürte ich mehr als deutlich und einzig, weil ich Sorge hatte, nicht mehr aus der Wanne zu kommen, ließ mich ein heißes Bad, das gut für Verspannung jeglicher Art war, ignorieren.

Ich wurde am nächsten Morgen genauso wach, wie ich abends eingeschlafen war. Die Bettdecke war bis zu meinem Hals hochgezogen, meine Arme lagen zu beiden Seiten meines Körpers und ich starrte an die Decke, noch bevor mein Handy das Lied ›*Feuerwerk*‹ spielen konnte. Noch hatte ich es nicht gewagt, auch nur einen Muskel zu bewegen. Ich ließ meine Finger vorsichtig eine Faust machen. Selbst diese kleine Bewegung brachte mich bereits an meine Grenzen. Ohne Schmerzen zu haben, fürchterliche Schmerzen, würde ich heute keinen Schritt tätigen können. Das stand fest.

In Zeitlupe griff ich mit verzerrtem Gesicht nach meinem Mobiltelefon auf dem Nachttisch, um die Weckfunktion auszuschalten. Gleich sah ich fünf neue Nachrichten, die vermutlich allesamt geschrieben worden waren, als ich gestern Abend längst im Bett gelegen hatte. Alle Nachrichten waren in der

Femi-Gruppe geschrieben worden. Ich schloss kurz genervt die Augen, ehe ich sie wieder öffnete. Pamela hatte den Anfang gemacht, noch dazu mit einer Sprachnachricht. Mit tränenerstickter Stimme erzählte sie, dass ihre Katze gestorben sei und wir sowie der Klub ihr einziger Halt jetzt noch seien. Und sie fände es ganz toll, dass wir uns alle im Fitnessstudio träfen, um mir beim Tanzen zusehen zu können. Ohne diese Aussicht hätte sie nicht gewusst, was sie heute für eine Dummheit begangen hätte. Vermutlich hätte sie ihrem Leben ein Ende gesetzt.

Darunter kam ein trauriger Smiley von Viola, Lin hatte geschrieben, dass sie jetzt auch sehr weinen müsste, wegen der Katze und sie das Treffen im Fitnessstudio sehr begrüßen würde, Nina hatte geschrieben: ›Du hast noch fünf Katzen!‹ Die letzte Nachricht kam von Jaqueline, die sich zumindest die Arbeit gemacht hatte, drei schwarze Herzen zu posten. Ich wusste nach diesen Nachrichten nicht, ob ich heulen oder lachen sollte. Das war es dann wohl mit Brechdurchfall. Dass ich diesen Tanz an der Stange ganz und gar nicht beherrschte – mir fehlte auch irgendwie das Taktgefühl – war eine Sache. Die andere war die, dass ich nicht mal wusste, wie ich heute überhaupt irgendeine Bewegung machen sollte. Fakt war, nach diesen Nachrichten kam ich nicht mehr drum herum, heute Abend an der Stange zu tanzen. Was für ein Scheiß.

Ich zählte bis drei, dann schlug ich die Bettdecke zur Seite und versuchte, aufzustehen. Nach dem dritten Anlauf hatte ich es wenigstens geschafft, auf der Bettkante zu sitzen. Es führte kein Weg daran vorbei, Nadja anzurufen und ihr zu sagen, dass sie mir an diesem Abend den Gefallen tun müsste, meine Lüge, ›Ich liebe Poledance und bin bereits bei den Fortgeschrittenen‹, aufrechtzuerhalten. Somit war dann klar, sie doch einzuweihen und vermutlich auch von ihr zu hören, dass es krank sei, was ich vorhatte. War es ja auch irgendwie.

Langsam erhob ich mich und wagte den ersten Schritt. Ich fühlte mich, als würde ich an Seilen hängen und eine fremde Macht veranlasste, dass ich einen Schritt vor den anderen setzte. Noch nie zuvor in meinem Leben hatte ich solchen Muskelkater gehabt.

So sehr ich mich bemühte, ich konnte mein Gesicht gar nicht mehr entspannen. Es war eine Herausforderung mich zu waschen und anschließend anzuziehen. Ich lenkte mich mit dem Gedanken ab, gleich auf jeden Fall Nadja eine Nachricht zu schreiben und sie zu bitten, mir zu helfen. Ich nickte mir im Badezimmerspiegel zu, ehe ich mir selbst dabei zusah, wie meine Mundwinkel immer weiter nach unten wanderten. Ich hatte gar nicht Nadjas Nummer.

Roman hatte bestimmt die Nummer seiner Schwester.

Da ich nicht wusste, ob ich es schaffen würde, Schuhe anzuziehen, lief ich auf Socken zu Romans Wohnung. Ich klingelte. Nichts. Ich klingelte erneut, wartete einige Sekunden, doch es tat sich nichts. Ich hämmerte mit beiden Fäusten gegen die Tür und dank des Adrenalinschubs, spürte ich in diesem Moment den wahnsinnigen Muskelkater so gut wie nicht. Endlich hörte ich Schritte. Kurz darauf wurde die Tür aufgerissen und wären meine körperlichen Funktionen allesamt auf Touren, wäre ich sicherlich vor Schreck nach hinten gesprungen. Roman war augenscheinlich gerade erst regelrecht aus dem Bett gefallen. Seine Haare standen in alle Himmelrichtungen, er trug mal wieder nur eine Unterhose – allerdings ersparte ich es mir, genauer dort hinzusehen – und ... er sah irgendwie ziemlich sauer aus.

»Hast du mal auf die Uhr geschaut?«, fragte er mich wütend.

»Tut mir leid. Roman, du musst mir helfen! Ganz ehrlich!«

Roman schüttelte den Kopf und ging einfach wieder in sein Schlafzimmer. Ich folgte ihm breitbeinig, nach gestern konnte ich meine Beine nicht mehr schließen. Er legte sich sofort ins Bett und schlug die Decke über sich.

»Du musst mir nur die Nummer deiner Schwester geben. Mehr will ich nicht. Dann lass ich dich in Ruhe.«

»Warum willst du die haben?«, nuschelte er und hörte sich an, als wäre er gerade wieder dabei, einzuschlafen.

Ich schaltete den Deckenfluter ein und drehte den Dimmer auf höchste Stufe.

»Mach das Licht aus!«

»Ich muss heute Abend tanzen! Ich muss!«

»Mach bitte das Licht aus«, murmelte er unter der Decke. Ich packte einen Zipfel, ignorierte die Schmerzen im Arm, zog sie weg und legte sie für ihn in unerreichbare Weite auf den Boden.

»Bitte!«, flehte ich.

Roman rieb sich mit beiden Händen durchs Gesicht, ehe er sich mit halb geöffneten Augen aufsetzte. »Mann, du gehst mir jetzt gerade voll auf den Wecker.« Er stand auf, griff sich sein Langarmshirt, das über dem Stuhl in der Ecke hing, und zog es sich an. Dann ging er in die Küche. Ich folgte ihm breitbeinig.

»Hast du dir in die Hose gemacht, oder was?«, fragte er, als er sich kurz zu mir umdrehte.

»Nein. Ich habe Muskelkater.«

Roman lachte. Wie so häufig.

»Kaffee?« Er hielt fragend zwei Becher in der Hand. Mein Blick schweifte kurz über die vielen Tattoos, die nahezu seinen ganzen Oberkörper plus Arme bedeckten. Ich nickte nur still. Die große Uhr in der Küche zeigte kurz nach sechs und durchaus hatte ich ein schlechtes Gewissen, Roman um diese Zeit geweckt zu haben. Aber, komme was wolle, ich musste heute Abend einfach tanzen. Letztlich war ich es dem Klub, vielmehr Pamela, schuldig. Meine letzte gute Tat, aus Empathie heraus.

So vorsichtig ich konnte, setzte ich mich an die Theke und ertrug still nicht nur die Schmerzen, die von jedem einzelnen Muskel in meinem Körper ausgingen, sondern auch das Grinsen in seinem Gesicht. Er stellte mir einen Becher Kaffee auf die Theke, holte sich seinen und setzte sich ebenfalls. Er faltete die Hände.

»So, und jetzt noch mal langsam. Warum weckst du mich um diese unchristliche Zeit?«

Ich nickte, dann erzählte ich Roman von der Nachricht, die Pamela geschickt hatte und dass ich ernsthaft in Sorge war, irgendwann schuld daran zu sein, dass sie sich womöglich etwas angetan hätte.

Während der ganzen Zeit, die ich erzählte, schüttelte Roman unentwegt mit dem Kopf.

»Ich erwarte nicht von dir, dass du das verstehst. Ich muss es einfach tun, damit ich mich selbst noch leiden kann.« Mit diesen Worten endete ich.

»Und jetzt willst du meine Schwester einweihen und den Scheiß wirklich durchziehen, ja?«

Ich nickte.

»Davon abgesehen, dass ich nicht glaube, dass du dich heute Abend überhaupt noch bewegen kannst, sieht ein Blinder mit nem Krückstock, dass du Poledance nicht, wenn nicht, gar nicht beherrschst.«

»Wenn ich mir Mühe gebe, sehen es die anderen vielleicht nicht.« Natürlich war mir klar, dass Roman in allem Recht hatte. Ich konnte es nicht und würde es auch niemals können.

»Also dann keinen Brechdurchfall?«

Ich schüttelte den Kopf, vergrub mein Gesicht hinter meinen Händen und wünschte an der Zeit drehen zu können. Na, jedenfalls war Jaqueline eingeweiht und wusste, dass ich mir dieses Hobby nur ausgedacht hatte. Vermutlich würde auch Lin dessen gewahr, vor allem aber, wenn sie mich heute Abend tanzen sah.

Roman griff zu dem Zettelblock, der auf der Theke stand, riss ein Blatt ab und schrieb die Nummer seiner Schwester auf. »Heute am besten zwischen zwölf und zwei anrufen. Sie hat Vorlesungen.« Ich nickte und nahm dankbar den Zettel entgegen.

»Vielen Dank. Das … bedeutet mir wirklich viel.«

Roman trank schmunzelnd seinen Kaffee. »Ich werde dann heute Abend da sein, wenn du übelst scheiterst an deinem Plan und dich danach wieder aufbauen«, erwiderte er zwischen zwei Schlucken.

Einige Zeit herrschte Stille und wir tranken nur unseren Kaffee. Obwohl der Tanz am Abend in meinem Kopf ein alles beherrschendes Thema war, überlegte ich, ob es sinnvoll wäre, Roman auf Angel anzusprechen. Darauf, dass ich dachte, er wäre mit ihr zusammen, aber ich wusste nicht, wie ich die Überleitung zu dieser Frau finden sollte.

»War deine Einweihungsparty denn noch schön gewesen?«, fragte ich deshalb, um einen Bezug zum Thema herzustellen.

»Sehr. Vielen Dank.«

Ich fummelte an meinem Zeigefinger herum und überlegte fieberhaft, ob ich mich dafür, dass ich dachte, er habe etwas mit diesem Busenwunder gehabt, entschuldigen sollte, oder nicht. Im Grunde hatte er mir ja noch die Worte in den Mund gelegt, sodass es ein Leichtes war, zu denken, sie sei die Person gewesen, die mit ihm im Bett gelegen hatte.

»Na rück schon raus!«

Ich sah ihn fragend an. »Was?«

»Irgendetwas brennt dir auf der Seele!« Er lächelte.

»Ach, ich wollte mich entschuldigen.«

»Ich höre!«

»Dafür, dass ich dachte, du hättest mit Angel im Bett gelegen. Hättest ja aber auch einfach mal sagen können, dass die Frau, mit der du die Nacht verbracht hast, nur deine Schwester war.«

»Na ja, hätte ich es gesagt, so hätte ich vermutlich dein Weltbild über mich zerstört. Das wollte ich nicht.« Er ließ seine Finger durch seine Haare streichen und grinste mich an. »Ich bin so auf deinen

Tanz heute Abend gespannt. Das kannst du dir gar nicht vorstellen.«

»Doch, kann ich«, sagte ich kopfschüttelnd. »Ich will einfach den Klub nächstes Jahr mit einem guten Gefühl verlassen. Deswegen ist mir wichtig, das heute Abend zu machen. Noch zwei weitere Frauen wollen aussteigen. Irgendwann sitzt Pamela ohnehin ganz allein da.«

»Willst du meine Meinung dazu hören?«, fragte er, gähnte kurz in seine Hand und sah mich dann an. Ich nickte nur. »Du bist zu gut für diese Welt. Du machst dir zu sehr Sorgen darum, wie es anderen gehen könnte. Du solltest dieses Verhalten ablegen, sonst wirst du irgendwann bitter enttäuscht.« Er stand auf und rieb sich durchs Gesicht. »So, sei mir nicht böse, aber ich muss dringend wieder ins Bett. Du brauchst mich ja nicht mehr, oder?«

»Eigentlich nicht.«

»Komm auf den Punkt«, sagte er genervt.

»Könntest du mir vielleicht, also nur, wenn es keine Umstände macht, helfen, Schuhe anzuziehen? Ich komm nicht mehr runter.« Weil es mir doch sehr unangenehm war, und ich im Grunde wusste, dass es heute Abend weitaus schlimmer mit dem Muskelkater sein würde, sah ich betreten auf die Theke.

Roman stöhnte. »Wann musst du zur Arbeit?«

Erneut sah ich auf die große Küchenuhr. »In zwei Stunden.«

»Wunderbar.« Er packte mich plötzlich, nahm mich auf den Arm und trug mich ins Schlafzimmer. Meine Stimme ließ sich, wie immer in prekären Situationen, erst Sekunden später hören.

»Was hast du vor?«

Er hatte mich aufs Bett gelegt, das große Licht ausgemacht und legte sich sofort zu mir. »Du kannst schon mal an meiner Stange üben«, nuschelte er und schlang die Decke um uns.

»Äh, war das jetzt sexuell gemeint?«

Roman lachte. »Witzig bist du nicht, oder? Lass uns noch ein Stündchen schlafen. Ich stell uns den Wecker.« Er griff umständlich über mich, holte sein Handy vom Nachttisch und stellte offensichtlich die Weckfunktion ein. Dann legte er sich zurück. Sein Geruch war mir vertraut. Merkwürdig vertraut. Ich musste kichern. »Jetzt sei doch mal still, Lisa!«, stöhnte er und ich wunderte mich etwas. Wollte der jetzt wirklich schlafen?

»Ich finde es so lustig.«

»Was denn?«, flüsterte Roman.

»Dass wir zusammen im Bett liegen.«

»Darüber kannst du lachen, aber über meine Stange nicht? Du bist unglaublich, Lisa!«

»Was meinst du denn mit Stange?«

»Vergiss es. Komm her, Abenteuer, und halt die Klappe!«

Roman zog mich an sich. Ich biss die Zähne zusammen und legte meinen Kopf auf seine Brust. Ein wohliges Gefühl machte sich in mir breit. Das Wort ›Abenteuer‹ verdrängte ich, aber nicht das ›Komm her‹.

#achtzehn

Ich schreckte hoch, wobei ich unweigerlich vom Muskelkater daran erinnert wurde, keine hektischen Bewegungen mehr machen zu können. Roman schlief noch. So leise es mir möglich war, versuchte ich aufzustehen. Doch meine wirklich ungelenken Bewegungen blieben natürlich nicht unbemerkt. Roman griff müde nach seinem Handy, kniff die Augen zusammen, legte es zur Seite und murmelte: »Der Wecker hätte eh gleich geklingelt.«

»Du kannst ruhig liegen bleiben. Ich weiß ja, wo es rausgeht.« Widerwillig hatte ich das Bett verlassen. Zu gerne wäre ich liegen geblieben, auch wenn es in voller Montur recht unbequem war, aber dieses unschöne Detail hätte man schnell ändern können.

»Kann ich noch irgendetwas für dich tun, außer, dich heute Abend bei deiner Blamage zu unterstützen, indem ich dastehen und fürchterlich lachen werde?«

Ich strich meinen Pullover und die Jeans glatt. »Ja. Sehr lustig. Haha. Meine Schuhe werde ich wohl irgendwie allein anziehen können. Mir fällt schon was ein.«

Roman setzte sich auf und rieb sich wie so häufig durchs Gesicht. »Lisa, warum sagst du nicht einfach: Hey, super, könntest du mir bitte helfen, meine Schuhe anzuziehen? Ist das so schwer?«

Ich nickte lächelnd. »Lieber Roman, könntest du mir bitte helfen, meine Schuhe anzuziehen, weil der Muskelkater mir nicht erlaubt, mich zu bücken?« Dann würde ich ihn vermutlich noch eine Minute länger um mich haben. Es gefiel mir sehr, Roman um mich zu haben. Es hatte etwas Vertrautes ... Erwähnte ich schon, oder?

»Was bekomme ich dafür?«

Ich verdrehte die Augen. Immer, wenn ich ihn wirklich gut fand, kam irgendein doofer Spruch daher.

»Nichts. Lass, ich kann mir die Schuhe schon selbst anziehen.«

Roman stand auf und haute mir so schnell auf den Hintern, dass ich nicht ausweichen konnte. »Oh Lisa, nimm nicht immer alles so ernst!«

Roman hatte mir tatsächlich relativ gesittet die Schuhe angezogen und mich währenddessen nur einmal angezwinkert. Dann hatte er sich erhoben, mich vom Stuhl in meiner Küche gezogen und mir einen Kuss auf den Mund gegeben, der mich kurz aus dem Gleichgewicht gebracht hatte. Es hatte etwas so Normales. Wie ein Paar, dass sich küsste, wenn einer zur Arbeit gehen musste. Eigenartig.

Meine erste Handlung, als ich die Buchfabrik betrat und Esther einen guten Morgen gewünscht hatte, war, Nadjas Nummer in meinem Handy zu speichern und danach die Uhr im Auge zu behalten. Lin hatte noch einmal in die Gruppe geschrieben und fragte, wann sie denn heute Abend ins Fitnessstudio kommen sollten. Eine Antwort darauf konnte ich natürlich erst geben, wenn ich wusste, wann der Kurs beginnt. Der Kurs für Fortgeschrittene. Um meine Muskeln so gut es ging zu schonen, tat ich nur die Bewegungen, die unbedingt sein mussten. Auch an diesem Tag hatten wir gut zu tun. Es kamen viele Kunden in den Laden und ich bemühte mich weiterhin, kundenorientiert zu verkaufen. Manchmal gelang es mir, manchmal nicht, wobei man den älteren Herren, der dicht zu mir kam und mir zuflüsterte, er suche Bücher mit dem gewissen Extra, wirklich falsch verstehen konnte. Als ich auf die Schmuddelecke zeigte, war er ziemlich entrüstet und verließ ohne Buch den Laden. Welche Bücher er nun meinte, die ein gewisses Extra hatten, wusste ich nicht.

Um kurz nach zwölf fragte ich Esther, ob sie im Laden kurz allein die Stellung halten könnte. Ihr Lächeln, aufgrund der Verkaufszahlen der letzten Tage war Antwort genug. Ich lief breitbeinig – fast bekam ich den Eindruck, der Muskelkater sei noch intensiver geworden – in unseren Gemeinschaftsraum und rief Nadja an.

»Hallo Nadja, ich bin es, Lisa.«

»Wer?«

»Lisa. Die Lisa.«

Pause.

»Ach, Lisa! Ja, jetzt weiß ich. Wie geht es dir? Hast du starken Muskelkater vom Tanzen bekommen?«

»Ziemlich.« *Wie sollte ich ihr jetzt erklären, was Sache war?* »Du, Nadja, du bist ja heute Abend wieder im Studio, oder? Du hast ja diesen Kurs. Diesen … Poledance-Kurs.«

»Ja. Wieso? Magst du zusehen?«

»Ich wollte mitmachen.«

Pause.

»Wie bitte?«, fragte sie.

»Ich habe ein Problem. Du musst mir helfen. Also, es ist folgendermaßen …«

Ich erzählte Nadja alles. Angefangen mit dem Eintritt in den Klub, über die Charaktere der Frauen, die mitmachten, bis hin zu dem Versuch, endlich auszutreten mit dem triftigen Grund, dass ich zukünftig keine Zeit mehr hatte, weil mich mein Hobby so sehr binde.

Nach Beendigung meiner Erklärung herrschte einige Sekunden lang Stille.

»Äh … nun ja. Vielleicht wäre es sinnvoll gewesen, ein anderes Hobby zu nehmen. Ausdauersport oder so.«

»Zu spät dafür«, murmelte ich.

»Und einfach mit der Wahrheit probieren?«

»Unter keinen Umständen. Hinterher bin ich für irgendeinen schrecklichen Unfall verantwortlich. Ich muss das jetzt durchziehen. Komme, was wolle.«

»Und wie stellst du dir das vor?«

»Ich mache kurz mit und verletze mich dann.«

Obwohl ich nicht mit einer Silbe an diesen Ausweg gedacht hatte, kam er mir einfach über die Lippen. Zumindest wäre es eine Möglichkeit, trotz allem aus dieser Nummer rauszukommen. Man macht gefühlte dreißig Sekunden mit, fällt, und ist außer Gefecht gesetzt – leider - und untermalt das mit Tränen, nicht der Schmerzen wegen, sondern weil es einem so leidtut, dass man den Klub-Mitgliedern keine schöne Vorstellung darbieten konnte.

»Also, wenn es dir wichtig ist, okay. Dann würde ich aber die anderen Teilnehmer aus meinem Kurs einweihen, wenn ich darf.«

»Gut. Ich meine, geht ja nicht anders.« *Pause.* »Die halten mich dann für bekloppt, oder?«

»Ja.« *Pause.* »Ja, das tun sie.«

Mein geheimer Plan: Du wirst nie wieder in deinem ganzen Leben dieses Fitnessstudio betreten und es wäre nicht schlimm, deine Haare kurz zu tragen und zudem noch schwarz zu färben.

»Also, es würde um zwanzig Uhr anfangen. Willst du die Musik aussuchen? Vielleicht fühlst du dich mit einem Song, den du gut kennst, wohler!«

»Ihr tanzt zur Musik?«

»Ja. In diesem Kurs tanzen wir immer zur Musik. Ist leichter, dann hat man mehr Taktgefühl.«

Schnelle Musik, ergo schnell fallen ergo schnell beendet. »Gut. Dann bringe ich meine Musik mit. Vielen Dank, Nadja. Wirklich. Vielen Dank, dass du das machst!«

Wir verabschiedeten uns und ich verspürte eine kleine Erleichterung, dieses Telefonat hinter mich gebracht zu haben. Auch wenn es in meinem Magen Achterbahn fuhr, so fühlte es sich wenigstens an. Ob es daran lag, dass ich an diesem Abend vor Zuschauern tanzen musste, oder daran, dass ich mit Roman in seinem Bett gelegen und geschlafen hatte, wusste ich nicht. Vielleicht war beides daran schuld. Vielleicht nur Roman. Fakt war, an diesem Abend durfte ich unter keinen Umständen mit Roman fahren. Pamela musste mein eigenes Auto da stehen sehen, sonst würde sie wahrscheinlich denken, doch recht zu haben, dass ich Roman etwas mehr mochte, als man seinen Nachbarn normalerweise mögen sollte.

Der Nachmittag war relativ ruhig gewesen. Nur ab und zu kam ein Kunde im wahrsten Sinne des Wortes hereingeschneit, wusste aber genau, was er haben wollte, sodass man sich die Beratung sparen konnte.

Dann war der Moment da, als wir die Buchfabrik schließen konnten. Dank der Aufregung war mein Muskelkater längst nicht mehr so aktiv, wie noch am Morgen. Jedoch glaubte ich jetzt schon, am nächsten Tag mit Sicherheit noch schlechter aus dem Bett zu kommen wie an diesem.

Esther machte glücklich die Abrechnung, weil wir viele Einnahmen gehabt hatten, und gab mir nebenbei Tipps, was ich gegen den Muskelkater machen könnte. Um halb sieben verließen wir gemeinsam den Laden. Meine Aufregung war inzwischen im roten Bereich angelangt. An diesem Punkt konnte man nicht mehr klar denken. Es war mir recht, diese Grenze überschritten zu haben. So konnte ich einfach tun, was getan werden musste. Nach Hause fahren, mir eine möglichst schwarze Unterhose anziehen, dazu einen schwarzen Sport-BH, den ich nur besaß, weil mein Ex-Freund irgendwann mal auf die Idee gekommen war, Joggen zu gehen. Darüber Kleidung, die bis zum Fitnessstudio warmhielt, und endlich die Vorstellung hinter mich bringen zu können. Was wohl Roman dazu sagte?

Auf den Straßen herrschte mal wieder Chaos. Es hatte erneut geschneit und die Streuwagen konnten sich vor Arbeit kaum retten. Ich sehnte, vor allem in diesem Moment, Weihnachten herbei. Wie jedes Jahr fuhr ich zu meinen Eltern, die hundertfünfzig Kilometer entfernt wohnten, und verbrachte bei ihnen die Weihnachtstage. Im Grunde war es jedes Jahr gleich. Man machte Bescherung, man aß, man unterhielt sich, man hörte Weihnachtsmusik. Da ich ein Einzelkind war, gehörte meist mir die ganze Aufmerksamkeit und ich wurde von vorne bis hinten verwöhnt. Gut, es gab noch *Inda*, die Katze meiner Eltern, aber die verkrümelte sich meist, wenn es ihr durch drei Personen zu laut wurde.

Ich hatte gerade einen Parkplatz unmittelbar vorm Haus gefunden, als mein Handy klingelte. Meine Hoffnung: Mir würde für den heutigen Abend abgesagt. Weil Pamela einfach zu traurig über den Tod ihres Tieres war.

»Hallo?«

»Ich bin es. Pamela. Wann sollen wir im Studio sein?«

Schade aber auch.

»Ähm … so um acht geht es los.«

»Prima. Wir werden da sein. Ich freu mich so!«

»Ja … ich auch. Also, ich freue mich auch.«

Ich umfasste das Handy so krampfhaft, dass meine Knöchel weiß hervortraten, als ich die rote Taste drückte.

Umständlich stieg ich aus meinem Auto, spürte den Muskelkater doch wieder stärker und hoffte gleich, wenn ich an der Stange stand, dass mir das Adrenalin dazu verhalf, keine Schmerzen mehr zu haben.

Kurz nach sieben war es schon, als ich meine Wohnungstür aufschloss. Aus Romans Wohnung hörte ich nichts. Vielleicht war er ja schon da. Vielleicht war er arbeiten. Das Zweite ›Vielleicht‹ würde mir zumindest das Glück bescheren, dass es einen Zuschauer hinter der Glaswand weniger gab. Bei all der Peinlichkeit, die mir gleich mit Sicherheit widerfahren würde, war es seltsamerweise für mich am schlimmsten, dass er mich sah. Roman. Wer hätte das gedacht.

Ich lief ins Schlafzimmer, um mir die Kleidung anzuziehen, die hoffentlich so saß, dass ich an der Stange kleben blieb und den einen oder anderen Fehler, den ich machte, vertuschen würde. Nadja hatte mir gestern Abend eine Übung gezeigt, bei der man sich nur mit den Beinen um die Stange festhielt. Würde mir das heute Abend gelingen, könnte ich mir vielleicht einen kleinen Applaus einheimsen.

Die schwarze Unterhose saß eng. Es war einer jener Unterhosen, die etwas Bein hatten, aber der

Bund war nicht sonderlich hoch, sodass viel Haut zu sehen war. Der Sport-BH saß dagegen perfekt. Ich sagte mir selbst, ich würde nur eine oder zwei Minuten tanzen und dann fallen. Diese Zeit würde ich durchstehen. Bestimmt sogar.

#neunzehn

Sofort stach mir der große Pick-up ins Auge und somit war der Traum, er würde mir nicht zusehen, geplatzt.

Ich versuchte mit relativ geschlossenen Beinen ins Fitnessstudio zu gehen, um wenigstens bei ein paar Leuten den Eindruck zu hinterlassen, dass ich des Öfteren da war und hart trainierte. Menschen, die viel trainierten, hatten keinen Muskelkater.

Die Frauen des Femi-Klubs waren noch nicht da. Aber Nadja. Sie wärmte sich an einem der Crosstrainer auf und hob sofort die Hand, als sie mich sah.

Nachdem ich meinen Rucksack in einem der Schließfächer verstaut hatte, ging ich ebenfalls zu den Geräten, an denen Nadja sich aufwärmte. Roman hatte ich noch nicht entdeckt. Erst als mir eine Traube Frauen ins Auge stach, sah ich ihn mittendrin. Innerlich schüttelte ich mal den Kopf. Es waren einige Frauen, die den Pyrokraten, den Chef der Pyrokraten, gut fanden.

»Und, Lisa, bist du schon aufgeregt, deinen Freundinnen gleich einen Tanz vorzuführen?«, fragte Nadja und trat dabei weiter auf dem Crosstrainer. Auch ich bestieg eines der Geräte, die mich innerhalb kürzester Zeit zum Schwitzen brachten.

»Aufgeregt ist gar kein Ausdruck«, entgegnete ich lächelnd. Was Nadja nach dieser Geschichte nun über mich dachte, wollte ich mir gar nicht ausmalen. Würde mir einer erzählen, dass er etwas machen müsste, das er ganz und gar nicht konnte, nur, um sein Gesicht zu wahren und weil er zu feige war, frei seine Meinung zu äußern ... ich würde diesen Menschen für völlig verrückt halten.

»Du hältst mich nach der Geschichte sicherlich für verrückt, oder?«, fragte ich sie lächelnd und trat ebenso kräftig auf dem Crosstrainer, wie sie es vermutlich schon eine halbe Stunde tat.

Nadja lachte auf. »Es ist etwas schräg, wenn ich ehrlich bin. Warum trittst du nicht einfach aus? Warum sagst du nicht einfach, dass du keine Lust mehr auf den Klub hast?«

Ich sah sie mit hochgezogenen Augenbrauen an und überlegte. Tja, was sollte ich jetzt erwidern?

»Ja, das wäre sicher am besten. Aber ganz so einfach ist das nicht. Man fühlt sich so verpflichtet, verstehst du?«

Nadja wackelte leicht mit dem Kopf. »Na ja, kannst du nicht den Feministinnen erzählen, dass du jetzt mit meinem Bruder zusammen bist? Wäre sicher ein guter Grund. Du hast dich verliebt, er hat sich verliebt, ihr seid nun ein Paar und das passt ganz und gar nicht zu einem Feministinnen-Klub, oder?«

Kurz blieb mir die Spucke weg und das gar nicht deswegen, weil ich anfängliche Schmerzen in Beinen und Armen aufgrund der Anstrengung von gestern verspürte. Sondern weil es irgendwie eine absurde Vorstellung war, zu denken, ich sei mit dem Mann zusammen, der da hinten von den hübschen Fitness-Bräuten angehimmelt wurde. Erst nach einigen Sekunden setzte bei mir das schüchterne Lächeln ein. »Wir ... wir sind ja nicht zusammen. Also, Roman und ich.«

Nadja hörte auf zu trampeln, wofür ich ihr echt dankbar war. Ich stoppte den Crosstrainer ebenfalls.

»Entschuldige, aber ich dachte ... also, du und Roman, ihr seht euch immer so verliebt an und mein Bruder erzählt nur noch von dir.«

Wieder wanderten meine Brauen automatisch nach oben und ich spürte die Röte auf meinen Wangen. Insgeheim wünschte ich mir, es wäre so. Aber über den Status unserer Verbindung hatten Roman und ich nicht gesprochen. Davon abgesehen, kannten wir uns kaum und manche Unterhaltungen, die wir geführt hatten, waren nicht nur freundlich oder gar liebevoll gewesen.

Ich zuckte automatisch zusammen, als ich einen hohen Schrei vernahm. Ich drehte den Kopf. Und da waren sie. Die Feministinnen.

»Lisa! Huhu!«, jauchzte Lin. Pamela hatte die Arme vor der Brust verschränkt und sah missbilligend auf die ganzen Muskelprotze, die sich überwiegend bei den Hantelbänken aufhielten.

Lin kam auf mich zugelaufen und fiel mir gleich um den Hals. »Ich bin so aufgeregt, dich gleich tanzen zu sehen!« Sie strahlte übers ganze Gesicht.

»Was meinst du, wie aufgeregt ich bin«, entfuhr es mir leise und ich glaubte nicht, dass Lin mich verstanden hatte, denn sie sah sich begeistert um.

Viola und Pamela kamen ebenfalls zu Nadja und mir. Ich stellte Nadja alle Femis vor, wobei ich mir das bei Viola hätte sparen können. »Viola! Was … was machst du denn hier?«, fragte Nadja und nahm Lins Freundin in den Arm.

»Ach, ihr kennt euch?«, fragte ich erstaunt.

»Ja, ist aber schon länger her. Wir sind früher mal zusammen um die Häuser gezogen.« Ich nickte Viola zu, ehe mein Blick an Pamela hängen blieb. Die starrte nur in eine Richtung. Ich folgte ihrem Blick. Sie sah zu Roman.

»Na, sieh an, der Pyrokrat ist auch da!«, bemerkte sie. Wir drehten uns alle zeitgleich in Romans Richtung. »Das ist mein Bruder«, sagte Nadja lächelnd, ehe sie sich recht ernst wieder an Pamela wandte.

Bevor es zu einer unangenehmen Angelegenheit würde und ich am Ende noch auflösen müsste, warum ausgerechnet der Chef der Pyrokraten anwesend war, versuchte ich das Thema umzulenken. »Wo sind denn Nina und Jaqueline? Wollten die nicht auch kommen?«

»Nina kotzt die ganze Zeit und Jaqueline kommt noch«, gab Pamela monoton von sich und fixierte weiterhin Roman, der inzwischen mit Klaus, wie ich sah, trainierte.

Einzig zwischen Viola und Nadja herrschte eine ganz entspannte Unterhaltung und man bekam fast den Eindruck, als hätten die beiden sich eine Menge zu erzählen.

Als Pamela dann endlich von Roman abließ, der glücklicherweise gar nicht mitbekommen hatte, dass er so beobachtet wurde, und vorschlug, doch endlich mich tanzen sehen zu wollen, stieg mein Puls bis ins Unermessliche. Vielleicht war es gut. Wie schon erwähnt, Adrenalin nimmt einem die Schmerzen und nicht nur das, es treibt einen auch noch zur Höchstform an.

Ich klatschte in die Hände und erlangte so die Aufmerksamkeit von Nadja und Viola. Lin musste ich separat antippen, die sah sich immer noch erstaunt und entzückt zugleich im Studio um.

»Sollen wir dann mal?«, fragte ich Nadja, die mir zuzwinkerte und anschließend auf zwei Fingern pfiff. »Alle Polegirls zu mir, bitte! Wir fangen an!«

Ich drehte mich um. Alle Frauen, die zuvor Roman angehimmelt hatten, kamen im Hopsa-Lauf auf uns zu. Ich versuchte, zu lächeln. Das waren also die Girls, die an der Stange tanzten. Alle hatten eine Bombenfigur, hübsche Gesichter, fantastische Kleidung an und so weiter. Ich hingegen kam mir mit einem Mal mehr als überflüssig vor. Mit inzwischen regelrecht zittrigen Beinen lief ich hinter Nadja her. Lin, Viola und Pamela folgten uns.

»Denk an die Musik. Du hast doch welche mitgebracht, oder?«, fragte Nadja so leise, dass keine der anderen Frauen das hören konnten. Ich nickte. »Ja. Ganz klassisch. Auf CD! Ich habe sie in meinem Rucksack. Ich hole die gerade mal«, erwiderte ich. Meine eigene Musik zu haben, also ein Lied, dass ich mochte und auch in- und auswendig kannte, nahm mir gleich sicherlich einen guten Teil der Aufregung.

Ich bog ab, während alle anderen wie die Enten hinter ihrer Trainerin herliefen. In der Eile war mir zu Hause kein besseres Lied eingefallen als von ›*Emelie Sandé: Read all about it*‹. Es war ein Lied, das ich auswendig mitsingen konnte, so gut kannte ich es.

Mit zitternden Fingern schloss ich den Spind auf und zog meinen Rucksack hervor, als ich plötzlich eine Hand auf meinem Hintern spürte. Erschrocken drehte ich mich um.

»Herrgott, Roman, du … du hast mich erschreckt!«

Ich wischte mir über die Stirn und fühlte zu allem Überfluss auch noch Schweiß, der sich offensichtlich langsam auszubreiten schien.

»Ich wollte dir Glück wünschen«, flüsterte er, lehnte sich lässig gegen die Spinde und strich mir eine Strähne aus dem Gesicht. Ich lächelte unsicher.

»Ich habe das Gefühl, gleich ohnmächtig zu werden. Ich bin so aufgeregt. Mein Herz macht gleich mit Sicherheit schlapp.«

Er fuhr mit seinem Daumen meine Wange entlang und schüttelte lächelnd den Kopf. »Dann bin ich da und fang dich auf.«

Ich nickte und sah ihn dankend an. »Na dann, Polegirl, mach das Beste daraus.« Er haute mir einmal auf den Po, dann drehte er sich um und verschwand. Ich sah ihm lächelnd hinterher, ehe ich mich besann, die CD aus meinem Rucksack hervorzuholen, den wieder in mein Fach zu stecken und den Spind abzuschließen. Dreimal atmete ich tief ein und wieder aus, gab mir innerlich den Befehl zu gehen und setzte einen Schritt vor den anderen.

Durch die Glasscheibe sah ich, dass alle Polegirls bereits an verschiedenen Stangen waren, nur eine war frei geblieben. Die Vorderste. Als ich an Pamela, Lin und Viola, die aber nur Augen für Nadja zu haben schien, vorbeischritt, lächelte ich versucht selbstbewusst. Dann betrat ich den Übungsraum. Den Stangen-Raum. Mir war flau im Magen und es fühlte sich in meinem Kopf an, als würde ich Fieber bekommen.

Wackelig hielt ich die CD hoch. Nadja kam direkt auf mich zu, nahm sie mir aus der Hand, nickte anerkennend, als sie sah, welche Wahl ich getroffen hatte und verschwand hinter dem Vorhang, hinter dem sich die Musikanlage befand.

»So, Girls, wir versuchen, in etwa das zu machen, das Lisa macht. Bitte einfach nachahmen, ja?«

Alle lächelten mir aufmunternd zu.

Nadja platzierte sich zu meiner kleinen Freude an der Stange, die neben meiner war. In der Hand hielt sie die Fernbedienung für den CD-Player. »Du sagst, wenn du bereit bist, okay?«, fragte sie. Ich biss mir auf die Unterlippe und nickte beklommen. Mein Puls hatte inzwischen seinen absoluten Höchststand erreicht und ich glaubte, wenn er jetzt auch nur um eins weiter hochkletterte, dass dies der Moment wäre, an dem mich meine Beine nicht mehr tragen würden. Einige Male holte ich tief Luft, schloss dabei die Augen, ehe ich sie wieder öffnete und ihr zunickte. Ich hatte mir vorgenommen, am Anfang des Liedes verführerisch an der Stange in meinem Rücken hinabzugleiten und mich von der Musik einfach treiben zu lassen. Nadja hatte mir den Tipp gegeben, ein Gefühl für die Stange zu entwickeln. Die Stange quasi zu lieben. Ich stellte mich vor sie, ließ hinter mir die Hände an dem kühlen Metall entlangstreichen und glaubte tatsächlich, Schmetterlinge in meinem Bauch zu spüren.

Aus dem Augenwinkel sah ich, dass Nadja die Fernbedienung Richtung Vorhang hielt und einen der Knöpfe drückte. Ich war bereit. Mehr als bereit. Ich spürte meinen Herzschlag an meinem Hals pulsieren, mein Körper stand unter Hochspannung. Und dann fing das Lied an … ein anderes Lied. Nicht eines von ›Emelie Sandé‹. Nein … ›Outkast‹. ›Hey ya‹. Nadja sah mich fast schon entsetzt an. Inzwischen hatten sich unzählige Zuschauer hinter der Glaswand versammelt, in vorderster Front: Pamela, Lin und Viola. Ich hatte wohl irgendwann die CD's vertauscht. ›Hey ya‹ war nicht nur ein schneller Song, sondern zudem auch noch wahnsinnig lustig vom Sound. Mein Blick wanderte für den Bruchteil einer Sekunde zu Pamela, die inzwischen wieder die Arme vor der Brust verschränkt hatte und mich fast schon böse anstarrte.

Nicht nur mir fiel der böse Blick von ihr auf, nein, auch bei Nadja blieb es nicht unbemerkt. »Mach jetzt einfach!«, hörte ich sie sagen und ich fing an, zu tanzen, wenn man es denn überhaupt so nennen konnte. In einem Affenzahn wackelte ich mit dem Po an der Stange, ließ mich in die Knie sinken, hatte

Schwierigkeiten, wieder nach oben zu rutschen und wiederholte das ganze dreimal. Danach wanderte ich um die Stange herum und versuchte einen lasziven Blick aufzulegen, wobei ich mir sicher war, dass er mehr nach Schlafzimmer aussah als wirklich verführerisch. Zwischendurch ließ ich die Stange los und klatschte in die Hände, so, wie man es in dem Song ebenfalls hörte. Zum Refrain, wenn ›*Hey ya*‹ ertönte, schlang ich ein Bein um die Stange, hielt mich mit einer Hand fest und beugte mich nach hinten. Das erste Mal funktionierte es. Beim zweiten Mal flutschten meine Finger von der Stange ab (auch meine Hände waren verschwitzt) und ich fiel hin. Damit das Fallen als solches nicht bemerkt wurde, tat ich so, als wäre es Teil der Choreografie. Ich machte mit den Armen und Beinen Wellenbewegungen und fühlte mich tatsächlich in diesem Moment wie ein Wal, der gegen Wellen kämpfen musste, versuchte relativ elegant wieder aufzustehen und die Stange zu ergreifen. Dann sah ich *ihn* hinter der Scheibe. Roman. Er machte mit der Hand eine Bewegung, dass ich Gas geben sollte. Mehr machen sollte. Ich schüttelte meinen Oberkörper, mein Busen war glücklicherweise gut vom Sport-BH gehalten und schwang im Anschluss daran meine Hüfte gegen die Stange. Das war nicht die beste Idee gewesen. So eine Stange, die gegen das Schambein knallt, tut richtig weh. Um meinem Körper kurz eine Pause zu gönnen, leckte ich an der Stange entlang. Wenn das mal nicht Liebe zu ihr ausdrückte! Was mich zwischenzeitlich ziemlich irritierte, ich hörte keinen der anderen Girls hinter mir und auch Nadja, die anfangs versucht hatte, meine Bewegungen nachzuahmen, verharrte inzwischen.

Wann hörte dieses Scheißlied endlich auf?

Ich machte noch mal das Gleiche, wie zu Beginn des Liedes, versuchte mich an der Stange hochzuziehen, breitete eine Hand aus und lächelte dabei. Pamela sah noch wütender aus, Lin starrte mich mit offenem Mund an und Viola hatte ebenfalls die Arme vor der Brust verschränkt, versteckte jedoch ihr Gesicht hinter einer Hand und schüttelte dabei auch noch mit dem Kopf. Andere Zuschauer waren währenddessen gegangen. Roman blieb eisern stehen und grinste mich an.

Endlich verstummte das Lied. Nicht, weil es zu Ende war, sondern weil Nadja die Fernbedienung betätigt hatte. Im Stangensaal herrschte absolute Stille. Ich drehte mich in Zeitlupe zu den anderen Polegirls um und nickte ihnen verbunden zu. Keine lächelte mehr. Alle schauten ziemlich zerknirscht in meine Richtung. Als Nadja dann in die Hände klatschte, stimmten die anderen zögerlich mit ein. Mein Blick schweifte wieder zur Fensterfront. Roman war weg, nur Pamela, Lin und Viola standen da. Jaqueline hatte es nun offensichtlich nicht geschafft zu kommen. Pamela winkte mich zu ihr. Wütend. Ich nickte einige Male und das mehr zu mir selbst, lief zur Glastür, öffnete und versuchte relativ selbstbewusst auf Pamela zuzugehen. Allein der Muskelkater machte mir einen Strich durch die Rechnung. Breitbeinig und wackelig sprach nun nicht unbedingt für ein selbstsicheres Auftreten. Als ich dann plötzlich Nina und Jaqueline entdeckte, die zielstrebig auf uns zu kamen, fiel mir fast ein Stein vom Herzen. Noch bevor sie uns ein ›Hallo‹ entgegnen konnten, holte Pamela Luft und ließ ihrer Wut, oder was es auch war, freien Lauf.

»Lisa, du willst uns ja jetzt wohl nicht erklären, dass das, was du gerade gemacht hast, fortgeschritten war, oder?«

Ich rang nach Worten.

»Du verarschst uns doch! Gib es zu! Das sah ja entsetzlich aus!«, fügte sie dem noch hinzu.

»Also, sooo schlecht fand ich das jetzt gar nicht.« Ich lächelte Lin dankbar für diesen Satz, den sie zögerlich gesagt hatte, an.

»Das ist doch Bullshit, Lin!« Pamela war außer sich.

Nadja gesellte sich zu uns, die anderen Polegirls zogen sich bereits um.

»Gib zu, Lisa, dass du das noch nie zuvor gemacht hast! Es sah furchtbar aus!«, schrie Pamela regelrecht.

Mein Kinn machte sich währenddessen selbstständig und begann wie auf Knopfdruck zu zittern. Ich war müde, alles an meinem Körper schmerzte und den Anschiss, den ich jetzt auch noch von Pamela bekam, tat sein Übriges dazu.

»So, ich kann das hier nicht länger mit ansehen! Sag jetzt endlich, Lisa, was los ist!« Ich sah Nadja entsetzt an, doch die erwiderte meinen Blick nur mit unnachgiebiger Hartnäckigkeit.

»Was hast du uns zu sagen?« Ich spürte Pamelas Atem im Nacken. Das Wort *uns*, hatte sie deutlicher ausgesprochen als alle anderen Wörter.

»Befrei dich jetzt endlich davon, Lisa! Roman hat mir alles erzählt!« Ich hatte wirklich nicht gewusst, dass Nadja überhaupt in der Lage war, in solch einer Lautstärke zu sprechen.

»Was hast du hier zu suchen? Das ist ein Mitarbeitergespräch. Also zieh Leine!«

Nadja blieb stehen, sah Pamela hochmütig an und verschränkte die Arme vor der Brust. Ich musste dem hier ein Ende setzen. Roman und Nadja hatten recht. Dies würde nur funktionieren, wenn ich die Wahrheit sagen würde. Ich hob beide Hände, starrte kurz zu Boden, ehe ich wie in Zeitlupe den Kopf hob und Pamela ansah. »Ich wollte nur einen Grund haben, den Klub zu verlassen. Mehr nicht. Ich habe mir das mit dem Poledance nur ausgedacht. So hatte ich einen Grund für dich, Pamela, und wenn wir schon bei der Wahrheit sind, für euch alle!« Ich schaute alle Frauen an, Nadja sparte ich aus.

»Wie bitte?«, fragte Pamela.

»Ja. So ist es. Und ich fühle mich erleichtert, es endlich gesagt zu haben. Ich will nicht mehr dabei sein. Ich finde die Aktionen albern. Ich schäme mich dafür. Vielleicht, Pamela, suchst du dir eine andere, die noch mitmachen möchte. Eine, die auch im Herzen eine Feministin ist. Ich bin es nicht will es auch nicht sein!« Es war einfach zu lange her, dass ich zu irgendetwas meine Meinung gesagt hatte. Frei weg von der Leber, wie es so schön hieß. Und es fühlte sich verdammt gut an. Ich fühlte mich in diesem Moment so stark, dass ich obendrein auch noch die Arme vor der Brust verschränkte. Pamela war zwischenzeitlich die Kinnlade nach unten geklappt, Nina starrte zu Boden, Lin nickte und zu meiner Überraschung auch Viola. Nur Pamela schüttelte, nachdem sie den ersten Schock offensichtlich überwunden hatte, mit dem Kopf.

»Ich habe mit einem Mann geschlafen!« Alle Feministinnen schauten mich erstaunt an. »Und es war schön. Und ich glaube, ich habe mich verliebt. Es … es fühlt sich so an. All die Dinge, die ich gesagt habe, passen einfach nicht mehr dazu, Mitglied in dem Femi-Klub zu sein. Pamela, das wirst du doch verstehen, oder?«

»Du hast was gemacht?«, schrie Pamela und kam mir bedrohlich nahe.

#zwanzig

»Jawohl! Ich hatte Sex mit einem Mann. Hervorragenden Sex! Und nur zur Info, er ist einer der Pyrokraten.«

Pamela schnappte nach Luft.

»Ich muss auch mal was loslassen hier«, flüsterte Nina fast. So kannte man sie gar nicht. Pamela ließ endlich von mir ab und drehte sich zu Nina. »Ich habe mich verliebt. In gleich zwei Menschen! In meinen zukünftigen Mann Marco und in …« Sie streichelte sich liebevoll über den Bauch. »In das kleine Wesen in mir.« Sie hob den Kopf und sah Pamela an. »Ich bin schwanger. Und ich liebe meinen Verlobten und werde nicht mehr bei den Feministinnen bleiben. Ich höre auf! Und für den Fall, dass ihr nicht wisst, was ich beruflich mache, sage ich es euch! Ich bin Hebamme. Mit Leib und Seele. Ich habe euch nur einen vorgespielt und unnahbar getan. Das bin ich nicht.« Nina atmete erleichtert aus und sah mich lächelnd an. »Und es fühlt sich verdammt gut an, das losgeworden zu sein.«

Ich zwinkerte ihr freundlich zu, während man hörte, wie Pamela nach Luft schnappte. Ihr rundes Gesicht, dessen Form nun eindeutig durch ihre Frisur begünstigt wurde, war rot und fleckig, ihre Augenlider zuckten zum Takt ihres rasenden Herzschlages, den man deutlich an ihrem Hals pulsieren sah. Sie drehte sich zu Jaqueline und durchbohrte sie fast mit ihrem Blick.

»Bei dir war es der Grund, dass du einen besseren Job gefunden hast! Ist das richtig so!« Jeder Ausbilder bei der Bundeswehr hätte sich mit Sicherheit nicht nur die Lautstärke, mit der Pamela sprach, gewünscht, sondern vor allem auch ihren Tonfall, der keinerlei Zeichen einer Frage enthielt. War Nina viel weicher in ihrer Art geworden, so konnte man über Pamela sagen, dass sie noch zwei Schüppen oben draufgelegt hatte.

»Also was heißt besser? Besser … besser. Ich … der Job ist toll. Ganz ohne Frage, aber …«

»Antworte!«, fiel ihr Pamela ins Wort.

»Ich wollte kein Mitglied mehr sein und der einzige Weg, der für mich infrage kam, war aus der Stadt wegzuziehen, ansonsten hätte ich den Klub nicht verlassen können.« Auch Jaqueline sah man, trotzdem sie auf die Reaktion von Pamela regelrecht zu warten schien, eine gewisse Erleichterung an.

Pamelas Augen füllten sich mit Wasser, ihr Kinn zitterte so stark, wie meins noch zuvor. Nina und ich holten gleichzeitig Luft und wollten wohl beide etwas Versöhnliches sagen, aber Pamela hob nur eine Hand, damit wir still blieben.

»Dass ihr mich so … so hintergeht. Nein. Also, das hätte ich nicht von euch ge… gedacht. Und das, obwohl ihr wisst, dass Pummelchen gestorben ist. Widerlich. Einfach widerlich von euch!«

»Hä? Wer ist Pummelchen?«

Pamela drehte sich zu Nina um und grinste sie mit Tränen in den Augen gehässig an. »Meine Katze!«, sagte sie laut und ging mit den Worten: »Lin und Viola? Wir gehen!« Die beiden folgten sofort, jedoch sah sich Viola öfter nach Nadja um und zuckte entschuldigend mit den Schultern. Erst jetzt hatte ich das Gefühl, wirklich eine Erleichterung zu verspüren. Ich fühlte mich gut. Abgesehen davon, dass ich inzwischen wirklich jeden einzelnen Muskel in meinem Körper spürte. Ich klatschte aus Verlegenheit in die Hände. »Tja, das war es dann wohl. Wir haben es geschafft.«

Nina und Jaqueline nickten beide, allerdings sah man kein Lächeln in ihren Gesichtern. »Ja dann, ich muss mal wieder nach Hause. Marco hat Pasta gemacht.« Auch ich wurde ernst.

»Also ich denke, so schnell werden wir uns sicher nicht wiedersehen, oder?«, fragte Nina und zögerte damit, mich in den Arm zu nehmen.

»Vermutlich nicht«, entgegnete ich. »Man kann ja mal einen Kaffee zusammen trinken. Natürlich nur, wenn du Lust hast.«

»Ja. Könnte man.«

Ich breitete die Arme aus und nahm Nina in den Arm. »Ich wünsche dir und deinem Zukünftigen alles Gute! Und frohe Weihnachten.«

»Dir und dem Pyrokraten auch. Frohe Weihnachten«, flüsterte sie mir ins Ohr, dann ließ sie mich los, boxte Jaqueline lediglich gegen die Schulter und ging.

Ich rieb mir über die Arme und sah Nina nachdenklich nach, ehe sie vollends verschwand.

»Ich muss dann auch mal.« Jaqueline nahm mich in den Arm und drückte mich kurz an sich. »Alles Gute für dich, Lisa. Und frohe Weihnachten.«

»Frohe Weihnachten. Melde dich doch mal.«

»Mach ich.« Sie ließ mich lächelnd los. »Und bitte lass das mit dem Poledance. Das steht dir nicht.«

Ich lachte mit ihr, dann verschwand auch Jaqueline. Schnaufend drehte ich mich um, doch Nadja war nicht mehr da. Allerdings sah ich sie hinter der Glaswand im Stangenraum, den sie aufräumte. Ich ging zu ihr.

»Hier! Deine Klamotten. Wie fühlst du dich?«

Ich nahm meine Hose und mein Shirt entgegen und zog beides sofort an.

»Eigentlich ganz gut. Ich brauche sicher noch ein paar Tage, ehe ich realisiert habe, dass ich von nun an keine Feministin mehr bin. Und nächste Woche Dienstag werde ich es genießen, keinem Treffen beiwohnen zu müssen.«

»Das glaube ich dir. Sag mal, kennst du Viola näher?«

Selbstverständlich, ich meine, ich bin ja nicht blind, war mir aufgefallen, dass da etwas zwischen Nadja und Viola war.

»Es geht so. Die ist halt mit Lin zusammen. Schon länger. Und sie arbeitet mit in der Firma von Lins Vater. Die stellen glaube ich irgendwelche Baustoffe her.« Nadja ging zu dem Vorhang, hantierte an der Anlage rum und gab mir schließlich die CD. »Da hast du wohl die Hüllen vertauscht, was?«

Ich rieb mir über die Stirn. »Ja. Mann, war das peinlich.«

Nadja lachte laut und streifte sich ebenfalls ihren Jogging-Anzug über. »Dafür, dass es ein so schnelles Lied war, finde ich, hast du die Aufgabe wirklich gut gelöst!«

Ich lachte nur darüber und spürte, dass selbst Lachen wehtat. Wie ich es morgen schaffen sollte, in der Buchfabrik zu stehen, war mir schleierhaft. Ich sehnte das Wochenende herbei. Samstag war der Heilige Abend, den ich generell bei meinen Eltern verbrachte, den ersten Weihnachtsfeiertag meist auch noch und der Zweite gehörte nur mir allein. Da war ich den ganzen Tag in meiner Wohnung, überwiegend im Bett, und las.

Nadja schaltete das Licht im Stangenraum aus, dann gingen wir zu den Schließfächern. Roman kam ebenfalls. Ich fragte mich in diesem Moment, ob er mitbekommen hatte, dass ich über den Status unserer merkwürdigen Liaison gesprochen hatte. Das wäre mir unendlich peinlich. Allerdings war er ja schon längst gegangen, als ich Pamela selbstbewusst erklärt hatte, dass ich mit dem Pyrokraten im Bett gewesen war.

Nadja und ich lächelten beide, als Roman bei uns stand. Nadjas Lächeln war das einer kleinen Schwester, mein Lächeln war das einer Frau, die ihn irgendwie, auf seltsamer Art und Weise, gut fand. Um nicht zu sagen, sehr gut fand.

»Fertig?«, fragte er grinsend.

»Fix und fertig«, entfuhr es mir, während Nadja fröhlich lächelte. Roman bedachte mich mit einem Blick, den ich gar nicht zu deuten wusste. Vielleicht maß ich dem Blick zu viel Bedeutung zu und er hieß so viel wie: Ja dann, mach`s mal gut. Ich zog meine Tasche und Jacke aus dem Schließfach, klemmte mir beide Sachen unter den Arm, da ich nicht glaubte, in der Lage zu sein, die Jacke tatsächlich anzuziehen und wartete auf Nadja, damit wir gemeinsam das Fitnessstudio verlassen konnten.

Als Roman mich unvermittelt am Arm festhielt und zu sich drehte, verspürte ich fast so etwas wie Aufregung. Nur der Griff um meinen Oberarm tat weh und ließ mich kurz schmerzverzerrt zu ihm schauen.

»Oh. Habe ich dir wehgetan?«

»Etwas. Ich spüre jeden Muskel in meinem Körper.«

»Kannst du dir nicht morgen freinehmen? Ich glaube nicht, wenn ich ehrlich bin, dass du morgen überhaupt noch in der Lage sein wirst, zu laufen!«, bemerkte Nadja und zog sich ihre Winterjacke an.

Roman nahm mir meine Jacke ab und hielt sie so hin, dass ich einfach nur reinschlupfen musste. Wobei von einfach nicht die Rede war. Die Schmerzen, so glaubte ich in diesem Moment, waren nun die Rache dafür, dass ich den Feministinnen nicht gleich reinen Wein eingeschenkt hatte.

»Ich kann mir nicht freinehmen. Nicht so kurz vor Weihnachten.«

»Fahr hinter mir her. Ich bringe meine Schwester nach Hause, danach fahren wir zu uns und ich helfe dir, die Treppen nach oben zu kommen. Einverstanden?«

Ich sah zu Roman auf, spürte prompt Schmetterlinge in der Magengegend und nickte ihm dankbar zu.

Selbst beim Gas geben, beim Schalten, beim Lenken, spürte ich jeden einzelnen Muskel und dachte, der Muskelkater am Vorabend nach dem ersten Mal tanzen, sei schon enorm stark gewesen, so wollte ich mir gar nicht ausmalen, wie ich mich wohl morgen fühlte.

Ich konzentrierte mich während der Fahrt nur darauf, hinter Roman herzufahren. Als Nadja ausgestiegen war und zu ihrer Haustüre lief, hob ich die Hand zum Abschied, dann fuhren wir endlich nach Hause.

Wieder setzte starker Schneefall ein und ich würde morgen viel früher losfahren müssen, weil ich mit noch stärkerem Verkehrschaos rechnete als an den Tagen zuvor.

Ich biss die Zähne zusammen, als ich mich, nachdem ich endlich einen Parkplatz gefunden hatte, abschnallte. Roman öffnete mir die Tür.

»Kannst du aussteigen?«, fragte er und hielt mir die Hand entgegen. Ich versuchte zu lächeln, ergriff seine Hilfe und zog mich daran aus dem Auto. Ich hatte das Gefühl, dass ich keinen Meter mehr laufen könnte. Meine Beinmuskeln zitterten unkontrolliert vor sich hin und ich befürchtete, nach dem ersten Schritt bereits einen Adler zu machen. Zum einen wegen des doch sehr glatten Untergrundes, zum anderen, weil mein Körper mir jetzt, nach der ganzen Anstrengung, fristlos kündigte. Meine Körperhaltung, die bei jeder Bewegung regelrecht aufschrie, blieb natürlich nicht unbemerkt. Roman nahm mir kurzerhand meine Tasche ab, hängte sie sich um seinen Hals, dann packte er mich plötzlich und schwang mich über seine Schulter. Ein kurzer Schrei entfuhr mir, aber selbst, wenn ich mich dagegen hätte wehren wollen, so hätte das unter keinen Umständen funktioniert. Ich fühlte mich in diesem Moment nahezu leblos.

»Ich trage dich hoch. Kein Problem für mich.« Er schlug mit seiner freien Hand die Tür meines Autos zu und ich betätigte kopfüber den Knopf, der meinen Wagen verriegelte. Ich sagte nichts mehr und dachte nur im Stillen, wenn ich erst mal flach im Bett lag, würde es mir und meinen schreienden Muskeln sicherlich besser gehen.

Mit aller Vorsicht legte er mich auf mein Bett, und selbst die kleine Anstrengung, dafür meine Bauchmuskeln anzuspannen, von denen ich keine Ahnung hatte, dass sie überhaupt da waren, ließ mich das Gesicht verziehen.

Roman machte sich währenddessen an meinen Winterstiefeln zu schaffen, bis er sie schließlich von meinen Füßen abzog und seitlich neben mein Bett stellte.

»Soll ich …« Er zeigte auf mich.

»Nein, geht schon. Vielen Dank, Roman.«

Ich war mir in diesem Moment sicher, dass er nicht gehört hatte, was genau ich zu Pamela sagte, als wir vor der Glaswand im Fitnessstudio standen. Hätte er etwas von alldem mitbekommen, wäre ziemlich sicher, dass irgendein anzüglicher Spruch von ihm kommen würde.

Ich versuchte mich vorsichtig aufzusetzen, doch jede noch so kleine Bewegung tat so weh, dass ich am liebsten auf das Ausziehen verzichtet hätte. Roman grinste. »Also doch«, sagte er lächelnd und öffnete meine Hose. Ich kam mir ziemlich bescheuert vor. Nicht mal mehr allein ausziehen konnte ich mich.

In relativ kurzer Zeit lag ich nur noch in der schwarzen Unterwäsche da.

»Lässt du das Ding zum Schlafen an?« Er zeigte auf den schwarzen Sport-BH. Ich nickte. Natürlich ließ ich kein ›Es wackelt nichts – Oberteil‹ an. An diesem Abend jedoch warf ich das ›Natürlich‹ über Bord. Unter keinen Umständen hätte ich den BH ausziehen können. Mit den Händen auf meinen Rücken greifen? Unmöglich.

»Okay, ich geh dann mal. Ich mach das Licht aus, ja?«

Was mich veranlasste, das zu sagen, was ich sagte, weiß ich heute nicht mehr. Es war ein Gefühl. Ein tiefes Gefühl, das mich hatte sprechen lassen.

»Kannst du nicht einfach hierbleiben? Dich … dich neben mich legen? Nur so? Also, ohne, dass ich an …«

Er strich sich mit einer Hand durch die Haare und sah mich mit hochgezogenen Augenbrauen an, ehe er nickte. »Klar. Kann ich machen. Wenn du dir das wünschst?«

»Ja, ich wünsche mir das.«

Roman nickte, kam um das Bett herum und legte sich neben mich. Ich drehte den Kopf zu ihm. »Lässt du die Sachen zum Schlafen an?«, flüsterte ich. Er grinste und schüttelte den Kopf. Dann begann er, sich halb im Liegen auszuziehen. Ich beobachtete ihn still.

Er stand auf, legte seine Klamotten auf den Stuhl, der neben meinem Kleiderschrank stand, ging in den Flur, machte das Licht aus, ebenso im Schlafzimmer und tastete sich vor, bis er wieder das Bett erreichte. Er legte sich dicht neben mich und schlang die Decke über uns. Zaghaft griffen seine Finger nach meiner Hand.

»Ich wollte dir noch was sagen«, flüsterte er und verschränkte seine Hand mit meiner.

»Sag!«

»Ich fand unseren Sex auch hervorragend!«

Würde man diese Szene im Fernsehen sehen, so wäre dies der Moment, wo die romantische Musik, die vielleicht durch besondere Instrumente einen leichten Schneefall nachahmte, abrupt endete. Man würde nur noch meine aufgerissenen Augen sehen und, ferner es nicht so dunkel wäre, die Röte in meinem Gesicht.

»Du ... du hast also gehört, was ich zu Pamela gesagt habe?«

»Jep. Habe ich.«

Totale Stille.

Ich räusperte mich. »Ich ... na ja, ich habe das gesagt, damit es für Pamela glaubwürdiger rüberkommt. Ich meine, ich musste ja einen triftigen Grund nennen. Ist ja normal. Macht man ja so.«

Ich hielt die Luft an. Ich hielt sie an, weil ich so wahnsinnig auf seine Antwort gespannt war, obgleich ich wusste, dass das, was ich gesagt hatte, Unsinn war.

»Ja. Auf jeden Fall«, sagte er nach einigen Sekunden der Stille. Er ließ meine Hand los, drehte sich zu mir auf die Seite und fuhr mit den Fingern meinen Oberschenkel entlang. »Lisa?«

»Mmh?« Ich genoss die sanften Berührungen.

»Lässt du dieses Oberteil wirklich zum Schlafen an? Sieht recht eng aus.«

Ich musste kichern. »Ich hatte mit allem gerechnet, aber nicht mit dieser Frage. Nein. Normalerweise lasse ich es nicht an.«

»Konnte ich mir schon denken.«

Roman erhob sich. Ich versuchte ihn in der Dunkelheit zu erkennen, aber mir waren nur Umrisse gegönnt. Dann spürte ich plötzlich, wie er sich rittlings auf mich setzte. Ein Stöhnen entfuhr mir, weil meine Muskeln sofort brannten. Er packte mich an den Schultern und zog mich mit dem Oberkörper hoch. Vorsichtig tastete er auf meinem Rücken herum und fand schließlich den Verschluss.

»Ist etwas schwieriger«, nuschelte ich mit dem Gesicht an seiner Brust. Roman lachte. »Ach, ich habe schon so einige geöffnet, dann werde ich das bei diesem hier auch schaffen.«

Das war mal wieder einer jener Sätze von ihm, die ich geflissentlich ignorierte. Trotzdem wir uns kaum kannten, wusste ich schon so viel über ihn, dass man sich selbst einen Gefallen tat, um nicht jedes Wort, das er vom Stapel ließ, auf die Goldwaage zu legen.

Ich zog tief die Luft ein und roch seinen wunderbaren Duft. Meine Lippen berührten seine Haut. Fast zärtlich streifte er den BH von mir ab. Was dann passierte, ließ sämtliche Muskeln in meinem Körper zur Ruhe kommen. Kein einziger Muskel schrie mehr auf. Er nahm mein Gesicht in seine Hände und ich spürte seinen Atem im Gesicht. Dann berührten sich unsere Lippen und es war, als würde ein Feuerwerk in mir ausbrechen.

#einundzwanzig

Wie lange letztlich der Feuerwerkskuss in der Nacht gedauert hatte, konnte ich am nächsten Morgen beim besten Willen nicht mehr sagen. Irgendwann hatten wir uns hingelegt, einander zugewandt und ich glaubte, irgendwann mit seinen Lippen auf meinen, eingeschlafen zu sein.

Ich schreckte hoch, ebenso wie Roman, als sein Handy unangenehme Geräusche von sich ließ.

»Ja?«, fragte er nicht unbedingt freundlich. Sein Gesicht wurde gespenstig vom Lichtschein des Displays angeleuchtet. Er sah müde aus.

Er schüttelte reichlich genervt den Kopf. Ich versuchte mich währenddessen wie eine Robbe auf die andere Seite zu drehen, um meine Nachttischlampe anzuschalten. Die Schmerzen, die der Muskelkater an diesem Morgen bereithielt, waren nicht mehr normal. Selbst winzige Muskelstränge in den Fingern taten weh.

Ich schaffte es schließlich. Roman kniff die Augen zusammen und sah mich beinahe wütend an. Ich zuckte nur entschuldigend mit der Schulter.

»Ja. Ich frage sie«, knurrte er nicht gerade freundlich ins Telefon. Ich ließ mich zurückfallen (langsam zurücklegen ging gar nicht) und schloss die Augen.

»Sonst, noch was?«, fragte er wen auch immer. Aber ich hatte fast die Vermutung, dass das nur seine Schwester sein konnte.

»Nein, wir fahren am Vierundzwanzigsten. Dann sind wir immerhin sechs Tage da. Das reicht mir dann auch. Und wir müssen am Dreißigsten wirklich früh zurück, weil ich mit den Jungs das Feuerwerk planen muss.«

Ich atmete tief ein und wieder aus und ein Lächeln breitete sich auf meinem Gesicht aus. Die letzte Nacht war so schön gewesen.

»Nadja, wir haben kurz nach sechs. Bitte lass uns das heute Nachmittag besprechen.«

Also seine Schwester.

»Ja, sie meldet sich bei dir. Ganz bestimmt. Bis später, du Nervensäge!«

Ich öffnete die Augen und sah, wie Roman sein Handy auf den Boden legte.

»Besteht die Möglichkeit, dass du das Licht wieder ausmachst? Der Wecker geht erst in einer Stunde.«

»Ja, ich brauch nur etwas, ehe ich es schaffe, mich auf die Seite zu rollen, um an den Lichtschalter zu kommen.«

Roman lachte mit tiefer Stimme und lag mit einem Mal auf mir. »Nicht nötig. Ich komme dran!«

Er machte den Schalter aus, während ich ihm mit beiden Händen über den nackten Rücken fuhr. Wenn Roman so nahe bei mir war, spürte ich keine Schmerzen. Also, fast keine ...

»Tut das weh, wenn ich auf dir liege?« Das Licht jener Straßenlaterne, das spärlich durch die Schlitze der Jalousie schien, leuchtete sein Gesicht an. Ich sah das Grinsen in seinem Gesicht.

»Vielleicht ein bisschen.«

Seine Haut war samtweich und ich spürte die Gänsehaut, die darauf aufzog, als ich sachte mit den Fingerspitzen auf und ab fuhr. Empfand er nun ähnlich, wie ich für ihn?

»Und tut das weh?« Seine Hand wanderte unter meinen Rücken, bis hin zu meinem Po. Dann kniff er hinein und ich jaulte auf. »Aua! Hör auf damit! Das hat wirklich wehgetan.«

Roman rollte sich mit mir zurück auf den Rücken, sodass ich nun auf ihm lag. Wir lächelten uns beide an und ich war nicht unbedingt böse darüber, dass nur die Laterne die einzige spärliche Lichtquelle in meinem Zimmer war, denn sonst hätte er mit Sicherheit die Röte auf meinen Wangen erkannt.

»Was wollte Nadja von dir?«, fragte ich zwischen zwei Küssen.

»Du sollst ihr die Nummer von dieser einen da geben. Ich habe den Namen vergessen.« Er biss mir kurz in die Unterlippe, dann spürte ich, wie seine

Hände unter meine Unterhose wanderten und versuchten, sie mir auszuziehen.

Ich zog meinen Kopf etwas zurück. »Sie möchte die Nummer von Viola haben?«

»Ja, ich glaube, so hieß sie.«

Wie er es schaffte, meinen Schlüpfer mit dem Fuß komplett auszuziehen, war mir absolut schleierhaft, aber die Sache zwischen Viola und Nadja ließ mich nicht los.

»Waren die mal ein Paar, die beiden?«, fragte ich, während ich seine Erektion in meinem Schritt spürte. Ich legte den Kopf in den Nacken. Roman küsste mich entlang der Halsschlagader und durchaus entfuhr mir der eine oder andere wohlige Seufzer. Aber was würde Lin dazu sagen, wenn sie herausfand, dass Viola und Nadja wieder Kontakt hatten?

»Ja. Ist aber schon einige Jahre her. Ich kenne die nur von Fotos, die mir Nadja damals geschickt hat. Da war ich noch in den USA.« Er zog sich mit einer Hand unter der Bettdecke seine Boxershorts aus und drehte sich mit mir wieder, sodass ich nun auf dem Rücken lag. Mit seinem Knie winkelte er eines meiner Beine an, dann drang er in mich ein und küsste mich dabei.

»Was glaubst du, will sie von Nadja?«, fragte ich stöhnend, seine Stöße wurden immer fester.

»Weißt du was, Lisa, das ist mir jetzt gerade wirklich scheißegal!«

»Gut, auf der anderen Seite hat die Freundin von Viola wiederum Interesse an …«

Als Roman meine Beine packte und sich über die Schulter legte, stöhnte ich auf, weil meine Muskeln, gerade in den Oberschenkeln, diese Stellung absolut verboten.

»Au, au, das geht nicht. Das geht nicht, Roman!«

»Entspann dich und hör vor allem auf, von meiner Schwester und ihrer Ex zu sprechen, sonst ist hier gleich tote Hose!«

Roman ignorierte meinen Muskelkater und nach einiger Zeit begann es, dass mich selbst der Kater nicht mehr störte, weil mich sämtliche Gefühle übermannten und ich nur noch die Nähe zu ihm genoss.

Leicht verschwitzt lagen wir nebeneinander, als plötzlich die Weckfunktion von seinem Handy losging und uns daran erinnerte, dass nun Schluss mit Zweisamkeit im Bett war.

»Musst du auch gleich los?«, fragte ich ihn.

»Ja. Um zehn Uhr treffe ich mich mit den Jungs und dann fahren wir zu einem Drehort, wo ein Auto explodieren soll.«

Ich kuschelte mich noch einmal an ihn. »Hört sich spannend an.«

Als die Weckfunktion nach weiteren zehn Minuten wieder anfing uns mit einem unangenehmen Ton daran zu erinnern, dass wir endlich aufstehen mussten, stöhnten wir fast zeitgleich.

»Ich geh mal rüber und mache mich fertig. Sehen wir uns heute Abend?« Roman setzte sich auf und sah mich erwartungsvoll an. Ich nickte lächelnd.

»Gerne.«

Er zog seine Boxershorts unter der Bettdecke hervor, zog sie an, ebenso sein Oberteil, packte seine restlichen Sachen und grinste mich an. »Wie war ich, Bücherwurm?«

Ich griff lachend nach meinem Kopfkissen und wollte ihn damit bewerfen. Allerdings schafften meine Arme es nicht, das Kissen auch nur in die Nähe von ihm zu katapultieren. Roman hob lachend den Zeigefinger, zwinkerte mir ein letztes Mal zu, dann verließ er meine Wohnung.

Ich legte mich zurück und sah lächelnd zur Zimmerdecke. In diesem Moment hätte ich nicht glücklicher sein können. Alles war perfekt. Beinahe zu perfekt …

Nachdem ich es geschafft hatte, mich zu duschen und anzuziehen, saß ich in meiner Küche und genoss den ersten Kaffee an diesem Tag. Eine halbe Stunde durfte ich noch sitzen bleiben, ehe ich zur Buchfabrik fahren musste. Auf Frühstück verzichtete ich an diesem Morgen, die Schmetterlinge, seitdem die Sache zwischen mir und meinem Nachbarn lief, waren inzwischen so zahlreich, dass es keinen Platz mehr für Nahrung in meinem Magen gab. Die Schmerzen ignorierte ich weiterhin. Ich begrüßte sie teilweise sogar, weil sie mich daran erinnerten, dass ich den Klub verlassen und jetzt einen Partner hatte. Wobei das Wort Partner noch nicht so ganz passte. Aber für mich fühlte es sich so an. Jedenfalls war es der Grund dafür, dass ich gar nicht mehr mit lächeln aufhören konnte.

Ich entschied mich bewusst für Winterstiefel, in die man ohne großen Aufwand reinschlupfen konnte, und verließ dick eingepackt – draußen schneite es wieder – meine Wohnung.

Die Fahrt bis zur Buchfabrik lief besser als erwartet. Es war, als hätten sich alle Autofahrer nun an glatte Straßen gewöhnt. Pünktlich um zehn vor zehn schloss ich die Türe, die zum Hintereingang gehörte, auf.

Esther war schon da, jedoch sah ich kein einziges Lächeln in ihrem Gesicht, was mich sehr wunderte. Das Weihnachtsgeschäft lief von Tag zu Tag besser und wir konnten uns kaum noch vor Kunden retten.

Aber selbst das besorgte Gesicht meiner Chefin konnte meiner Laune, meiner verliebten Laune, nichts anhaben.

»Guten Morgen. Ist alles gut bei dir?«

Noch während sie mir ebenfalls einen guten Morgen wünschte, schüttelte sie dabei energisch den

Kopf. Wir gingen in unseren Aufenthaltsraum und ich machte uns zwei Kaffee, während Esther sich setzte und immer noch mit dem Kopf schüttelte.

»Ich habe dir doch von der Hochzeit erzählt, erinnerst du dich? Letzten Samstag.«

Gut … wie könnte ich mich daran nicht erinnern.

»Äh … ach ja, stimmt. Die Hochzeit«, sagte ich, als müsse ich erst nachdenken.

»Marvin, der Bräutigam, wurde von seiner frischgebackenen Ehefrau erwischt, wie er mit einer anderen im gemeinsamen Ehebett lag und unanständige Sachen gemacht hat. Kannst du dir das vorstellen? Da heiratest du den Mann deiner Träume und erwischst ihn, weil du dein Portemonnaie vergessen hast und noch mal nach Hause fährst, mit einer anderen. Nur drei Tage nach der Hochzeit. Ist doch nicht zu fassen. Und jetzt kommt das Schlimmste an der Geschichte. Die Frau, mit der er im Bett gelegen hat, war die Cousine der Braut. Kannst du dir das vorstellen? Ist doch Wahnsinn!«

Das, was Esther mir da erzählte, war dann doch ein Grund, nicht mehr lächeln zu können. Ich legte den Kopf schief, als habe ich nicht verstanden, was sie da erzählte. »Mit … mit der Cousine?«, fragte ich stotternd und ein bisschen mit der Hoffnung, dass ich es in jedem Falle falsch verstanden hatte.

»Mit der Cousine. Im Bett, ne? Im Ehebett! Nackt! Beide! Also Marvin, ihr Ehemann mit der Cousine.«

Ich war fassungslos. Es konnte sich nur um Lin handeln. Um keine andere.

Ich reichte Esther eine Tasse Kaffee, nahm meine in die Hand und trank nachdenklich. Nun schüttelte auch ich unentwegt den Kopf. Ich würde Lin in der Mittagspause anrufen und sie fragen, was da los war.

»Und jetzt? Was ist jetzt? War das nur ein Ausrutscher von ihm?«

»Ne. Katja trennt sich jetzt. Sie zieht noch heute aus. Ob Marvin mit der Cousine jetzt zusammen ist, weiß ich nicht.«

»Das ist ja nicht zu fassen«, entfuhr es mir, gleichzeitig sehnte ich die Mittagspause herbei, weil ich dringender denn je mit Lin sprechen musste.

»Du sagst es. Welche Bedeutung hat Ehe heute überhaupt noch für junge Menschen?«

Ich stellte meine Tasse in die Spüle. »Es sind nicht alle Männer so, Esther. Du kannst das nicht pauschalisieren. Es gibt noch die wahre Liebe. Bestimmt sogar.«

Wieder standen um zehn Uhr einige Kunden vor der Tür, die darauf warteten, dass wir öffneten. Ein Kunde war kein geringerer als Viola. Ich biss mir auf die Unterlippe, als ich sie erkannte, und versuchte in ihrem Gesicht zu lesen, ob sie am Boden zerstört war, da sie natürlich Wind von der Sache mit Marvin und Lin bekommen hatte. Aber zu meiner Überraschung sah sie ganz zufrieden aus.

Ich schob Viola in eine Ecke und sagte ihr, sie solle warten, bis ich die Kunden bedient hatte, dann machte ich mich an die Arbeit.

Viola hatte geduldig über eine halbe Stunde verschiedene Bücher angeschaut, ehe es endlich ruhiger wurde, Esther den letzten Herrn bediente und ich mich ihr zuwenden konnte.

»Viola, was kann ich für dich tun?«, fragte ich und versuchte irgendein Zeichen in ihrem Gesicht zu finden, das Ausdruck von Fassungslosigkeit war, weil ihre Partnerin mit einem Mann geschlafen hatte. Einem verheirateten Mann!

»Hör mal, Lisa, du kennst doch Nadja, oder?«

»Äh … ja. Ja. Kenne ich.«

»Meinst du, du könntest mir die Nummer von ihr geben?«

Diese Frage war es, die mich endlich normal reagieren ließ. Ich hatte auf dieses Versteckspiel keine Lust. »Viola! Ich weiß Bescheid. Du brauchst dich nicht verstellen.«

»Hä? Ich wollte doch nur die Nummer von Nadja!«

Verdrängung. Klassische Verdrängung, was jetzt hier bei Viola passierte. Ich nahm sie kurzerhand in den Arm. »Lass es einfach raus, Viola. Ich kenne den Schmerz.«

»Ich habe keine Schmerzen!«, verteidigte sie sich und schob mich weg. Ich sah sie erstaunt an.

»Du bist hier, wegen der Sachen mit Lin und Marvin, oder?«

»Was für ein Marvin? Pass auf, Lisa, ich verspreche dir, dass ich mit Lin reden werde. Aber ich kann nicht mehr mit ihr zusammen sein. Es geht nicht mehr. Ich habe deutlich gespürt, als ich Nadja wiedergesehen habe, dass ich im Grunde gar keine Gefühle mehr für Lin habe und das auch schon länger. Mir tut das auch leid, aber ich kann nicht mehr. Ich hätte schon längst Schluss machen sollen.«

Viola schaute mich erwartungsvoll an, fuhr sich ab und zu durch ihre kurzen schwarzen Haare und wartete auf meine Reaktion. Ich war ziemlich sprachlos und versuchte verzweifelt, irgendetwas zu sagen, das meine Fassungslosigkeit überdeckte.

»Und was ist mit dem Femi-Klub?«

Viola stöhnte. »Seit über einem halben Jahr versuche ich, auszutreten. Aber immer, wenn ich es mir vornahm, hat mich der Mut verlassen. Und jetzt kann ich es nicht mehr, weil Pamela sonst ganz allein wäre. Egal jetzt. Könntest du mir denn die Nummer geben?«

Eine Kundin betrat die Buchfabrik, Esther war wieder im Büro. »Ich bin sofort für Sie da, kleinen Moment bitte«, sagte ich in ihre Richtung und wendete mich wieder Viola zu. »So, dann kann ich es ja jetzt sagen. Nadja wollte auch deine Nummer haben. Sie hat heute Morgen ihren Bruder angerufen und mir bestellen lassen, dass ich ihr bitte deine Nummer gebe.«

»Der Pyrokrat ist ihr Bruder, oder? Der war damals in den USA.« Viola sah glücklich aus, und bevor ich die Kundin noch länger warten lassen musste, schnappte ich mir mein Handy, das hinter der Theke lag, scrollte kurz durch meine Kontakte und schrieb die Nummer von Nadja auf. Dann reichte ich Viola den Zettel. Freudestrahlend nahm sie ihn entgegen.

»Und was war jetzt mit Lin?«, fragte sie, knickte den Zettel und steckte ihn in ihre Tasche. Ihr Gesichtsausdruck sah danach aus, als würde es sie nicht wirklich interessieren. Ich winkte ab. »Da fragst du sie besser selbst. Ich … ich muss mal bedienen. Grüß Nadja von mir.«

Ich begleitete Viola noch bis zur Tür.

»Vielen Dank, Lisa«, flüsterte sie und verließ die Buchfabrik.

Endlich konnte ich mich der Kundin zuwenden, zwei weitere kamen ebenfalls in den Laden.

»So, wie kann ich Ihnen denn weiterhelfen?«

#zweiundzwanzig

Dieser Vormittag war mit Abstand der beste seit Langem gewesen. Ich hatte allein dreizehn Bücher und mehrere Kaffeebecher verkauft und ich freute mich, dass Esther trotz der schrecklichen Nachricht bezüglich des Bräutigams und Lin, wieder ein Lächeln im Gesicht trug. In der Mittagspause ließ ich Esther und die Buchfabrik allein, da ich immer noch keine Geschenke für meine Eltern und Hermann hatte und dieses Jahr wollte ich unbedingt auch eins für Roman besorgen. Eine kleine Aufmerksamkeit. Von mir. Von einem Abenteuer. Irgendwann, im nächsten Jahr vielleicht, würde ich das Thema unweigerlich ansprechen müssen. Ich nahm mir vor, es ganz vernünftig zu erklären. Ich sei einfach keine Frau für ein Abenteuer und mit über dreißig wurde es auch schon Zeit, an die Zukunft zu denken. Ich war einfach zu alt, um ein Abenteuer zu sein.

Meinem Vater konnte man immer eine Freude machen, in dem man ihm eine Schallplatte schenkte. Er liebte seine alte Anlage und hörte Musik ausschließlich auf diesem Gerät, obwohl der Klang wirklich zu wünschen übrigließ. Es gab einen Laden in der Stadt, in dem man aus über fünfhundert Schallplatten fündig werden konnte und so entschied ich mich für eine Platte, die bestückt mit Songs von Elvis war. Für meine Mutter fand ich einen schönen Einkaufskorb, den ich mit allerhand Säften und Süßigkeiten füllte. Dann kam ich durch Zufall an einem Hariboladen vorbei und mir kam sofort die Idee, Roman eine große Tüte nur mit roten Gummibärchen zu füllen. Erfreut sah ich, dass Haribo inzwischen auch nach Farben sortierte Gummibärchen verkaufte, die Vorstellung wahllos eine Monstertüte zu füllen und dann auch noch nur die Roten auszusortieren, brachte mich nämlich leicht ins Schwitzen.

Zu guter Letzt kaufte ich für Hermann eine neue Lupe, denn seine hatte einen Riss. Das war mir das letzte Mal, als ich bei ihm war, aufgefallen.

Nach einer Stunde kehrte ich zurück. Esther hatte gut zu tun und ich legte meine Einkaufstasche sofort hinter die Theke und bediente ebenfalls Kunden.

Der Muskelkater hatte sich widererwartend als nicht ganz so schlimm herausgestellt, wie ursprünglich angenommen. Trotzdem freute ich mich auf den Feierabend vor allem aber auf Roman. Was wir heute Abend machen wollten, wusste ich nicht. Aber ich spürte, dass ich selbst dafür ein gutes Buch sausen lassen würde, nur um mit ihm zusammen zu sein.

Die Abrechnung am Abend sprengte jegliche Abrechnungen zuvor. Wir hatten knapp über tausend Euro eingenommen und immerhin hatten wir noch vor dem Heiligen Abend zweieinhalb Tage, an denen wir verkaufen konnten. Ich hatte Esther versprochen, ebenfalls zwischen den Tagen arbeiten zu kommen, denn Fred würde erst im Januar wiederkehren und dann durfte ich meine Überstunden abfeiern. Insgeheim hoffte ich, Roman könnte sich auch im Januar einige Tage freinehmen, um sich besser kennenzulernen.

»Lisa? Du warst heute wirklich großartig. Du wirst immer besser darin, kundenorientiert zu arbeiten! Ich bin stolz auf dich.« Esther lächelte mich breit an, als wir uns die Jacken anzogen.

»Danke. Ich gebe mir auch wirklich Mühe.« Von Esther ein Kompliment zu bekommen, gerade wenn es um Kunden ging, war wertvoll. Umso mehr freute ich mich darüber.

»Du sahst heute auch irgendwie anders aus«, bemerkte sie und schaltete das Licht im Aufenthaltsraum aus.

»Anders? Wie meinst du das denn?«

»Glücklicher.«

Ich spürte, dass sich meine Wangen rot verfärbten.

»Ich habe jemanden kennengelernt«, flüsterte ich lächelnd. Wir gingen zum Hintereingang.

»Du hast wieder einen Freund?«

Ein Abenteuer.

»Ist noch nicht so ganz raus, aber es läuft gut.«

Wir verließen die Buchfabrik und stapften durch den Schnee, der erneut am Nachmittag gefallen war und den freigeschaufelten Parkplatz wieder in eine weiße Landschaft verwandelt hatte.

»Dann freue ich mich, wenn du ihn mir irgendwann vorstellst. Wie heißt er denn?«

Ich lachte, während Esther und ich beide damit beschäftigt waren, unsere Autos von Schnee zu befreien.

»Roman.«

»Also, wenn das nicht ein Zeichen des Schicksals ist. Ich freue mich sehr für dich, Lisa!«

Unsere Autos waren endlich frei.

»Vielen Dank, Esther. Bis Morgen dann. Morgen verkaufen wir bestimmt noch mehr als heute.«

Sie hob noch einmal lachend die Hand, dann stiegen wir in unsere Wagen und machten uns auf den Heimweg.

Schon am Morgen hatte ich mir vorgenommen, an diesem Abend kurz bei Hermann vorbeizuschauen und zu fragen, ob er noch irgendetwas benötigte. Ich fühlte mich schlecht, hatte ich in letzter Zeit doch kaum mit ihm zu tun gehabt, weil ich ständig unterwegs war. Überwiegend mit dem Klub, aber das würde sich von nun an ändern. Definitiv. Seit Langem fühlte ich mich nicht mehr so glücklich, wie jetzt, zum Ende des Jahres. Ich blickte in eine sonnige Zukunft und hoffte sehr, dass Roman Teil der Zukunft sein würde. Ich hatte ein gutes Gefühl.

Ich hatte bereits zwei Mal bei Hermann geklingelt und lauschte angestrengt, ob ich die Schritte des alten Mannes hörte. Nach endloser Zeit vernahm ich Geräusche. Dann öffnete er.

»Guten Abend, Hermann, ich wollte fragen, wie es dir geht«, sagte ich in einer Lautstärke, die er gut verstehen konnte. Er sah müde aus. Sein Körper war noch mehr gebeugt als sonst und er stützte sich auf seinen Stock so stark ab, dass ich Sorge hatte, er würde jeden Moment umkippen.

»Lisa, schön, dass du mich besuchen kommst.«

Ich trat ein, schloss hinter mir die Tür und stützte Hermann, bis wir bei seinem Sessel angekommen waren.

»Hast du heute was gegessen? Kam dein Mittagessen pünktlich?«, fragte ich, zog meine Jacke aus, legte sie über die Armlehne des Sofas und setzte mich.

»Gegessen habe ich.«

Ich beugte mich etwas nach vorne und sah den alten Mann an. »Kommt deine Familie am Heiligen Abend zu dir?«

Er nickte. »Ja, die kommen.«

»Darf ich dich dann am zweiten Feiertag besuchen kommen? Ich könnte für uns kochen und wir könnten danach Gedichte lesen. Das macht man Weihnachten ja so, oder?«

Ein Lächeln huschte über sein Gesicht. »Ja. Das macht man Weihnachten so.«

Hermann war ein ehemaliger Bibliothekar und letztlich war es die Liebe zur Literatur, die uns zusammengebracht hatte. Sein Wohnzimmer sah ähnlich aus wie meins. Bücherregale reichten schon nicht mehr und so stapelten sich unzählige Wälzer in jeder freien Ecke.

»Was ist mit dem jungen Mann?«, fragte er nach einer ganzen Weile, die wir nur schweigend dagesessen hatten.

»Wen meinst du?«

»Der so freundlich war und für mich eingekauft hatte.«

»Roman heißt er.«

»Roman?«

Ich lachte. »Hermann, du musst den Namen auf dem O betonen. Roman.«

»Aha. Roman also.« Der alte Mann sah mich fragend an.

»Ich mag ihn gerne. Er ist sehr nett«, sagte ich deshalb. »Seid ihr ein Paar?«

»Ich weiß nicht. Aber ich wünsche es mir sehr.«

»Das wünsche ich mir auch. Weihnachten gehen alle Wünsche in Erfüllung. So ist es.«

Ich kratze mich verlegen am Ohr. »Ja. So ist es. Hast du denn auch einen Wunsch?«

Hermann atmete tief ein und wieder aus. »Schlafen. Ich wünsche mir, schlafen zu können.«

»Hermann, soll ich dir helfen? Soll ich dich bis zum Bett bringen?«

Er nickte dankbar. Ich stand auf, ging zu ihm und half ihm, aufzustehen. Dann gingen wir Schritt für Schritt zu seinem Schlafzimmer. Er setzte sich auf seine Matratze. Ich half ihm die Pantoffeln auszuziehen und stellte sie so vor das Bett, dass es für ihn ein Leichtes sein würde, am nächsten Morgen wieder hineinzuschlüpfen. Dann half ich ihm, sich auszuziehen. Als er sich hingelegt hatte, schwang ich die Bettdecke über ihn.

»Das ›*Abendlied*‹ von ›*Goethe*‹, das möchte ich gerne an Weihnachten hören«, sagte er müde.

»Das ist so traurig, Hermann. Lass uns lieber das Gedicht mit den Fröschen lesen oder das mit der Blume, die nicht gebrochen werden will. *Goethe* hat so viele schöne Sachen geschrieben.«

»Ja. Das hat er.«

Ich wollte mich gerade abwenden, um das Licht auszuschalten, da hielt er mich am Handgelenk fest. Ich sah ihn fragend an.

»Von allen Enkeln, die ich habe, bist du mir die Liebste, Lisa.«

Ich küsste ihn auf den Handrücken und lächelte ihn an. »Schlaf jetzt. Morgen ist ein neuer Tag, Hermann.«

Er schloss die Augen und nickte dabei. Ich schaltete das Licht aus, ging ins Wohnzimmer und schaltete auch dort die Lampen aus. Dann verließ ich nachdenklich Hermanns Wohnung und ging nach oben.

Als ich meine Wohnung betrat, stach mir gleich der weiße Zettel, der am Boden lag, ins Auge. Ich bückte mich und hob ihn auf, noch bevor ich die Türe hinter mir schloss.

> Ich musste noch mal kurz weg.
> Bin um zwanzig Uhr zurück. Sehen wir uns dann? Roman.

Lächelnd schloss ich die Tür, hängte meine Jacke auf und stellte die Tüte mit den Geschenken für meine Eltern, Hermann und Roman in die Küche. Dort nahm ich mir ebenfalls einen Zettel.

> Sehr gerne. Kommst du zu mir,
> wenn du wieder da bist? Lisa.

Ich überlegte kurz, ob ich noch ein Herz dazu malen sollte, verwarf die Idee jedoch sogleich, da ich es etwas übertrieben fand. Und solange noch nicht eindeutig geklärt war, ob ich nun *nur* ein Abenteuer oder doch etwas mehr war, wollte ich nicht übertreiben.

Ich huschte in den Flur und schob den Zettel unter seiner Türe durch. Dann ging ich zurück und würde die letzte halbe Stunde, die mir noch blieb, ehe Roman kam, nutzen, einen heißen Kakao zu trinken und noch etwas zu lesen.

Ich schreckte hoch, als ich ein Geräusch vernahm. Schnell steckte ich ein Lesezeichen in mein Buch und ging in den Flur. Ich musste augenblicklich lächeln. Wieder lag ein Zettel da. Ich bückte mich und hob ihn auf.

Lässt du mich rein?

Lachend öffnete ich die Tür. Roman stand da, mit einem riesigen Pizzakarton in der Hand.

»Ich habe uns eine Pizza mitgebracht.« Er grinste mich an, und wie er so dastand, mit einem lässigen V-Ausschnittpullover, der den Blick auf das Tattoo mit den Flammen freigab, bekam ich Hunger auf anderes.

Ich öffnete die Tür ganz, damit er hereinkommen konnte. »Also, ich wusste ja nicht, was du magst, da habe ich eine Pizza kreiert, die acht verschiedene Beläge bereithält.« Er ging in die Küche, legte mein Buch zur Seite und stellte den Karton auf den Tisch.

»Du hast die kreiert?«

Er fasst mein Kinn zwischen Daumen und Zeigefinger, streichelte mir kurz über die Lippen. Seine Hand glitt weiter in meinen Nacken und zog mich zu sich, um mich züchtig zu küssen. Es war ungewohnt für mich und ich musste dem Drang widerstehen, so anziehend ich ihn auch fand, zurückzuweichen. Etwas irritiert über seine Geste und meine Reaktion, holte ich Gläser aus dem Schrank und stellte eine Flasche Wasser auf den Tisch.

»Die Pizzeria gehört einem Freund von mir. Und da darf ich schon mal in der Küche helfen. War viel Arbeit, also hoffe ich, du findest etwas, das dir schmeckt«, sagte er, setzte sich und zwinkerte mir zu.

»Du hättest dir nicht so viel Arbeit machen brauchen, ich bin völlig unkompliziert, was Essen betrifft. Ich esse alles.«

Roman klatschte einmal in die Hände. »Noch ein Pluspunkt, Bücherwurm. Du wirst mir immer sympathischer.« Er öffnete den Karton. »Bediene dich bitte.«

Ich nahm mir nachdenklich ein Stück und biss sofort hinein. Es schmeckte köstlich.

»Für ein Abenteuer habe ich also schon ein paar Pluspunkte für dich?«, fragte ich mit vollem Mund. Roman hatte sich ebenfalls ein Stück genommen und biss lächelnd ein Stück ab. »Ich habe dir nie den Titel

›Abenteuer‹ gegeben. Das hast du gesagt«, nuschelte er mit vollem Mund.

»Was bin ich sonst für dich? Nur der nette Bücherwurm?«

Roman grinste. »Na ja, wir kennen uns noch nicht so gut. Du bist meine Nachbarin, du bist ein Bücherwurm, du warst in einem fragwürdigen Klub Mitglied, du kannst überhaupt nicht Poledance und du bist völlig unkompliziert, wenn es ums Essen geht.«

Wie er mich ansah, als er all das sagte, war sehr süß. Fast lieblich. Ich wurde mal wieder rot.

Wir aßen einige Zeit still die Pizza, sahen uns ab und zu an, lächelten, ehe wir wieder auf den Karton vor uns starrten. Die Frage nach: Was ist das hier zwischen uns beiden, traute ich mich nicht mehr zu fragen und letztlich wollte ich einfach nur die Zweisamkeit genießen. Mehr nicht.

Wieder schlief Roman bei mir, wieder konnten wir nicht die Finger voneinander lassen und wieder war es so, dass wir den Wecker am nächsten Morgen einige Male ignorierten. Als wir dann beim Frühstück saßen, fragte ich ihn nach dem Weihnachtsfest. Zwar hatte ich mitbekommen, wie er zu seiner Schwester gesagt hatte, dass sie gemeinsam zu den Eltern fahren würden, aber mir hatte er nichts gesagt.

»Nadja und ich verbringen immer eine Woche bei unseren Eltern. Wir fahren am Vierundzwanzigsten morgens hin und kommen am Dreißigsten wieder. Es lohnt sich sonst nicht. Es sind knapp vierhundert Kilometer. Und was machst du?«

Ich trank erst einen Schluck Kaffee, ehe ich antwortete. »Ich bin am Vierundzwanzigsten und am Fünfundzwanzigsten bei meinen Eltern. Den zweiten Weihnachtsfeiertag bin ich immer hier. Ich werde zu Hermann gehen, damit er nicht so allein ist und für uns kochen.«

Ich erschreckte, als Roman laut »Ha«, sagte. »Das weiß ich auch schon von dir. Du hast ein wirklich großes Herz und ich finde es ganz wundervoll von dir, dich um den alten Mann hier im Haus zu kümmern.«

»Ach, das würden andere auch machen. Seine Kinder kommen zwar Weihnachten, aber aus Erfahrung kann ich dir sagen, dass sie nie lange bleiben. Ich glaube, Hermann ist oft einsam. Er tut mir richtig leid. Er ist für mich wie ein Großvater. Ich hatte leider keinen mehr, den ich kennenlernen durfte. Deswegen freue ich mich, wenn ich Hermann etwas helfen und Gesellschaft leisten kann.«

Roman streckte den Zeigefinger aus und richtete ihn auf mich. »Du bist ein guter Mensch!«

Ich lächelte verlegen.

»Und Silvester machst du was, wenn du nicht gerade versuchst, ein Feuerwerk zu verhindern?«

Ich haute ihm locker auf den Arm und schüttelte lachend den Kopf. Dann wurde ich ernst. »Ich sitze da auf meiner Fensterbank und sehe dem wunderschönen Feuerwerk zu, das du veranstaltest.«

Roman drehte sich zum Fenster um. »Ja. Von da aus hast du einen wirklich guten Blick auf das Hotel und die Altstadt.«

»Wie lange richtest du das Feuerwerk für dieses Hotel schon aus?«

Er drehte sich wieder zu mir und überlegte. »Dieses Jahr das vierte Mal.«

»Dann habe ich dir und deinem Werk schon ganze drei Mal zugesehen und mich immer wieder gefragt, wer diesen zauberhaften Goldregen macht. Ich liebe ihn. Ich liebe Feuerwerk. Es ist für mich das schönste am ganzen Jahr. Das Highlight zum Schluss.«

»Den Goldregen findest du am schönsten?«

»Ja. Da bekomme ich Gänsehaut nur vom Zusehen.«

Roman nickte. »Gut zu wissen.« Er zwinkerte mir zu.

#dreiundzwanzig

Dann war er da. Der Vierundzwanzigste. Ich hatte meine Sachen für eine Übernachtung bei meinen Eltern gepackt und überlegte, wann ein guter Zeitpunkt wäre, Roman sein kleines Geschenk zu überreichen. Ich wollte es ihm persönlich geben. Dann, wenn wir wieder Zeit füreinander hatten.

Ich war gerade damit beschäftigt, die Küche sauber zu machen, damit mich kein Schmutz überraschte, wenn ich wieder nach Hause kam, als es an der Tür klingelte. Ich trocknete schnell meine Hände, dann lief ich in den Flur und öffnete.

»Ich wollte Auf Wiedersehen sagen.« Roman stand da, hinter ihm ein Koffer. »Aber Zeit für einen Kaffee hätte ich noch.«

»Na, dann komm rein!« Er kam auf mich zu, packte mich an den Hüften und zog mich zu sich. Wir küssten uns, wie immer, seitdem diese Verbindung zwischen uns war.

»Du fehlst mir jetzt schon«, nuschelte er mit seinen Lippen auf meinen.

»Du mir auch.« Ein kleiner Kloß nistete sich irgendwo in meinem Hals ein. Auf der anderen Seite freute ich mich wahnsinnig auf das Wiedersehen. Vorfreude war ja bekanntlich die schönste Freude.

Wir gingen in die Küche und ich bereitete uns zwei Kaffee zu.

»Roman, ich habe noch eine Kleinigkeit für dich. Aber, ich würde dir das gerne erst schenken, wenn wir wieder Zeit füreinander haben. Wann wäre das?«, fragte ich und starrte den Vollautomaten an.

»Also, ich komm ja am Dreißigsten wieder, allerdings kommen die Jungs abends zu mir, damit wir alles für das große Feuerwerk planen können. Ist wichtig dieses Jahr. Die Presse wird wieder da sein und es wird live im Fernsehen übertragen. Aber ich könnte am Einunddreißigsten kurz vorbeikommen.«

Der Kaffee war fertig und ich balancierte beide Tassen vorsichtig zum Küchentisch.

»Ja, schön. Dann am Einunddreißigsten. Ich freue mich.« Dass ich etwas enttäuscht war, versuchte ich mir nicht anmerken zu lassen.

»Ist mein Job, Bücherwurm.« Während er das sagte, packte er mein Kinn wieder zwischen Daumen und Zeigefinger und hob meinen Kopf an, damit ich zu ihm sah. Ich nickte und biss mir zeitgleich auf die Unterlippe. »Ja. Ich weiß. Ich … ich freue mich einfach, wenn wir Zeit miteinander verbringen können«, sagte ich als Erklärung für meine Enttäuschung.

Er ließ mein Kinn los und trank seinen Kaffee. Ich tat es ihm gleich. »Im Januar wird es ruhiger. Da habe ich nur ein paar Aufträge fürs Fernsehen.«

Der Abschied fiel mir schwer, obwohl es ja nur sechs Tage waren, die wir uns nun nicht sahen. Und auch ich würde einige davon abgelenkt sein und nicht ständig an ihn denken müssen, da ich ja selbst zwei Tage außer Haus war und zwischen den Tagen arbeiten musste.

Am Nachmittag dann fuhr ich zu meinen Eltern. Sie freuten sich wie immer sehr, auch wenn des Öfteren betont wurde, dass es so langsam mal Zeit für einen Partner würde. Sie wünschten sich Enkelkinder. Über Roman erzählte ich nichts, denn ich wollte erst abwarten, wie es weiter zwischen ihm und mir lief. Hinterher machten sich meine Eltern Hoffnung und dann wurden sie enttäuscht, wenn ich sagen musste, dass es einfach nicht der richtige Mann für mich sei.

Das Weihnachtsfest lief wie immer ab. Meine Mutter spielte auf dem Klavier, mein Vater und ich sangen dazu, danach nahmen wir uns alle in den Arm, setzten uns, tranken Wein und überreichten uns die Geschenke. Trotzdem, dass ich Roman wirklich sehr vermisste, tat mir der kleine Abstand gut. Ich hatte das Gefühl, alles war viel zu schnell gegangen, sodass ich mir gar keine Gedanken machen konnte. Doch so sehr ich mich bemühte, vernünftig über ihn nachzudenken, desto mehr schien ich ihn zu vermissen. Die Schmetterlinge in meinem Magen waren in Zahlen schon nicht mehr auszudrücken, wenn ich an den Einunddreißigsten dachte, und wir uns zumindest kurz sehen würden. Ich spürte genau, zumindest bei meiner Mutter, dass sie irgendetwas zu ahnen schien. Sie sah mich des Öfteren fragend an, dann schmunzelte sie meist und streichelte mir liebevoll über den Rücken. Nur mein Vater bekam nichts mit, wie immer. Er war für solche Feinheiten einfach nicht gemacht und ich nahm ihm das keinesfalls übel. Im Gegenteil.

Als meine Mutter am ersten Feiertag leise fragte, ob sie denn wenigstens den Namen erfahren könnte, der mir so oft ein verliebtes Lächeln ins Gesicht zauberte, verriet ich ihn ihr. Jedoch mit dem Hinweis, dass noch gar nicht so richtig klar war, was da zwischen Roman und mir einherging. Sie nickte lächelnd und küsste mich schnell auf die Wange. Sie freute sich. Ich wusste, dass es ihr sehr schwergefallen war, zu wissen, dass ich wieder allein war und keinen Partner hatte.

So schön es bei meinen Eltern gewesen war, ich freute mich, als ich wieder in meinem Auto saß und nach Hause fahren konnte. Heute Abend würde ich es mir in gemütlichen Klamotten auf der Couch bequem machen und mein Buch weiterlesen. Morgen würde ich mich ausschließlich um Hermann kümmern, danach würde mich die Arbeit in der Buchfabrik ablenken. Zwischen den Tagen kamen viele Kunden überwiegend deswegen, weil sie Geschenke umtauschen wollten.

Meine Eltern hatten mir einen sündhaft teuren Poncho gekauft, außerdem noch Kuschelsocken und einen Wollpullover. Die Socken als auch der Pullover würden an diesem Abend ihren ersten Einsatz haben.

Glücklicherweise hatte es nicht noch mehr geschneit, sodass die Straßen weitestgehend frei waren als ich nach Feierabend nach Hause fuhr.

Mit klappernden Zähnen öffnete ich den Kofferraum und holte die Tüte mit meinen Geschenken und meine Tasche heraus, nachdem ich aus dem warmen Auto ausgestiegen war. Ich verschloss mein Auto und musste einige Meter laufen, ehe ich endlich die Haustüre aufschließen konnte. Im Haus war alles still. Ich schaltete das Licht an und lief nach oben.

Erleichtert atmete ich auf, als ich endlich zu Hause war. Meine erste Amtshandlung war, überall die Heizung aufzudrehen, denn mir war schrecklich kalt.

Nur eine Stunde später saß ich mit einer heißen Schokolade, in Jogginghose, neuem Pullover und Kuschelsocken an den Füßen auf meinem Sofa, trank, aß dazu ein paar Plätzchen, die meine Mutter mir eingepackt hatte, und war in mein Buch vertieft.

Bis spät in die Nacht hatte ich gelesen, bis mir fast die Augen zufielen und ich es nur noch schaffte, ins Bett zu huschen. Ich schlief augenblicklich ein.

Am nächsten Morgen duschte ich mich ausgiebig, zog mir schöne Sachen an, weil ich wollte, dass Hermann den Eindruck bekam – und es war ja auch so – ich habe mich nur für unser kleines Fest so hübsch gemacht.

Freudig packte ich die Lupe in schönes Geschenkpapier ein, dann verließ ich um zwölf Uhr meine Wohnung und lief beschwingt nach unten zu Hermann. Ich klingelte und lauschte. Ich hörte nichts. Erneut klingelte ich und wäre vor Schreck fast nach hinten gefallen, als die Türe ruckartig geöffnet wurde.

»Ja?« Ein junger Mann stand da und sah mich mit großen Augen an.

»Ich ... also ich war mit Hermann verabredet. Ist er da?« Ich warf vorsichtig einen Blick an dem Mann vorbei und sah einige Personen durch den Flur laufen.

»Mein Opa ist gestorben.«

Ich löste den Blick von den Menschen in Hermanns Wohnung und sah den jungen Mann völlig entsetzt an. »Wie … wie bitte?«

Der Mann drehte sich um und blickte in die Wohnung. »Papa, kommst du mal?«

Ein älterer Herr kam, der Hermann sehr ähnlich sah. »Wie kann ich helfen?« Der junge Mann verschwand in der Wohnung. »Ich war mit Her … mit …« Mir schossen so schnell die Tränen in die Augen, dass ich den Satz nicht zu Ende sprechen konnte.

»Mein Vater ist vorgestern verstorben. Er ist einfach nicht mehr wach geworden.«

Ich versuchte zu nicken, doch nichts funktionierte mehr. Hermanns Wunsch, schlafen zu können, war in Erfüllung gegangen. Denn an Weihnachten, wie er sagte, ging jeder Wunsch in Erfüllung. Ich hatte es am letzten Abend, als ich ihn zu Bett gebracht hatte, nur nicht richtig verstanden. Ich dachte, er sei nur an diesem Abend müde und er wollte einschlafen, um am nächsten Tag wieder wach zu werden.

Ich holte tief Luft und wischte mir die Tränen aus dem Gesicht. »Mein Beileid«, brachte ich gebrochen hervor.

»Sind Sie Lisa?«

Ich nickte. Mein Kinn hörte gar nicht mehr auf mit zittern.

»Dann hat mein Vater Ihnen etwas vererbt.«

Ich winkte ab, denn es stand mir nicht zu, etwas von Hermann zu bekommen.

»Doch. Sie müssen es annehmen. Ist im Testament so festgehalten. Seine Büchersammlung der großen Dichter. Die Erstauflagen. Sie wissen, dass die sehr wertvoll sind? Offensichtlich meinte mein Vater, Sie hätten diesen Schatz am ehesten verdient. Wie auch immer. Ich bringe die Bücher zu Ihnen rauf. Wenn Sie mich jetzt bitte entschuldigen? Wir müssen die Wohnung schließlich ausräumen.«

»Ja. Ist gut. Ist gut«, kam es nur noch flüsternd über meine Lippen. Ich drehte mich um und hörte, wie Hermanns Wohnungstür ins Schloss fiel.

Ein unglaublicher Schmerz breitete sich in mir aus, als ich wieder in meiner Wohnung war. Ich ging ins Schlafzimmer, ließ mich auf mein Bett fallen, vergrub mein Gesicht im Kopfkissen und weinte einfach.

Am späten Nachmittag vernahm ich Geräusche im Treppenhaus. Bisher hatte ich es noch nicht geschafft, aufzustehen. Aber ich nahm mir vor – und weshalb auch immer hatte ich das tiefe Gefühl, dass ich es dem alten Mann schuldig – am Abend das Gedicht von *Goethe* laut zu lesen. Denn das hatte sich Hermann gewünscht und sein Wunsch sollte erfüllt werden. Mein Abschied für ihn: Das ›*Abendlied*‹ von ›*Johann Wolfgang von Goethe*‹.

Irgendwann schaffte ich es, endlich aufzustehen. Draußen war es schon längst dunkel und von irgendwoher ertönte ein Weihnachtslied und Glöckchen erklangen im passenden Takt dazu. Ich lief in den Flur und spähte durch den Spion. Alles war dunkel. Ich öffnete meine Tür und der Lichtschein aus meiner Wohnung offenbarte die Geräusche, die ich am Nachmittag gehört hatte. Ein großer Karton, gefüllt mit unzähligen alten Büchern stand unmittelbar vor mir. Ich wusste, es waren die wertvollsten Bücher von Hermann. Bei vielen würde sich so manche große Bibliothek die Finger lecken. Ich zog den Karton zu mir und bis in mein Wohnzimmer. Dann lief ich zurück und schloss schnell meine Tür. Ich wollte niemanden mehr sehen und ich wollte keinen mehr hören. Vor allem nicht die Geier, die sich über Hermanns Sachen hermachten und mit Sicherheit den einen oder anderen Gegenstand, den der alte Mann sehr liebte, vernichteten.

Ich setzte mich und nahm vorsichtig eines der Bücher heraus. Die Blätter waren vergilbt und man hatte Angst, dass das Buch beim Umblättern der Seiten, einfach auseinanderfiel. Ich las nicht. Ich hielt es einfach in der Hand und betrachtete es. Nach einigen Minuten legte ich es vorsichtig wieder zurück.

Ich hatte das Gefühl, aufstehen zu müssen, mein Makeup zu überprüfen, mich wieder schön zurechtzumachen und dann zu kochen. Nur für mich und in

Gedanken für Hermann. Ich würde Kerzen anzünden und nach dem Essen die Gedichte von *Goethe* laut lesen. Jawohl. Für Hermann!

Gerade als ich dabei war, mit einem Wattestäbchen die verwischte Wimperntusche zu entfernen, hörte ich den Ton meines Handys, der signalisierte, dass eine WhatsApp eingegangen war.

Eine unbekannte Nummer.

> Erst jetzt kam mir die Idee, dass Nadja mir deine Nummer gibt. Ich hoffe, du hattest bisher schöne Weihnachten. Liebe Grüße von mir, Roman.

Noch mit Wattestäbchen in der Hand brach ich im Badezimmer heulend zusammen.

Es war ein Blitzgedanke. Den Tod eines lieben Nachbarn durfte man nicht am Telefon verkünden. Ich würde warten, bis Roman zurück war und es ihm dann sagen. Ich lehnte mich gegen die Wand und schrieb zurück.

> Weihnachten war wie immer schön. Liebe Grüße an Nadja, Lisa.

Zu mehr fühlte ich mich nicht in der Lage. Ich schaltete mein Handy aus, stand auf und ging in die Küche. Dort legte ich es in eine meiner Küchenschubladen. Ich wollte an diesem Abend nicht mehr durch irgendwelche Nachrichten abgelenkt werden. Dieser Abend sollte nur Hermann und mir gehören … und *Goethe*.

Ich hatte eine Tomatensuppe aus der Dose als Vorspeise, zum Hauptgang gab es Kartoffeln und Fischstäbchen, zum Nachtisch einen Fruchtjoghurt. Mehr hatte ich nicht im Haus. Ich deckte den Tisch in der Küche besonders schön und konnte es nicht lassen, auch einen Teller für Hermann hinzustellen. Mir tat es gut, zu denken, der alte Mann säße mit am Tisch. Als alles zubereitet war, fing ich mit der Suppe an. Ich aß bei Kerzenschein, damit es festlicher aussah. Immer wieder musste ich den Kloß nach unten drängen, da er drohte zu platzen und ich die Tränen dann hätte nicht mehr zurückhalten können. Ich war so unendlich traurig, dass Hermann nicht mehr da war.

Nach dem Essen, und viel hatte ich nicht essen können, räumte ich den Tisch ab, spülte und verstaute alles wieder in den Schränken. Dann ging ich ins Wohnzimmer. Auch dort machte ich viele Kerzen an. Ich suchte in den vielen Büchern von Hermann nach dem einen Besonderen, dass wir beide als das

Schönste und Beste erachtet hatten, fand es und zog es aus dem Karton. Gedichte von ›Goethe‹. Ich wusste genau, auf welcher Seite das Gedicht ›Abendlied‹ stand. Seite dreiundneunzig. Ich schlug jene Seite auf, dann packte ich das Geschenk, das ich Hermann geben wollte, aus und hielt die Lupe über das Gedicht, das mir jetzt groß entgegenprangte. Ich räusperte mich kurz, dann las ich.

»›*Abendlied. Über allen Gipfeln ist Ruh, in allen Wipfeln spürest du kaum einen Hauch; Die Vöglein schweigen im Walde. Warte nur, balde ruhest du auch.*‹«

Ich zog die Nase hoch, legte das Buch und die Lupe zur Seite und schloss die Augen. »Lieber Hermann. Wo du auch bist, ich hoffe, du fühlst dich jetzt wacher.« Mechanisch stand ich auf, blies alle Kerzen aus, dann schminkte ich mich im Badezimmer ab, zog mich aus und ging ins Schlafzimmer. Ich wollte schlafen. Einfach schlafen.

Dass ich am nächsten Morgen relativ pünktlich wach wurde, war ein Zufall. Ich hatte durch die ganze Trauer vergessen, mein Handy wieder einzuschalten und die Weckfunktion zu aktivieren. Schließlich musste ich arbeiten, auch wenn mir danach so gar nicht der Sinn stand. Am liebsten würde ich mich in meiner Wohnung verschanzen und in die Welt der Bücher flüchten. Aber das konnte ich Esther einfach nicht antun. Erfahrungsgemäß waren zwischen den

Tagen unendlich viele Umtausche oder aber Gutscheineinlösungen. Wir hatten so einige Gutscheine vor Weihnachten verkauft.

#vierundzwanzig

Die Arbeit in der Buchfabrik tat mir gut. Einmal war Lin gekommen und sie konnte von Glück sagen, dass Esther nicht wusste, wie die Neue vom Bräutigam aussah. Ich bin mir sicher, sie wäre auf Lin losgegangen, denn mit der Zeit hatte sie einen richtigen Hass auf die Affäre von Marvin entwickelt. Um nicht Gefahr zu laufen, dass Esther Lin doch noch erkannte, hatte ich sie schnell wieder weggeschickt und gesagt, ich würde sie die Tage mal anrufen. Lust dazu hatte ich nicht. Es interessierte mich überhaupt nicht, wie die Feministinnen nun lebten. Sie sollten mich alle in Ruhe lassen. Mehr nicht. Trotz dieser Einstellung brachte ich es nicht übers Herz, aus unserer WhatsApp Gruppe auszutreten. Ganz offensichtlich traute sich das keiner. Jeder war noch da. Aber es blieb still in der Gruppe. Zugegeben, ich hatte vor Weihnachten kurz die Überlegung, zumindest allen Ex-Mitgliedern ›Frohe Weihnachten‹ zu wünschen, aber letztlich hatte sich der Gedanke nicht durchgesetzt. Mit Roman schrieb ich öfter und auch Nadja hatte mir zwischenzeitlich so einige Nachrichten geschickt. Zwei Fotos waren auch dabei gewesen und die Information, dass sie Silvester gemeinsam mit Viola feiern wollte und somit war klar, dass Lin und Viola nicht mehr zusammen waren.

Ich bediente Kunden, so oft es möglich war und ich war erstaunt, als es plötzlich kurz vor Feierabend war. Hermanns Familie schien inzwischen alles aus der Wohnung geräumt zu haben. Es war absolut still. Sie hatten mir nicht mal gesagt, wo Hermann beerdigt werden sollte, geschweige denn wann. So stand fest, dass ich der Beerdigung nicht beiwohnen würde.

Dann war er da. Der Dreißigste. Ich war schon am Abend zuvor aufgeregt, weil ich mir fest vornahm, Roman abzufangen und ihm kurz zu erzählen, dass Hermann leider das Zeitliche gesegnet hatte. Ich wollte es ihm auf jeden Fall persönlich sagen. Das machte man so.

Auch an diesem Tag gab ich im Laden Vollgas, wobei man merkte, dass es nun langsam ruhiger wurde und uns nicht mehr so viele Kunden besuchten. In der Zeit, wo es in der Buchfabrik still war, gab ich die neusten Bücher ein, die noch zwischen den Tagen mit dem Paket-Dienst geliefert worden waren, und sortierte sie ein. Glücklich war ich, als Esther meinem Wunsch, früher zu gehen, zustimmte. So hatte ich die Hoffnung, Roman noch, bevor er Besuch von den Pyrokraten bekam, anzutreffen. Um siebzehn Uhr fuhr ich nach Hause. Den großen Pick-up entdeckte ich nirgends und ich vermutete, dass Roman noch auf der Rückreise war, oder aber, dass er erst seine Schwester nach Hause brachte.

Als ich in meiner Wohnung war, machte ich mir zuerst einen Kaffee. Im Wohnzimmer stand noch immer der Karton mit den wertvollen Büchern von Hermann. Bisher hatte ich es noch nicht übers Herz gebracht, einen geeigneten Platz für die Schätze zu suchen. Außerdem fand ich, verdienten diese Werke ein eigenes Regal und dies müsste ich mir erst kaufen.

Nachdenklich trank ich den Kaffee und überlegte mir schon die Worte, die ich gleich Roman sagen würde. Letztlich konnte man es nur so sagen: Hermann ist gestorben. Eingeschlafen vielmehr und einfach nicht mehr wach geworden.

Plötzlich hörte ich Schritte im Treppenhaus. Schritte von mehreren. Ich huschte in den Flur und machte meine Tür einen Spalt auf, in der Hoffnung, Roman zu sehen. Dann würde ich ihn zu mir rufen. Als Erste sah ich Klaus, dann diesen Gunnar und noch zwei weitere, dessen Namen ich nicht kannte.

»Ach, Roman, bevor ich es vergesse. du bekommst von jedem von uns noch zwanzig Euro. Du hast ja die Wette gewonnen!«, hörte ich Klaus lachend sagen.

»Dat stimmt. Hast ja die Feministin gevögelt. Dat hätt ich nich jedacht, dat du die ins Bett kriegst.«

Meine Gesichtszüge froren augenblicklich ein. Erst als die Tür von Romans Wohnung ins Schloss fiel, war ich in der Lage, zu reagieren und meine ebenfalls zu schließen. Ich wollte weinen. Wirklich. Ich wollte es sogar mit aller Macht. Doch die Wut in mir, die sich mal wieder mit meinem *Es* verbündet hatte, ließ keine einzige Träne in die Freiheit. Ich stemmte die Hände in die Hüften und starrte zu Boden. Eine Wette. Ich war eine verdammte Wette. Noch nicht mal ein Abenteuer und ehrlich gesagt, hätte ich viel besser damit leben können, wenn ich nur ein Abenteuer gewesen wäre. Aber eine Wette?

Ich lief in meiner Wohnung auf und ab, in der Hoffnung, diese unsägliche Wut würde verfliegen und so war es nach geraumer Zeit auch. Der Kloß in meinem Hals gewann und platzte schließlich. Warum, so fragte ich mich, ging in meinem Leben alles schief? Warum konnte ich nicht ebenso glücklich leben, wie andere? In der Küche blieb ich schließlich stehen und sah aus dem Fenster. Verschwommen erkannte ich die Altstadt und das pompöse Hotel, das Ausrichter für das größte Feuerwerk der Stadt war. Ich wischte mir die Tränen aus dem Gesicht. Mein Atem kam schneller. Ich spürte, wie sich eine Zornesfalte zwischen meinen Brauen niederließ, wie sich mein Gesicht vor Wut verzog. Keine einzige

Träne lief mehr und ein Plan, ein schrecklicher Plan, formte sich mehr und mehr in meinem Kopf.

Wie eine Marionette marschierte ich in meinen Flur, zog mein Handy aus der Jackentasche und tippte die Femi-WhatsApp-Gruppe an.

> Guten Abend,
> ist von euch noch jemand dabei, das hiesige Feuerwerk zu stoppen? Liebe Grüße von mir.

Ich kaute nervös an der Haut meines Daumens und lief im Flur auf und ab. Und endlich kam der ersehnte Ton.

> Ich.

Pamela …

> Darf ich mitmachen?

> Ruf mich an.

Ich schluckte. Langsam lief ich ins Wohnzimmer und ließ mich auf der Couch nieder. Ich atmete einige Male tief ein und wieder aus, dann rief ich das Oberhaupt des Klubs an.

»Warum willst du plötzlich mitmachen?«, begrüßte sie mich.

»Ich … also, weil ich es richtig finde. Das Feuerwerk darf nicht stattfinden. So einfach ist das. Ich will es verhindern. CO2 ist scheiße!«

Eine kurze Pause entstand.

»Ich dachte, du bist mit dem Pyrokraten zusammen? Hattest du nicht sogar Sex mit dem?«

»Ach der. Nein, nein. Wir … vielmehr ich, also ich bin nicht mit dem zusammen. Das war … na ja, du weißt ja, so ab und zu brauchen wir Frauen … durchaus kann man das ja auch anders, aber ich meine, ist ja einfacher wegen … und überhaupt ist … also das hatte nichts zu bedeuten.« Ich räusperte mich schnell, und weil ich glaubte, dass das nicht dazu verhalf, abzulenken von diesem Mist, den ich da vom Stapel gelassen hatte, brach ich kurzerhand in einem Hustenanfall aus.

Pamela wartete geduldig, bis ich mich ausgehustet hatte. »Was brauchen Frauen?«

Ich verdrehte die Augen. Der Anfall hatte nicht zur gewünschten Reaktion geführt.

»Vergiss es, Pamela. Vergiss es. Also, wie sieht es denn jetzt aus. Schon Pläne für morgen? Soll ich vielleicht zu dir kommen, damit wir alles Nötige besprechen? Macht noch jemand mit?«

»Alles Weitere um zwanzig Uhr bei mir. Sei pünktlich!«

Es machte klick und weg war sie. Nachdenklich legte ich das Handy auf den Wohnzimmertisch. Ich sah auf die Wohnzimmeruhr, die mir meine Eltern zum letzten Weihnachtsfest geschenkt hatten. Eine gute Stunde hatte ich noch Zeit. Wieder spürte ich diesen einen Kloß im Hals. Ich schluckte ihn schnell runter, stand energisch auf und holte aus einer der Schubladen meiner Kommode einen Block und einen Stift. Ich setzte mich wieder auf die Couch mit angezogenen Beinen, dann fing ich an Notizen zu machen, wie man am besten das Feuerwerk verhindern konnte. Mein *Über-Ich* drehte sich kopfschüttelnd um, während mein *Es* sich die Hände rieb und zudem massiv nickte.

Ich für meinen Teil, unabhängig dieser zwei lästigen Mitbewohner in mir, musste es tun. Ich war es mir schuldig, um mein Gesicht zu wahren. Ein Abenteuer, schön und gut. Hätte ich sogar bei Roman noch in Kauf genommen. Aber mit Sicherheit keine Wette. Die wollte ich nicht sein. Anders: Die durfte ich nicht sein. Punkt. Dafür würde er bezahlen müssen, ganz ohne Frage.

Fakt war, man musste in den gigantischen Innenhof des Hotels gelangen, denn soviel ich wusste, wurden von dort die Feuerwerkskörper gestartet. Sicherlich war dort auch irgendwo ein Schalter, den man umlegen musste, damit das alles in die Luft flog.

Diese Stunde, die ich noch Zeit hatte, war ich mit Aufzeichnungen beschäftigt. Ich steckte alles in meine Handtasche, dann zog ich mir die Schuhe und Jacke an und knipste das Licht in meinem Flur aus. Ich spähte durch den Spion. Das Treppenhaus war dunkel. So leise es möglich war, öffnete ich meine Tür einen Spaltbreit und lauschte. Es war alles still. Auf Zehenspitzen verließ ich meine Wohnung und lief nach unten, ohne auch nur ein einziges Geräusch zu machen.

Ich wagte erst laut aufzuatmen, als ich in meinem Auto saß und der Motor bereits lief. Ich fuhr los. Gedanken hatte ich seltsamerweise keine mehr. Ich machte alles mechanisch.

Als ich bei Pamela ankam, wartete sie bereits vor der Haustür auf mich und fast erleichtert nahm ich wahr, dass noch jemand dastand. Jaqueline. Insgeheim hoffte ich, sie würde noch einmal mitmachen. Mitmachen bei der letzten Aktion, die ich zusammen mit Pamela durchziehen wollte. Als ich diesen Gedanken plötzlich vor Augen hatte, kam das schlechte Gewissen zutage. Im Grunde nutzte ich Pamela nur aus. Der Grund: Rachegelüste. Mehr war es nicht. Ich liebte das Feuerwerk. So war es. Was ich nicht liebte: Eine Wette zu sein.

Ich fuhr direkt auf den freien Parkplatz unmittelbar vor dem Haus, in dem Pamela wohnte. Sie hatte eine winzige Zweizimmerwohnung genau unter dem Dach. Vor lauter Hektik, die ich mit einem Mal verspürte, nahm ich den Fuß von der Kupplung und mein Auto hüpfte nach vorne, ehe es verstummte. Ich schnallte mich hektisch ab und stieg aus. »So, da bin ich.« Ich hüpfte freudig auf den Bordstein und versuchte, die Tatsache zur Wette geworden zu sein, zu verdrängen. Jaqueline hob nur die Hand und sah mich misstrauisch an.

»Dann lasst uns mal hochgehen und besprechen, was wir jetzt genau machen«, sagte Pamela und ich spürte genau, dass sie mich beäugte, um den *Fehler* zu finden. Es gab auch einen Fehler. Der Fehler war der, dass ich mich in den Pyrokraten verliebt hatte.

Als wir die Treppen nach oben liefen, spürte ich Jaquelines Hand kurz auf meinen Rücken. Ich drehte mich im Laufen kurz zu ihr, sah sie an und schüttelte nur den Kopf. Pamela hatte diese kleine Geste glücklicherweise nicht mitbekommen.

»Kommt rein. Wollt ihr was essen?« Pamela sah uns beide fragend an, doch wie auf Knopfdruck schüttelten wir nur den Kopf. Wir gingen ins Wohnzimmer und setzten uns auf das alte Sofa, auf dem unzählige Essensflecken zu sehen waren. Pamela war in der Küche. Man hörte etwas knistern.

»Was ist passiert?«, flüsterte Jaqueline.

»Er ist ein Arschloch. Das ist passiert!« Ich versuchte so leise wie möglich zu sprechen, damit Pamela nichts mitbekam.

»Du warst mit ihm im Bett!«, sagte Jaqueline deutlich lauter.

»Pst!«

Pamela kam mit einer Schüssel ins Wohnzimmer, in der allerlei verschiedene Chips waren. Dann setzte sie sich neben uns auf die Couch.

»So. Schön, dass ihr mir wenigstens geblieben seid!«, sagte sie und stopfte sich eine Handvoll Knabberzeug in den Mund.

»Was ist eigentlich mit Lin und Viola?« Jaqueline griff ebenfalls in die Schüssel, und als sie mich ansah, zuckte ich nur kurz mit den Schultern.

»Lin muss in der Firma Silvester arbeiten und Viola, glaube ich, auch«, erklärte Pamela so, als ob sie diese Tatsache, die natürlich totaler Humbug war, nicht zu stören schien. »Egal jetzt. Ich bin froh, dass ihr noch mitmacht, denn schließlich geht es bei unserer Aktion ja um Tiere! Und … und Menschen.«

Jaqueline und ich stimmten dem mit Kopfnicken zu.

»Also«, Pamela zog unter dem Sofa einige Papiere hervor und breitete sie auf dem Wohnzimmertisch aus. Erstaunt sah ich auf die ganzen Zeichnungen, Notizen, auf eine gemalte Uhr. »Hier ist der Innenhof. Dieser ist nur zu erreichen, in dem man die Eingangshalle des Hotels durchquert.« Sie tippte auf das Blatt, mit der größten Zeichnung. Pamela hatte das Hotel mehr oder weniger getreu versucht nachzuzeichnen. »Dann muss man durch das Restaurant im Inneren und von da aus gelangt man an die Hintertür, die zum Hof führt. Die Pyrokraten bauen dort alles für das Feuerwerk auf, auch den Knopf oder Hebel, das konnte ich nicht genau in Erfahrung bringen, den man dann um Mitternacht drücken muss. Alle Gäste stehen auf der Hotelterrasse und schauen von da aus zu, wie es knallt und Funken sprüht.«

»Und was sollen wir jetzt machen?«, fragte Jaqueline, wie ich fand, zu Recht.

»Einer von uns muss versuchen, in diesen Innenhof zu kommen! Dann kann derjenige die Kabel durchschneiden.«

»Was denn für Kabel?«, fragte ich. Pamela verdrehte übertrieben die Augen.

»Die Kabel für das Feuerwerk. Also, Lisa, wenn du schon unbedingt mitmachen willst, musst du dich schon ein bisschen anstrengen!« Ich sah in ihr dickes Gesicht und lächelte. »Ich stand auf dem Schlauch. Entschuldige. Also, die Kabel müssen durchtrennt werden. Und wer macht das?« Warum Jaqueline und Pamela nun mich eindringlich ansahen, konnte ich mir im ersten Moment nicht erklären. Im Zweiten aber. »Ich … ich bin in technischen Dingen ganz schlecht. Wirklich. Ich wäre derjenige, der den blauen statt den roten Draht durchschneidet. Bei einer

Bombe zum Beispiel. Ich versaue das bestimmt. Wirklich!« Eine längere Pause entstand.

»Warum denn ich?«, fragte ich gequält und sah, wie eine von Pamelas Katzen auf den Wohnzimmertisch sprang und an den Chips roch.

»Weil du die Schönsten von uns Dreien bist!«, sagte Pamela.

»Dankeschön«, hörte ich Jaqueline leise sagen.

»Was hat das denn mit Schönheit zu tun?«

Pamela nahm ihre Katze auf den Schoß und streichelte sie. »Jaqueline und ich lenken das Personal in der Eingangshalle ab und du wanderst durch das Restaurant auf die Terrasse. Du musst pompöse Kleidung tragen.«

Dankbar nahm ich wahr, dass Jaqueline einen ebenso irritierten Ausdruck im Gesicht hatte wie ich.

»Was für pompöse Kleidung?«, kam es fast zeitgleich von uns. Wieder verdrehte Pamela die Augen.

»Das ist ein Nobel-Hotel. Da kannst du nicht einfach in Straßenkleidung durch das Restaurant marschieren! Da muss schon etwas Elegantes her. Vor allem aber am Silvester-Abend!«

Ich klatschte in die Hände. »Tja, ich habe leider nichts Elegantes im Schrank. Ich denke, Jaqueline hat als Friseurin eher den Sinn für schöne Sachen.«

Pamela hob sofort die Hand und antwortete, bevor Jaqueline es konnte. »Dafür ist gesorgt!« Und als habe sie es zeitlich genau abgepasst, ertönte just in diesem Moment die Klingel. Pamela setzte ihre Katze auf dem Wohnzimmertisch ab, sah uns kurz verschwörerisch an, ehe sie in den Flur ging, um demjenigen zu öffnen, der geklingelt hatte.

»Ich mache das auf keinen Fall!«, flüsterte ich Jaqueline zu.

»Ja, ich mache es auch nicht. Ich bin nur wegen dir hier! Ansonsten hätte ich mir nämlich für morgen Abend auch eine Ausrede einfallen lassen! Da kannst du mal sehen, wie nett ich bin!«, zischte Jaqueline zurück.

Wir zuckten beide zusammen, als die Wohnungstür ins Schloss fiel, kurz darauf etwas schmatzen hörte und dann die Stimme von Pamelas schwulen Freund ...

»Pamy! Du siehst fantastisch aus!«

»Du aber auch, Jean.«

»Ach, Schätzchen, alles Make-up«, hörte man ihn lachend sagen, dann kamen beide ins Wohnzimmer.

»Guten Abend, Ladys. So, wer ist denn die Hübsche?«

Ich starrte Jean mit offenem Mund an und nickte nur.

»Die da!« Pamela zeigte mit dem Finger auf mich. Jean stöhnte.

»Das wird viel Arbeit! Vite, vite!« Er klatschte einige Male in die Hände, kam dann auf mich zu, ergriff meine Hand und zog mich von der Couch hoch.

Er umrundete mich, warf immer wieder seinen Pony zur Seite und hatte zusätzlich, als ob diese Geste nicht schon reichen würde, seinen Zeigefinger auf seinen Lippen liegen. Ein erschrockener Schrei entwich meiner Kehle, als Jean mir völlig unverblümt an den Busen fasste. »Na hier müssen wir ein bisschen zaubern. Aber keine Sorge, Schätzchen, ich habe Silikon dabei. Und zwar nicht zu knapp. Pam!« Er schnipste mit den Fingern, ohne mich aus den Augen zu lassen. »Der Koffer.« Er pustete sich die Haare aus dem Gesicht und nahm endlich seine Hände von meinem Busen.

Pamela kam stöhnend zu uns und zog einen Koffer hinter sich her, den ich zuletzt in einem der Harry Potter-Filme gesehen hatte. Ich warf einen ängstlichen Blick zu Jaqueline, deren Gesichtsausdruck aber identisch mit dem meinen war.

»Möchtest du was trinken, Jean?«, fragte Pamela ihren schwulen Freund, der inzwischen mit meinen Haaren herumexperimentierte und wie auch schon bei unserer letzten Aktion den Kopf mal nach links und mal nach rechts legte.

#fünfundzwanzig

Kritisch begutachtete ich mich im Spiegel. Ich trug ein relativ schlichtes schwarzes langes Kleid ohne Ärmel, darüber eine weinrote Stola, wie man sie aus alten Filmen kannte. Die hochhackigen Schuhe, die gut eine Nummer zu groß für meine Füße waren, machten mich gefühlt zu einem Riesen. Wie ich darauf laufen sollte, war mir absolut schleierhaft.

»Die Haare würde ich offenlassen. Vielleicht ein Spängelchen hineinstecken.« Immer wieder puschte Jean meine Haare auf. Pamela schien zufrieden zu sein. Sie sah mich von oben bis unten an und nickte, während Jaqueline nur noch mit dem Kopf schüttelte. Natürlich so, dass es Pamela nicht sehen konnte.

»Mei ... meint ihr nicht, es würde reichen, wenn wir Schilder hochhalten vor dem Hotel?«, fragte ich vorsichtig, obgleich ich die Antwort bereits kannte. Irgendwie beschlich mich das ungute Gefühl, es war ein Fehler, Pamela anzuschreiben.

»Wir wollen es verhindern, Lisa! Verhindern! Verstehst du denn nicht? Verhindern!« Pamela klang mal wieder wütend.

»Doch. Verstehe ich. Verhindern. Okay!«

»Du bist eine ganz starke Frau, Schätzchen, ganz stark!«, sagte Jean, hielt sich die Länge des Zeigefingers unter die Nase und sah aus, als würde er jeden Moment in Tränen ausbrechen. Dann klatschte er plötzlich in die Hände. »Ich muss gehen. Viel Erfolg, Mädchen!« Er wedelte noch einmal ausschweifend mit der Hand und ging dann wie ein weibliches Model in den Flur. Pamela begleitete ihn.

»Hilf mir, dieses Kleid auszuziehen!«, befahl ich Jaqueline, die im Grunde die ganze Zeit untätig auf der Couch saß und einer der drei Katzen, die sich allesamt auf die Rückenlehne niedergelassen hatten, streichelte. Behäbig stand sie auf und hatte endlich die Güte, den Reißverschluss auf meinem Rücken zu öffnen.

»Ich verstehe immer noch nicht, was bei dir und diesem heißen Typen schiefgelaufen ist!«, sagte sie leise und half mir, das Kleid von meinen Schultern zu streifen.

»Ich bin ne Wette für ihn, okay?«

»Hä?«

»Ja. Genau. Hä. Er hat mit seinen Pyrokraten-Freunden gewettet, ob er mich ins Bett kriegt oder nicht!«

»Ganz ehrlich, Lisa, ich wäre für den liebend gerne eine Wette gewesen!«

»Ich aber nicht!«, zischte ich zurück.

»Wer will wetten?«, fragte Pamela, nahm sich gleich die ganze Schüssel und ließ sich damit auf die Couch fallen. Sie aß.

»Ich meinte nur, wollen wir wetten, dass ich morgen den falschen Draht durchschneide«, sagte ich schnell und spürte in diesem Moment sogar ganz deutlich, einen Riesenfehler gemacht zu haben. Ich wollte das Feuerwerk nicht zerstören. Ich wollte Roman nur mit einer Demo zeigen, dass ich verletzt war. Tief verletzt. Schlimmer noch, ich war unendlich traurig. Nachdem ich das Kleid, das Jean vom Theater, in dem er als Maskenbildner arbeitete, stibitzt hatte, losgeworden war, räusperte ich mich. »Ich glaube, ich muss jetzt mal nach Hause. Wo treffen wir uns morgen?«

»Einundzwanzig Uhr an der Ecke, wo es zum Hotel raufgeht. Seid bitte pünktlich. Um zweiundzwanzig Uhr könnten wir Glück haben und die Pyrokraten sind mal für eine halbe Stunde weg. Die machen dann eine Pause und bekommen kostenlos ein Menü zusammengestellt. Das ist der Zeitpunkt wo du, Lisa, die Kabel durchtrennen wirst! Danach dann machen wir, weil du dir das ja gewünscht hast, die Demo mit den Schildern. Die bastle ich morgen noch zusammen. Wenn ihr wollt, könnt ihr kommen. Wir könnten Pizza bestellen.«

Ich versuchte, wirklich zu lächeln. Ganz ehrlich. Aber es gelang einfach nicht. Mein Gesicht war wie eingefroren. Aus den Augenwinkeln sah ich mal wieder, dass Jaqueline nur den Kopf schüttelte.

»Ich kann wirklich erst abends kommen. Tut mir leid«, sagte ich schnell.

»Ich kann auch nicht«, fügte Jaqueline dem noch hinzu.

»Egal. Ich bin ja froh, dass es wenigstens euch wichtig ist, gegen das CO_2 zu demonstrieren. Also, Lisa, du kommst dann so, wie Jean dich eben angezogen hat, okay?«

Ich nickte nur noch. Die Kraft zu reden, war gänzlich weg. Was für ein schrecklicher Fehler, den ich da gemacht hatte. Im Grunde hatte nur Roman Schuld daran.

Als ich auf dem Heimweg war, ging es mir emotional so schlecht, dass ich nicht anders konnte und meiner Traurigkeit freien Lauf ließ. Erst jetzt kam das Gefühl auf, vollkommen verarscht worden zu sein, von einem Mann, den ich wirklich gut fand. Das machte mich unendlich traurig. Erst als ich in die Straße einbog, in der ich wohnte, schaffte ich es, mich zusammenzureißen. Nur noch ein Seitenparkplatz war frei. Der hinter dem Pick-up.

Als ich geparkt hatte, schaute ich noch einmal in den Rückspiegel, wischte mir die letzte Feuchtigkeit aus dem Gesicht, schnallte mich ab und stieg aus. Innerlich betete ich, dass es nicht der Zufall so wollte und ich ihm im Treppenhaus begegnete. Aus dem Kofferraum holte ich die Kleidung, die ich morgen bei dieser völlig bescheuerten Aktion tragen sollte. Vollbepackt schlich ich zur Tür, sah durch die dicke Milchglasscheibe, dass im Flur kein Licht brannte, schloss auf und huschte, noch bevor die Haustüre wieder zufiel, die Treppen schnell zu meiner Wohnung hoch.

Ich war gerade dabei, wohlgemerkt im Dunkeln, zu versuchen, meinen Wohnungstürschlüssel ins Schloss zu stecken, als plötzlich eine Tür aufgerissen wurde und sofort das Licht anging. Ich drehte mich nicht um, sondern schaffte es endlich, meine Tür zu öffnen. Ich verschwand sofort dahinter, hörte aber noch, dass Roman meinen Namen rief. Leicht außer Atem lehnte ich mich an die Wand und tastete nach dem ersehnten Lichtschalter. Ich hörte verschiedene Stimmen aus dem Flur und die eine, die mir prompt wieder eine Gänsehaut am ganzen Körper verschaffte. Ich stellte die Tüte mit den Klamotten leise ab und hielt mir die Ohren zu. Ich rutschte an der Wand nach unten, bis ich mit angezogenen Beinen dasaß. Wie lange ich mir die Ohren zuhielt, konnte ich im Nachhinein gar nicht mehr sagen, aber dass meine Wohnungstür im Rhythmus vibrierte, ließ mich wieder hören.

»Lisa, mach auf! Ich weiß, dass du da bist!« Wieder klopfte es feste gegen das Holz. »Ich habe gehört, dass Hermann gestorben ist. Es … es tut mir sehr leid, Lisa. Bitte, mach doch die Tür auf.«

Ich konnte es nicht länger ertragen. »Geh einfach, Roman. Lass mich in Ruhe!«, schrie ich.

»Was soll das denn jetzt? Die Jungs sind weg, ich habe Zeit!«

Ich stand auf und stellte mich genau vor die Tür. »Wofür hast du denn Zeit, Roman? Zeit, mit mir Sex zu haben?«

Einige Sekunden herrschte absolute Stille.

»Wie … was meinst du?«

»Lass … lass mich einfach in Ruhe, Roman.«

»Hab ich dir irgendwas getan? Bist du sauer auf mich?«

Ich rieb mir mit gleich beiden Händen durchs Gesicht. »Ich wollte nur mit dir ins Bett. Mehr nicht. Hat ja geklappt!«, sagte ich und schüttelte währenddessen unentwegt mit dem Kopf.

»Du wolltest nur mit mir ins Bett? Und das sieben Mal?«

Ich zählte kurz durch. Er hatte recht. Sieben Mal hatten wir miteinander geschlafen. Und jedes Bettgeflüster war einfach wahnsinnig schön gewesen. Wieder füllten sich meine Augen mit Tränenflüssigkeit. Beschämt wischte ich die Tränen weg.

»Ich will, dass du mich reinlässt! Und zwar sofort, Lisa!«

»Lass mich in Ruhe.«

»Na schön, gut. Du hast es nicht anders gewollt. Ich weiß, wie ich in deine Wohnung komme!«

Ich hörte, wie er sich von meiner Tür entfernte. Der wollte ja jetzt wohl nicht hier einbrechen, oder?

Kurz darauf hörte ich wieder Schritte, zudem auch noch Metall auf Metall. Der machte sich doch tatsächlich mit einem Schraubenzieher an meiner Tür zu schaffen.

»Ich rufe die Polizei, wenn du nicht sofort damit aufhörst!«, schrie ich und ballte die Hände zu Fäusten.

»Na und? Meinst du, das schreckt mich ab?«

»Ich mach das wirklich!«

»Dann mach doch, um so besser, dann musst du die Tür aufmachen!«

Ich hörte, dass er immer wieder an meiner Tür rumschraubte. Kurzerhand zog ich mein Handy aus der Tasche und rief eins – eins – null an.

»Mein Name ist Lisa Gabener. Ich wohne in der Althoferstraße zwölf und werde von einem Mann belästigt, der versucht, in meine Wohnung einzubrechen. Ich habe große Angst!« Auch wenn der letzte Satz nicht unbedingt die W-Fragen beantwortete, fand ich ihn wichtig zu sagen. Sicherlich würde diese Aussage dazu führen, dass die Polizei schneller herkommen würde.

»Bleiben Sie ganz ruhig und schließen Sie Ihre Tür ab. Verschanzen Sie sich in einem anderen Raum. Ein Wagen wird gleich bei Ihnen sein!«

Ich legte auf.

»Du hast jetzt nicht ernsthaft die Bullen gerufen, oder? Hast du nicht getan, nicht wahr?«

»Doch! Habe ich«, sagte ich mit nicht mehr ganz so fester Stimme.

»Prima. Ich bleibe genau hier stehen.«

»Schön für dich!«, schrie ich und marschierte in die Küche.

Die Idee, aus Frust ein Glas Wein zu exen war hinsichtlich dessen schlecht, dass ich ja die Polizei gerufen hatte und es hinterher womöglich hieß, ich sei aufgrund von Alkohol nicht mehr zurechnungsfähig.

Ich erschreckte, als es klingelte, und hechtete sofort in den Flur, um die Tür unten aufzudrücken. Ich spähte durch den Spion. Ich hörte Stimmen. Dann klopfte jemand gegen meine Tür. »Frau Gabener? Kommissar Zimmer hier. Machen Sie bitte auf.«

Ich öffnete die Tür und schaute, noch bevor die Uniform mir ins Auge sprang, direkt am Polizisten vorbei auf Roman, der mit verschränkten Armen dastand und mich finster ansah. Der Polizist hielt mir seinen Dienstausweis vor die Nase. Ich nickte nur.

»So, wo ist denn hier überhaupt das Problem?«
Der zweite Polizist hatte sich nahe von Roman hingestellt und sah ziemlich unbeteiligt im Flur herum.

»Bitte! Erzähl du doch, Lisa!«

»Ich nehme an, Sie kennen sich?«, fragte der Kommissar.

»Ich dachte, ich würde sie kennen, aber offensichtlich habe ich mich sehr getäuscht!«

Ich lachte künstlich auf. »Du hast dich getäuscht? Dass ich nicht lache.«

Der Polizist stöhnte genervt. »Also Sie kennen sich. Wo ist jetzt genau das Problem? Uns wurde mitgeteilt, dass hier ein versuchter Einbruch stattgefunden haben soll.«

»Ja, das ist richtig. Dieser Mann«, ich zeigte auf Roman, »Dieser Mann hat versucht, mit einem Schraubenzieher in meine Wohnung einzubrechen und unter uns gesagt, die Tatwaffe hält er noch in der Hand.« Jetzt verschränkte ich zufrieden die Arme vor der Brust, der Polizist schaute auf Romans Hand, die immer noch den Schraubenzieher festhielt, dann sah er mich wieder an.

»Hauchen Sie mich mal an?«

»Wie … wie bitte?«

Der Kommissar kam einen Schritt auf mich zu, dann roch er. »Wie viel haben Sie getrunken?«

Ich lachte verlegen. »Ich habe ein Glas Wein getrunken. Mehr nicht.«

»Und Sie sind nicht in der Lage, das hier allein zu klären? Dafür muss ein Streifenwagen rauskommen? Sie kennen sich doch!«

Roman kam ebenfalls näher, der andere Polizist sah nur zu Boden. Er langweilte sich offensichtlich. »Ich verspreche, dass ich Frau Grabana …«

»Ich heiße Gabener! Du weißt ja nicht mal meinen Nachnamen!«

Roman schloss kurz die Augen, ehe er sie wieder öffnete und mich mit einem noch finstereren Blick bedachte als zuvor. »Wie auch immer. Ich habe kein Interesse mehr, Frau Gabener zu belästigen. Das hat sich für mich erledigt! Brauchen Sie noch etwas?«, fragte er Kommissar Zimmer. In meinem Hals ließ sich ein dicker Kloß nieder. Er hatte kein Interesse mehr, mich zu belästigen …

Der Kommissar drehte mir den Rücken zu und wandte sich an Roman. »Ja. Ich hätte da noch ein Anliegen. Sie sind doch der Pyrokrat, nicht wahr?«

»Ja. Der bin ich.« Als Roman das sagte, schaute er immer noch nur mich an. Ich versuchte, zurückzustarren, solange der Kloß in meinem Hals still blieb und nicht drohte, zu platzen.

»Sagen Sie mal, kann man Sie auch privat buchen?« Endlich schaute Roman weg. »Worum geht es denn?«

»Na ja, meine Tochter wird ja achtzehn. Nächstes Jahr im Februar schon. Könnte man Sie buchen?

Könnten Sie auf dem Geburtstag von ihr ein Feuerwerk arrangieren?«

Roman nickte. »Kommen Sie mal mit. Ich gebe Ihnen meine Karte. Bitte aber vier Wochen vorher anrufen, sonst sind wir ausgebucht!«

»Entschuldigen Sie bitte mal, Herr Kommissar Zimmer. Und was ist mit mir?« Fast schon widerwillig, der andere Polizist war schon in Romans Wohnung verschwunden, drehte er sich zu mir um. »Es ist ja nun alles geklärt. Ich denke, Sie brauchen keine Sorge mehr zu haben, dass bei Ihnen eingebrochen wird.« Er kam noch dichter zu mir und streckte zusätzlich zu der körperlichen Nähe auch noch den Zeigefinger aus, von dem ich dachte, er würde jeden Moment meine Nasenspitze berühren. »Glücklich sollten Sie sich schätzen, einen Pyrokraten zu kennen! Glücklich!« Dann drehte er sich um und verschwand ebenfalls in Romans Wohnung. Ich schloss die Tür und glaubte zumindest kurz, in einem falschen Film zu sein. Ohne bewusst drüber nachzudenken, ging ich in die Küche und goss mir ein weiteres Glas Rotwein ein.

#sechsundzwanzig

Mit starken Kopfschmerzen wurde ich am nächsten Morgen wach. Ich hatte es fertiggebracht, weil mich der gestrige Abend so aufgeregt hatte, die ganze Pulle Wein auszutrinken. Weit nach Mitternacht, daran erinnerte ich mich noch, war ich dann singend ins Bett getorkelt und hatte es wohl nicht mehr geschafft, mich auszuziehen. Mit geschlossenen Augen öffnete ich meine Jeans, zog sie im Liegen runter und streifte sie mit den Füßen ab. Mit Anstrengung setzte ich mich auf und zog den Pullover aus. Dann legte ich mich wieder hin, zog die Bettdecke bis über meinen Kopf und schlief erneut ein.

Um vierzehn Uhr fühlte ich mich erst in der Lage, aufzustehen. Ich kochte mir einen starken Kaffee und schluckte eine der Kopfschmerztabletten, die lose in meinem Schrank lagen. Ich fühlte mich, als habe ich zwei oder sogar drei Flaschen Wein am gestrigen Abend getrunken. Von Roman hatte ich nichts mehr gehört. Das einzige Geräusch, das ich vernommen hatte, waren die Schritte der Polizisten, die erst eine gute Stunde später aus Romans Wohnung kamen – ich hatte heimlich durch den Spion geschaut – und lachend gingen.

Es war nicht so, dass ich mir an diesem Tag darüber mehrmals meine Gedanken machte, was ich Pamela sagen könnte, um doch nicht die Aktion ›Knallverbot‹ mitzumachen. Aber mir war nichts, gar nichts eingefallen, was es rechtfertigen könnte, an diesem Abend zu Hause zu bleiben. Tief im Inneren war ebenfalls ein Gedanke, der eindeutig befürwortete, dass Roman mal eine auf den Deckel bekam. Eine Wette abzuschließen, mit seinen Jungs, ob er es fertigbrachte, eine Feministin ins Bett zu bekommen, war mehr als schlecht. Das war eine Tatsache, die er dringend lernen musste. Im Grunde tat ich das für alle Frauen, die Roman nach mir ins Bett kriegen wollte. Ich war die Oberfrau, die diesen Mann erziehen würde. Jawohl!

Nach einer guten halben Stunde ließ endlich dieser fiese Kopfschmerz nach. Bis zum Abend hatte ich mir vorgenommen, den Karton mit den wertvollen Büchern von Hermann zu durchstöbern und ihnen vorerst einen würdigen Platz in meinem Bücherregal zu geben.

Einige Male, während ich andere Bücher aus meinem Regal auf den Boden verbannte, um die wertvollen nebeneinander hineinstellen zu können, ertappte ich mich, wie ich auf die Uhr starrte und hoffte, sie könnte stehen bleiben. Natürlich war es mir nicht gegönnt, dass die Zeit einfach anhielt und erst am nächsten Tag weiterlief.

Und so kam es, wie es kommen musste. Es war neunzehn Uhr … Zeit, mich fertigzumachen.

Immer wieder schaute ich durch den Spion, doch von Roman war nichts zu sehen, geschweige denn zu hören. Ich hatte mir überlegt, Pamela und auch Jaqueline zu erzählen, ich sei im Innenhof gewesen und leider hätte ich nicht den Draht gefunden. Sodass ich nun die alleinige Verantwortung für einen fulminanten CO_2-Ausstoß tragen müsste. Im Anschluss daran würde ich einige Sekunden warten und mit gebrochener Stimme äußern: Die armen Füchse. Alles ist nun meine Schuld. Vielleicht würde das Pamelas emphatische Seite zum Vorschein bringen. Es musste einfach so funktionieren.

Nach fünfzehn Minuten, die ich versucht hatte, den beschissenen Reißverschluss hinten am Rücken zu zumachen und es einfach nicht schaffte, gab ich auf. Einer der Femis müsste mir gleich helfen. Worüber sich keiner Gedanken gemacht hatte, war, dass das Kleid mit nur der Stola über den Schultern für dieses Wetter definitiv zu kalt war. Ich würde wahnsinnig frieren und vermutlich direkt morgen mit Fieber im Bett liegen. Andererseits, wenn ich wahnsinnig fror, konnte ich früh wieder nach Hause. Ende.

Ich machte mich so zurecht, wie es Jean vorgeschlagen hatte. Fakt war, ich musste edel aussehen, sodass das Personal des Hotels durchaus denken konnte, ich sei einer der reichen Gäste, die an diesem besonderen Abend einen Tisch im Restaurant reserviert hatte, um dann um Mitternacht dem großen Feuerwerk von der Terrasse aus zusehen zu können.

Ich hatte mir sogar die Fingernägel rot lackiert, den einzigen Nagellack, den ich besaß und den eigentlich auch nur für meine Fußnägel, und dazu passend meine Lippen geschminkt. Was mir Sorgen bereitete, waren die Schuhe. Sie waren für meine Füße viel zu groß und durch den hohen Absatz rutschte ich bei jedem Schritt weit nach vorne, sodass sie an den Fersen unweigerlich schlappten. Für die Fahrt würde ich definitiv meine flachen Boots anziehen und die Zeit, in denen ich dann warme Füße hatte, genießen.

Die Stola nahm ich in einer Tüte mit und zog mir meine Winterjacke über. Erst wenn ich die Eingangshalle und das Restaurant durchqueren müsste, würde ich mich von meiner Jacke trennen.

Zur Vorsicht schaute ich durch den Spion, doch das Treppenhaus war dunkel. Ich öffnete meine Wohnungstür, lauschte einen Moment, dann schaltete ich das Licht an und zog die Tür hinter mir zu.

Hoffentlich sah mich keiner.

Warum ich plötzlich das Bild von einem Kind, das am Fenster saß und auf das große Feuerwerk wartete, vor Augen hatte, konnte ich mir selbst nicht erklären. Aber die Vorstellung, ich würde diese Freude für Kinder zunichtemachen, belastete mich immer mehr. Ich würde den Draht nicht finden. Definitiv nicht. Sollte doch jemand anderes die Oberfrau spielen und Roman erziehen.

Mit zehnminütiger Verspätung kam ich endlich am verabredeten Platz an. Jaqueline und auch Pamela standen schon da, rieben sich die Hände und schauten mich beide mit blauen Lippen an. Es war kalt. Sehr kalt.

Ich parkte in jener Einbuchtung, die mir die Femis netterweise freigehalten hatten, genoss noch einmal die warme Luft, die aus den Schächten im Auto kam, dann ließ ich den Motor verstummen, schnallte mich ab und stieg aus.

»Du bist zu spät!«, begrüßte mich Pamela. Jaqueline hob nur kurz die Hand und lächelte mich an.

»Ja. Entschuldigt. Es war doch aufwendiger, mich zurechtzumachen, als ich dachte. Apropos fertigmachen ... Könnte bitte einer den Reißverschluss hinten hochziehen?« Ich drehte mich vor Jaqueline um und ließ meine Jacke etwas über die Schulter gleiten.

»Die Jacke ziehst du aber gleich aus, ne?«

Ich sah Pamela leicht genervt an und nickte. Nachdem das Theaterkleid endlich richtig saß, präsentierte Pamela uns die Schilder, die sie den ganzen Tag über angefertigt hatte. Wir gingen zu ihrem Auto, und als sie den Kofferraum öffnete, trauten Jaqueline und ich kaum unseren Augen.

»Was zum Teufel ist das?« Jaqueline starrte auf zwei große, sowie eine noch größere Rolle aus Pappe, zudem lagen daneben Hüte, in Kegelform.

»Ich habe Raketen gebastelt! Für jeden eine und die Hüte stellen jeweils die Spitzen der Raketen dar. Hab den ganzen Tag gebastelt«, sagte sie stolz.

»Nein!« Jaqueline hatte inzwischen die Arme vor der Brust verschränkt und sah immer noch zu den Pappraketen. Pamela nahm die Größte raus und stülpte sie sich über. Dann setzte sie den Hut auf, der mit einem Gummibändchen um das Kinn befestigt wurde.

»Zack, und schon bin ich eine Rakete. Damit laufen wir dann Punkt Mitternacht auf dem großen Platz vor dem Hotel rum, so können uns alle gut sehen.«

Jaqueline schüttelte energisch den Kopf, während ich nur auf das Gummiband starrte, das nahezu komplett vom Fett eingehüllt wurde. Ich schluckte.

»Nä! Nä, nä, nä! Mach ich nicht. Mach ich auf gar keinen Fall. Also jetzt hört es auf. Ich mache das nicht!« Jaquelines Stimme, die mit jedem Wort immer hysterischer wurde, war mir völlig fremd. Aber im Grunde war ich mit ihr einer Meinung. Auch ich würde unter keinen Umständen als bunte Papprakete auf dem schönen Platz vor dem Hotel rumstiefeln. Aber dazu würde es nicht kommen. Ich würde keinen Draht finden, den ich durchschneiden könnte.

»Wir werden sehen«, sagte Pamela und zog die Rakete wieder von ihrem Körper.

»Wir werden nicht sehen! Ich mach das nicht! Ich nicht!«

Ich fasste Jaqueline vorsichtig am Arm an und zwinkerte ihr zu, in der Hoffnung, sie würde diese Geste richtig deuten und wüsste somit, dass ich einen anderen Plan verfolgte. Zumindest sagte sie nun nichts mehr.

Mir wurde langsam aber sicher wahnsinnig kalt und die Vorstellung, jetzt gleich nicht nur diese hochhackigen Schuhe anziehen zu müssen, sondern zudem auch noch die Jacke gegen die Stola zu tauschen, ließ mich noch mehr frieren.

»Gut, die Raketen bleiben hier und ich würde sagen …« Pamela holte mit ihrem Arm so weit aus, dass sie Jaqueline beinahe ins Gesicht geschlagen hätte und schaute auf ihre Uhr. »Jo, wird Zeit. Ne halbe Stunde haben wir noch, dann müssten wir in der Eingangshalle sein. Jaqueline und ich lenken das Personal mit Fragen ab. Du, Lisa, wanderst relativ ruhig und unauffällig durch die Halle, weiter durch das Restaurant und dann zur Hintertür raus.«

»Und du bist dir sicher, dass die Pyrokraten um zweiundzwanzig Uhr weg sind, ja?«, fragte ich, als wir zu meinem Auto gingen, um meine Jacke hineinzulegen und die kuscheligen Fellstiefel gegen die Hochhackigen zu tauschen.

»Ganz sicher. Jean kennt einen, der da in der Küche arbeitet. Und der hat erzählt, dass ein gesondertes Essen für die Pyrokraten zwischen einundzwanzig Uhr dreißig und zweiundzwanzig Uhr bereitgestellt werden soll. Du dürftest also ganz ungestört im Innenhof sein, um den Draht durchzuschneiden.«

Ich nickte nur und spürte die Kälte auf meinen Armen, die sich anfühlten, wie tausend Nadelstiche, als ich schweren Herzens die Jacke auf die Rücksitzbank legte. Dann kamen auch noch die Schuhe dran.

Innerhalb kürzester Zeit hatten sich meine Füße, die zuvor schön warm waren, abgekühlt und ich meinte, in den Fußsohlen schon kein Gefühl mehr zu haben. Die spärliche Stola zog ich dicht um meine Schultern, dann machten wir uns auf den Weg zum Hotel. Jaqueline und Pamela stützten mich beide. Pamela war voller Vorfreude auf das kommende Ereignis, Jaqueline wurde immer stiller und ich spürte, sie hatte nur noch einen Wunsch: wegzulaufen.

»Woher weißt du überhaupt, dass es da einen Draht gibt?«, fragte ich. Das Laufen auf platt getrampelten Schnee mit High Heels, erwies sich schwieriger als erwartet und der Bürgersteig war glatt.

So sehr ich mich bemühte, nicht mit den Zähnen zu klappern, es gelang mir einfach nicht. Es war so unendlich kalt und ich sehnte den Moment herbei, in meinem Bett zu liegen, warm und weich. Vielleicht würde ich noch einen obendrauf legen und mir eine Wärmflasche machen. Allein der Gedanke daran wärmte mich etwas auf.

Als wir endlich nahe dem Hotel waren, sorgte ein Adrenalinschub wenigstens dafür, dass mir nicht mehr die Zähne klapperten. Pamela sprach noch mal alles Wichtige mit uns durch, wobei Jaqueline und ich nur im Takt zu ihrer Rede nickten und dabei zum wirklich beeindruckend großen Hotel schielten. Dann fing die Aktion ›Knallverbot‹ an. Pamela und Jaqueline gingen zuerst in die Eingangshalle, ich sollte fünf Minuten später folgen. Unruhig stand ich etwas entfernt der doppelflügeligen Glastür und beobachtete, wie Pamela und Jaqueline schnellen Schrittes über den roten Teppich zur Information des Nobelhotels gingen.

Bei dieser Kälte wusste ich nur eins: Ich würde, so schnell ich konnte, in den Innenhof laufen, einige Zeit dort verweilen und dann möglichst mit gehetztem Ausdruck im Gesicht zurückkehren und verkünden, dass der Plan nicht aufgegangen sei. Und

Roman? Roman würde ich sicher mit der Zeit vergessen.

Es waren keine fünf Minuten, die ich gewartet hatte. Vielleicht zwei oder drei. Wie auf rohen Eiern lief ich auf die Glastüre zu, die sofort zur Seite schob und mir den Durchgang erlaubte. Pamela und Jaqueline waren beide wild damit beschäftigt, die Frau an der kunstvoll gestalteten Information abzulenken. Ich tat so, als sei ich ein Gast, der genau sein Ziel vor Augen hatte: das Restaurant. Unauffällig sah ich mich, während ich lief, um und erkannte das Restaurant zu meiner Linken. Ich grüßte einige Gäste, andere lächelte ich nur an und zwei Kinder, die mit ihren Eltern ebenfalls das Hotelrestaurant betraten, hörte man müde fragen, wann denn endlich das riesige Feuerwerk losginge.

Ich erkannte die Tür, die zum Innenhof führte, glücklicherweise sofort und lief zielstrebig darauf zu. Einige Gäste musterten mich argwöhnisch, der Kellner nickte mir lächelnd zu, so, wie er gelernt hatte, mit Gästen umzugehen. Da die Toiletten direkt neben dem Durchgang zum Innenhof waren, dachte wohl jeder, ich müsste mal. Zielstrebig lief ich auf die Toilettentüren zu, kurz vorher drehte ich mich abrupt zur Seite und lief in den Innenhof. Als ich hinter mir die Türe schloss, starrte ich mit offenem Mund auf das, was da auf bestimmt hundert Quadratmetern aufgebaut war. Überall standen Kisten herum, mehrere Geräte, die gespenstisch im Dunklen leuchteten, waren in nahezu allen Ecken verteilt. Mein Blick blieb auf dem größten Gerät hängen. Vorsichtig, als hätte ich Angst, das Feuerwerk würde bei einem falschen Schritt bereits entfachen, näherte ich mich dem schwarzen Apparat, dessen höchste Stelle einen roten Knopf besaß, der zudem mit einem durchsichtigen Würfel abgedeckt war. Sicher war das der Hauptauslöser für das Spektakel. Ich strich zitternd mit den Fingern über die Abdeckung. Roman hatte all dies aufgebaut und machte damit unzählige Menschen heute Nacht glücklich. Nur ich konnte nicht glücklich sein. Weil ich für ihn nur eine Wette war.

Wäre der durchsichtige Plastikwürfel nicht über dem durchaus beeindruckenden roten Knopf gewesen, hätte ich es vor Schreck durchaus fertiggebracht, ihn zu drücken. Die Tür schwang ruckartig auf. Ich sah hoch.

»Finger weg von diesem Knopf!«, sagte Roman beinahe flüsternd, doch der Tonfall von ihm, ließ mich fast erstarren.

Allgegenwärtig legte ich den Würfel um, sodass nun der Knopf frei lag. »Komm nicht näher, Roman!« Mit dem Blick auf ihn gerichtet, kamen sämtliche Gefühle in mir hoch. Tränen liefen und ließen den Pyrokraten nur noch verschwommen aussehen.

»Lisa! Geh von diesem Knopf weg! Geh weg da. Komm zu mir!« Er breitete die Arme aus.

»Ich will nicht mehr zu dir!«, entfuhr es mir heulend.

»Was habe ich dir getan? Was?« Er sah mich nicht an, sondern starrte nur auf meinen Zeigefinger, dessen Nagel fast die gleiche Farbe wie der Knopf hatte und der kurz über dem Auslöser schwebte.

»Überleg doch mal, Roman! Überleg doch! Du musst dir für die Zukunft leider eine andere Wette suchen! Ich will die nicht mehr sein!« Erst sah er mich völlig ahnungslos an, dann machte er einen Schritt auf mich zu. »Bleib bloß stehen! Oder ich drücke den Knopf!«

Er hob sofort beide Hände. »Okay. Okay, Lisa. Lass … lass uns reden. Bitte nimm den Finger von dem Knopf weg! Die Presse ist bereits da!«

»Vielleicht könntest du der Presse dann mal sagen, was für Arschlöcher die Pyrokraten sind!«

Mein ganzer Körper zitterte. Mir war so kalt, wie noch nie zuvor. Hinzu kam sicherlich die plötzlich einsetzende unendliche Enttäuschung über die Tatsache, eine Wette zu sein. Ich fand ihn wirklich gut … vor der Wette.

»Erklär mir bitte, was du mit einer Wette meinst! Ich weiß es nämlich nicht!«

Ich lachte gekünstelt. »Wenn du das nicht mehr weißt, dann tust du mir echt leid!«

Roman nickte und stemmte die Hände in die Hüften. Dann presste er kurz die Lippen zusammen. »Gut, Lisa, dann sag ich es dir mal anders. Wenn du es auch nur ansatzweise wagst, mit deinem Finger dem Knopf noch näher zu kommen, kannst du dein blaues Wunder erleben! Ich sag es dir ein letztes Mal, ich verstehe keinen Spaß, wenn es darum geht, dass mir einer in mein Handwerk fuscht!«

Ich schluchzte auf. »Und ich verstehe keinen Spaß, wenn es darum geht, dass man eine Wette mit seinen Kumpels abschließt, um eine Feministin ins Bett zu bekommen!« Weinend sah ich ihn an. Zuerst stand blankes Entsetzen in seinem Gesicht, dann erkannte ich Erleichterung – darüber wunderte ich mich etwas – dann startete er den Versuch, zu erklären.

»Das war nur am Anfang so. Das … ehrlich. Das war nur am Anfang so. Ich … Lisa, komm jetzt endlich von diesem Knopf weg!«

Wieder tat er einen Schritt auf mich zu.

»Ich drücke, wenn du noch näherkommst!«

»Wenn du das machst, Lisa, hoffe ich für dich, dass du schnell laufen kannst!« Ein Blick in sein Gesicht zeigte deutlich, dass er das ernst meinte.

»Wieso bist du hierhergekommen? Du solltest beim Abendessen sein!«, sagte ich mit klappernden Zähnen. Ich hatte das Gefühl, dass ich meinen Körper nun gar nicht mehr spüren konnte.

»Ich habe zwei Leute aus deinem ... Klub gesehen. Das fand ich merkwürdig. Fass den Knopf nicht an!« Ich sah ihn mit großen Augen an. Er streckte eine Hand aus. »Ich ... ich habe mich in dich verliebt. So sieht es aus.«

Obwohl ich es nicht bewusst wollte, fing ich plötzlich laut an zu lachen. »Du würdest mir jetzt alles sagen, nur weil du Angst hast, dass ich an den roten Knopf komme. So sieht es aus!«

Roman starrte weiterhin auf meinen Finger und schüttelte den Kopf. »Das ist nicht wahr!«

Ich bewegte meinen Finger ein klein wenig nach unten. Und beobachtete ihn.

»Hey! Stopp, Lisa! Fass den ja nicht an. Wenn du den ...« Ich berührte mit der Fingerspitze den Knopf. »Sie hat es getan! Sie hat es wirklich getan!«, sagte Roman wütend und machte Anstalten, mir noch näher zu kommen.

»Komm mir bloß ... bloß nicht näher!« Ich bekam das Gefühl, die wahnsinnige Kälte löschte das letzte bisschen Wärme, das noch in meinem Körper war, aus.

»Jetzt reicht es!«, schrie Roman plötzlich und lief auf mich zu. Ich versuchte, wegzukommen, denn sein Gesichtsausdruck machte mir so langsam wirklich Angst. Es war wirklich so, dass ich noch schnell, bevor ich das Weite suchen musste, den kleinen schützenden Würfel über den Knopf legen wollte, doch den verfehlte ich um Haaresbreite und kam mit dem Handballen auf den Schalter, der sofort nachgab. Roman war stehen geblieben. Ich sah schwer atmend auf den Apparat. Einige Sekunden passierte nichts. Es war ungewöhnlich leise. Und dann zerschnitt die erste Rakete, die gen Himmel stieg, die Stille. Und noch eine. Und noch eine … wie erstarrt schaute ich nach oben.

»So, jetzt kannst du wirklich rennen!«, schrie Roman, und ich wollte auch wirklich laufen, aber, das, was ich am Himmel sah, ließ mich zur Statue werden. Ausschließlich Goldregen erhellte die Nacht.

Roman war inzwischen bei mir, packte mich, schwang mich über seine Schulter und haute mir wirklich feste auf den Hintern, der durch die Kälte erst den Schmerz einige Sekunden später freiließ.

»Das kannst du jetzt dem Direktor des Hotels erklären!«, schrie er. Ich zappelte wie wild. Nicht, weil ich Angst vor ihm oder vor einem weiteren Schlag hatte, nein, ich wollte das Feuerwerk sehen.

»Ich will es sehen. Ich will es sehen, Roman!« Er blieb stehen. Feine Rauchschwaden erfüllten die Luft. Happy New Year …

Roman ließ mich langsam an sich runtergleiten, bis ich wieder auf eigenen Füßen stand. Sofort schaute ich zum Himmel. Der ganze Himmel sah aus, wie eine einzige Goldexplosion, ab und zu leuchtete etwas in Rot auf. Auf der Terrasse, die man zur Linken halb erkennen konnte, sah man eine Menschentraube, ganz vorne unzählige Kinder, die auf und ab hüpften, in die Hände klatschten und sich über das viel zu früh gestartete Feuerwerk freuten. Dann erfüllte neben den Knallgeräuschen plötzlich eines, das wahnsinnig zischte. Ich drehte mich erschrocken um und starrte nach oben. In Rot und Gold erschien plötzlich riesengroß der Name Lisa. Ich hielt mir die Hände vor den Mund. Meine Augen füllten sich mit Tränen, als ich Roman anschaute, der mich vage anlächelte. »Da steht mein Name«, sagte ich so laut ich konnte, um die Geräusche des Feuerwerks zu übertönen.

»Überraschung. Leider …« Er sah auf seine Uhr. »Exakt vierunddreißig Minuten zu früh.« Wieder schaute ich zum Himmel auf die Letter, die immer mehr in Rot zu leuchten schienen. Dass die Tür längst aufgerissen wurde und vier Pyrokraten plus Presseleute plus wütenden Direktor des Hotels ebenfalls im Innenhof standen und gen Himmel starrten, interessierte mich nicht. Ich sah wieder Roman an, griff ihm in den Nacken und zog ihn zu mir. Ich küsste ihn und nach einem ersten Zögern, spürte ich endlich seine Zunge zwischen meinen Lippen.

»Was ist denn hier heute Abend los? Das Feuerwerk ist viel zu früh gestartet und vor dem Hotel läuft eine dicke Frau rum, die sich eine Verkleidung umgeschnallt hat, die aussieht wie ein Phallus!«, rief der Direktor aufgeregt. Klaus hörte man lachen und klatschen.

»Hörens, dat is kein Phallus, dat is ja ne Rakete!«, erklärte Gunnar.

»Hallo? Hallo, Sie da! Ein Foto für die Zeitung, ja?«

Offensichtlich wollten Roman und ich beide nicht darauf antworten. Es war uns schlicht egal. Einzig der Kuss zählte für uns und selbst die Kälte konnte mir in diesem Moment nichts anhaben.

Im Nachhinein erfuhr ich, dass Jaqueline das Weite gesucht hatte und Pamela vor lauter Frust, da das Feuerwerk gestartet war, mit der Raketenverkleidung über den Vorplatz des Hotels gesaust war. Allerdings dachten die Gäste, dass sie zur Unterhaltung der Kinder engagiert wurde und der Direktor hatte nur gelächelt und sich damit die Sympathien aller Muttis eingeheimst.

Roman und ich waren gemeinsam nach dem Feuerwerk nach Hause gefahren. Gesprochen hatten wir in dieser Nacht nicht mehr. Nur geküsst und andere Dinge getan. Mit Abstand, auch wenn das Knallen viel zu früh anfing, war dies mein schönstes Silvester gewesen.

#dreieinhalbMonatespäter

Was die Femis inzwischen machten, interessierte mich nicht mehr. Ab und zu traf ich Nina, die glücklich mit ihrem Marco war und deren Bauch immer mehr wuchs. Lin, soviel ich wusste, war nun fest mit Marvin zusammen, der dabei war, sich scheiden zu lassen und mit Viola hatte ich weiterhin Kontakt, weil sie mit Romans Schwester glücklich leiert, war. Jaqueline hatte ihre neue Stelle nicht angetreten, da sie doch lieber in der Alten weiterarbeiten wollte. Was Pamela inzwischen tat, wusste keiner von uns und wie schon erwähnt, es interessierte mich einfach nicht mehr.

Wenn Roman und ich freihatten, gammelten wir meist entweder bei ihm rum oder bei mir. An diesem Samstagnachmittag hielten wir uns bei ihm auf, einzig, weil Roman einen gigantischen Fernseher besaß und meiner dagegen einfach nicht anstinken konnte. Roman wollte sich ein Fußballspiel anschauen. Ich hingegen hatte mir eines der Bücherschätze von Hermann genommen und wollte darin lesen. Roman hatte die Beine auf dem Wohnzimmertisch gelegt, während ich mich an ihm anlehnte und den Gedichtband von ›*Hermann Hesse*‹ aufschlug. Ab und zu wurde ich unsanft nach vorne geschubst, immer dann, wenn seine Lieblingsmannschaft ein Tor schoss oder aber, wenn es wirklich kurz davor war.

Als es dann mal wieder so weit war und ich ruckartig beinahe von der Couch fiel, wunderte ich mich, da man kein Gegröle aus dem Lautsprecher hörte. Ich sah Roman an, der die Augen und ebenso den Mund aufgerissen hatte und gebannt auf den Bildschirm starrte. »Da … da … da läuft ne dicke, nackte Frau über das Spielfeld!«, sagte er monoton. Ich drehte den Kopf und sah zum Fernseher. Ich traute kaum meinen Augen. Ich legte das Buch zur Seite, stand auf und ging dichter zum Bildschirm. Dann erkannte ich, wer der Flitzer war. Pamela. Sie lief nackt über das Spielfeld, verfolgt von Spielern und Security und hielt dabei ein Schild hoch, auf dem das Männlichkeitssymbol war, eingebettet in einem Verbotsschild. Vor lauter Schreck griff ich die Fernbedienung und drückte den roten Knopf. Aus.

PENG

Ich wünsche allen Lesern
einen guten Rutsch ins neue Jahr.
Jenen, die schon gerutscht sind, viel Erfolg, Gesund-
heit und Liebe für das kommende Jahr!

Vielen Dank an die Jungs von der Müllabfuhr! Ihr seid für meinen Jungen die größten Vorbilder. Ich danke euch sehr!

Über den Autor:

Charlie Newsman ist das Pseudonym einer Autorin, die es sich zur Aufgabe gemacht hat, Leser zum Lachen zu bringen. Ihr erster Hashtag-Roman #LikeforLike ist der Start für lustige, moderne Liebesgeschichten, stets mit Happy End und einer mal mehr mal weniger ordentlichen Prise Humor.

Weitere Hashtags:

#LikeforLike
#DatingLine
#Snowf(l)ake

Impressum

1. Auflage 2019
© Charlie Newsman
c/o Christina Niehues
Frongasse 10c
51143 Köln
Buchsatz: Christina Niehues
Umschlaggestaltung: Christina Niehues unter Verwendung einiger Motive von Pixabay
Lektorat: Jasmin Rotert

Homepage: www.charlie-newsman-autorin.de